Dark Moon

SUSAN
KRINARD

LA CARA OCULTA DE LA LUNA

Editado por HARLEQUIN IBÉRICA, S.A.
Núñez de Balboa, 56
28001 Madrid

LA CARA OCULTA DE LA LUNA, Nº 14 - 23.11.10
Título original: Dark of the Moon
Publicada originalmente por HQN™ Books

I.S.B.N.: 978-84-671-9081-6
Depósito legal: B-35455-2010
Editor responsable: Luis Pugni
Impresión y encuadernación: LIBERDUPLEX
08791 Sant Llorenç d'Hortons (Barcelona)
Fecha impresión Argentina: 22.5.11
Distribuidor exclusivo para España: LOGISTA
Distribuidor para México: CODIPLYRSA
Distribuidores para Argentina: interior, BERTRAN, S.A.C. Vélez Sársfield, 1950. Cap. Fed./ Buenos Aires y Gran Buenos Aires, VACCARO SÁNCHEZ y Cía, S.A.
Distribuidor para Chile: DISTRIBUIDORA ALFA, S.A.

En memoria de mi querido amigo,
compañero leal y compañero del alma.
Nunca te olvidaré.
Brownie 1993-2007

Agradecimientos:

A Jakob Whitfield por su generosa ayuda con los aviones de1920 y a Sun Ray Verstraete por proporcionarme las palabras y frases en español.

Prólogo

Tenía las manos manchadas de sangre.

Dorian echó a correr entre los árboles con la mente en blanco. Se le enganchaba la ropa en las ramas y su piel se iba llenando de arañazos. Pero las heridas se curaban rápidamente. No sentía nada de dolor.

No sentía nada.

Raoul Boucher había muerto.

La pistola que sostenía en la mano era una parte más de su cuerpo. El metal le quemaba la palma, dejando allí su impronta. Raoul había muerto y no podía cambiar ese hecho.

Corrió durante mucho más tiempo, hasta que consiguió calmarse.

Se detuvo al ver que había llegado cerca de un pueblo de humanos. El cálido sol del verano iluminaba las casas. La gente lo miraba con descaro al verlo en la calle principal. No le extrañó. Su ropa estaba hecha jirones. Un hombre de mediana edad lo llamó al verlo pasar.

—¿Está bien, señor? —le preguntó desde la acera—. ¿Necesita ayuda?

Dorian lo miró extrañado, sin entender lo que le decía. Era la primera vez que alguien le ofrecía ayuda. Lo miró a los ojos y el humano hizo una mueca y se apartó.

Su reacción no le sorprendió. Los humanos siempre se asustaban en su presencia.

El encuentro lo devolvió a la realidad y rebuscó en sus bolsillos. Vio que tenía un billete de veinte dólares en su cartera y fue hacia la pequeña estación de autobuses del pueblo. Cuando subió al autobús, nadie lo miró a los ojos. Se sentó en su asiento y no se movió hasta que llegaron a Manhattan. Se bajó y prosiguió caminando sin destino, dejando que sus pies decidieran por él.

No podía volver al cuartel general del clan, eso lo tenía claro. Con Raoul muerto, ya no era su sitio. Imaginó que el lugar sería un caos total, igual que el clan.

Sin saber cómo ni por qué, llegó al río. Olía al petróleo de los barcos, a agua estancada y a sudor. Paseó con la mirada perdida en las sucias aguas del río.

Era difícil matar a un vampiro. Y era mucho más difícil que un vampiro se quitara la vida, pero tenía voluntad de sobra para intentarlo, nunca le había faltado.

Se colocó al borde mismo del muelle, con la punta de sus zapatos sobresaliendo. Sólo tenía que dar un paso más para terminar con todo.

—Yo que tú no lo haría —dijo alguien a su espalda.

Vio que se le acercaba un anciano algo cojo y con el rostro lleno de profundas arrugas. Era delgado y vestía harapos. Pocas veces se encontraba a un humano que se le acercara sin miedo.

—No puede ser tan malo —le dijo el hombre con una sonrisa desdentada—. Nunca lo es —añadió mientras se metía las manos en los bolsillos—. A todo el mundo le ocurren desgracias de vez en cuando, por eso tenemos que permanecer unidos y ayudarnos en lo que podamos.

Dorian miró al hombre a los ojos y el anciano le devolvió la mirada sin temor.

—Me llamo Walter —le dijo—. Walter Brenner —añadió mientras alargaba la mano hacia él.

Dorian dudó un segundo. Era la primera vez que lo saludaba un humano.

—No tengo nada contagioso —comentó el hombre al ver que no lo saludaba—. Pero tengo algo de comida, si tienes hambre. Y un sitio donde puedes dormir, al menos esta noche. Después puedes decidir qué hacer. Todo parece mucho mejor por la mañana, ya lo verás.

—Me llamo Dorian Black.

—Muy bien, Dorian Black, será mejor que vengas conmigo. Así me gusta, buen chico —le dijo el anciano mientras lo apartaba de la orilla—. El viejo Walter cuidará de ti, no te preocupes.

Dorian fue con el hombre, no tenía nada mejor que hacer.

Por fin era libre, pero su vida había terminado.

Capítulo Uno

Octubre de 1926, Nueva York

Las aguas sucias y negras envolvieron por completo a Gwen. Sin poder ver nada, agitó brazos y piernas como una loca, pero su cuerpo parecía de plomo. No podía pensar ni hacer nada más, pero su instinto de supervivencia le impedía abrir la boca y tragar agua.

«¿Me estaré muriendo?», pensaba durante unos pocos segundos de lucidez.

Se estaba hundiendo. Cada vez estaba más débil y sus músculos no hacían lo que les pedía. Un pez se detuvo para observarla con sus grandes ojos, después se alejó y se perdió entre las oscuras aguas. Empezaban a quemarle los pulmones y le tentaba la idea de respirar.

Escaparon unas burbujas de sus labios y se fijó en la luz que entraba desde la superficie. Parecía estar a mil kilómetros de distancia.

Quería nadar, pero no podía. No había salvación. Estiró los brazos con las últimas fuerzas que le quedaban, convencida de que estaba a punto de morir.

Sintió de pronto que agarraban su mano y no pudo sofocar un grito que la dejó totalmente sin aliento. Lo último que vio antes de perder la conciencia fue un rostro. No sabía si era el rostro de un ángel o del diablo más encantador que había visto en su vida.

—¡Respire!

La voz le llegó a Gwen desde muy lejos. Estaba perdida en un lugar donde no existía el tiempo ni el espacio. Pero esa voz, con su gran insistencia, consiguió sacarla de su estado.

Notó que le daban la vuelta para que estuviera boca abajo y que alguien golpeaba su espalda.

—¡Respire!

Pudo por fin inhalar algo de aire. Las manos que habían estado sacudiéndola con brusquedad para reanimarla se relajaron de repente. Sintió que la levantaban y sujetaban contra algo firme y cálido. Escuchó latidos de corazón, lentos y seguros, sintió músculos contra su cara y un aroma algo fuerte, como si esa persona no se hubiera cambiado de ropa en una semana.

Seguía mareada y no podía dejar de temblar. La brisa y su piel mojada aumentaban la sensación de frío y dejó que la abrazaran. Sabía que era ridículo sentirse segura en los brazos de un completo extraño, pero sintió que podría quedarse para siempre allí.

Aunque aún no se sentía lo bastante fuerte para levantarse, empujó las manos contra el torso del hombre para apartarse un poco y él la sostuvo mientras intentaba sentarse. Lo miró entonces a la cara. Era el mismo rostro, mitad ángel mitad demonio, que había visto en el río.

Era joven y apuesto. La luz de la luna iluminaba la perfecta simetría de sus facciones. Su piel parecía suave, como si estuviera recién afeitado. Y le extrañó que fuera así cuando el resto de su apariencia parecía tan descuidada. Tenía unos pómulos fuertes, una barbilla cuadrada y masculina y el cabello negro como la noche. Sus ojos eran también oscuros.

Su mirada fue lo que más le llamó la atención. Era oscura y peligrosa como un callejón a medianoche. Imaginó que mucha gente se habría sentido atemorizada al ver una mirada como aquélla, pero Gwen Murphy era distinta. Siguió observándolo con detenimiento.

Los puños de su camisa estaban algo rozados y deshilachados, la chaqueta parecía vieja y el resto de su atuendo no era mucho mejor. Estaba claro que la vida no le sonreía. A pesar de lo fuerte que era la economía en esos tiempos, había mucha gente como él en Nueva York. Gente que había quedado impedida durante la Gran Guerra en Europa, viudas que tenían que luchar lo indecible para sacar adelante a sus hijos, inmigrantes que aún no habían conseguido adaptarse y hacerse un hueco en ese nuevo país y borrachos que se bebían todo su dinero.

Su héroe parecía un hombre sano y fuerte y no le pareció que estuviera ebrio. Imaginó que podía tratarse de un forastero que no hablaba suficiente inglés para encontrar un buen trabajo.

Se dio cuenta de que sólo había una manera de responder todas las preguntas que se estaba haciendo.

—Me ha salvado la vida —le dijo por fin con la voz algo ronca—. Gracias.

El hombre agachó la cabeza sin dejar de mirarla.

—Me llamo Gwen Murphy —añadió.

El hombre miró entonces su mano. No parecía decidirse a aceptar su saludo, como si temiera poder contagiarse de alguna manera. Estaba a punto de bajarla cuando la tomó él con la misma fuerza con la que había conseguido sacarla del río.

—Dorian —repuso entonces con una voz muy particular—. Dorian Black.

Estaba tan nerviosa que estuvo a punto de echarse a reír, pero trató de calmarse. El señor Black no parecía tener sentido del humor y decidió que era mejor controlarse.

—Señor Black, no sé de dónde ha salido ni cómo ha conseguido aparecer justo en el momento más oportuno, pero le estoy inmensamente agradecida.

—No es nada —repuso con esfuerzo—. ¿Necesita un médico?

—No, estoy bien —repuso ella—. Tengo algo de frío, eso es todo. Y estoy empapada...

La siguió mirando sin sonreír, pero frunció el ceño como si estuviera preocupado por ella. Se quitó entonces la chaqueta y la colocó con cuidado sobre sus hombros.

—Gracias.

El hombre se encogió de hombros; parecía incómodo, como si no estuviera acostumbrado a que le dieran las gracias.

—¿Cómo ocurrió? —le preguntó de repente.

Le sorprendió la pregunta. El señor Black era un hombre tan serio y taciturno que no creía que estuviera de verdad interesado. Imaginó lo difícil que sería entrevistar a alguien como él, pero le gustó que al menos intentara fingir algo de interés por lo que había pasado.

—Soy periodista. Trabajo para *El Centinela* —le dijo ella—. Estaba en el muelle investigando un tema cuando me asaltaron unos delincuentes. Supongo que me vieron como a una presa muy fácil... —añadió avergonzada mientras se tocaba el chichón que le había salido en la cabeza—. Cuando vieron que trataba de defenderme golpeando, uno de ellos me dio con algo en la cabeza y me tiró al río.

Black entrecerró los ojos. Miró a su alrededor como si esperara encontrar aún allí a los jóvenes que la habían atacado. Cabía la posibilidad de que se hubieran quedado un tiempo para comprobar que su víctima se había ahogado en el río, pero debían de estar escondidos. La zona estaba muy mal iluminada y había muchos recovecos y callejones donde ocultarse.

No quedaba mucho para que amaneciera y los marineros y pescadores comenzaban a llegar a los muelles. Pero la zona en la que estaban era la más aislada y apartada. De otro modo, no habrían podido hacerle daño.

—¿Acostumbra a merodear por esta zona tan peligrosa en mitad de la noche? —le preguntó Black con tono reprobatorio.

Ella levantó un poco más la cara y se estiró, no estaba dispuesta a que un desconocido la reprendiera.

—Hay ciertas actividades que llaman menos la atención a esas horas —le explicó ella—. No quería que nadie me viera.

—Pues parece que no lo logró —repuso él.

—Pero los que me vieron no fueron los mismos que trataba de evitar.

—¿De quiénes habla, señorita Murphy?

Se le revolvió el estómago al pensar en ellos.

—Se trata de información confidencial —le dijo mientras trataba de levantarse—. Creo que debería llamar a un taxi.

Black se puso deprisa en pie y la sujetó antes de que perdiera el equilibrio.

—No está en condiciones de andar por ahí sola, señorita Murphy. La acompañaré hasta una cabina de teléfonos.

—No, de verdad, estoy bien.

Sin decir nada más, la sujetó con fuerza contra su cuerpo y caminó con ella. Era agradable sentirlo tan cerca.

Pero seguía mareada y con náuseas. Había tragado gran cantidad de agua y no ayudaba que la hubieran golpeado en la cabeza. Pero se veía con fuerzas suficientes para superar todo aquello. Después de todo, era la hija de Eamon Murphy.

—No va a conseguir llegar a ninguna parte así —le dijo de repente Black.

—Claro que sí. Necesito un poco más de tiempo, eso es todo.

Su salvador miró hacia el este. Empezaba ya a amanecer sobre el barrio de Queens.

—No hay tiempo —musitó para sí—. Venga conmigo —le dijo.

Gwen se pasó las manos por la cara, tenía una horrible jaqueca.

—¿Que vaya con usted? ¿Adónde?

—A un sitio donde pueda descansar.

Sus palabras la alertaron, no había pasado el peligro.

—Le estoy muy agradecida. De verdad, señor Black —murmuró con desagrado—. Y me encantaría poder devolverle el favor, pero tengo que volver a casa. Deje que me vaya y...

Se apartó de él de repente. Las náuseas le ganaron la batalla y vomitó. No sólo se encontraba fatal sino que además se sentía avergonzada. No era una novata y le dolía mostrar tanta debilidad. Estaba acostumbrada a superar todo tipo de adversidades y le disgustó que alguien la viera en un estado tan vulnerable.

El hombre sujetó con amabilidad su brazo, pero ella se apartó.

—Estoy bien —insistió.

—Vendrá conmigo, señorita Murphy.

Sacudió la cabeza y el movimiento hizo que se mareara una vez más. Cayó desmayada al suelo. No podía respirar y se sentía sumergida en la oscuridad de nuevo.

Vio cómo las negras aguas la envolvían por completo sin posibilidad alguna de encontrar la superficie.

El sonido de unas voces despertó a Gwen. Lo primero que notó fue que estaba tumbada sobre algo bastante blando. Escuchó unos segundos antes de abrir los ojos, y reconoció la voz del enigmático desconocido que la había sacado del río.

La otra voz era la de un hombre mayor y algo bebido. Hablaba con dificultad, arrastrando las palabras y en un tono amigable y locuaz. No podía oír qué decían. Cuando por fin abrió los ojos, se encontró con el rostro oscuro y misterioso de su salvador.

Vio entonces que sus ojos eran grises. No había podido distinguir su color en el muelle, pero ya se había imaginado que podían ser del color del acero. Vio que había acertado.

Intentó sentarse, pero él la sujetó y la obligó a tumbarse de nuevo. Lo hizo apoyando su mano sobre su torso, no parecía tener consideración alguna por su anatomía. Ella, en cambio, se estremeció al sentir que tocaba sus pechos. Sólo los cubría la fina tela de su blusa. Estaba tan conmocionada que no pudo reaccionar. Ya no llevaba la chaqueta. Imaginó que se la habría quitado para que estuviera más cómoda. Y fue un alivio ver que había decidido no quitarle nada más, sólo los zapatos. Las medias, la falda y su blusa seguían donde debían estar y ya estaba todo seco. Debía de haber pasado mucho tiempo a su cuidado.

—¿Dónde estoy? —preguntó.

—En un lugar seguro —le dijo Black.

Le costaba creer que no fuera a decirle nada más. Miró a su alrededor. A su izquierda había una pared de madera sin ventanas. A la derecha tenía a Black y estaba tan cerca que no podía ver más allá. Le dio la impresión de que seguían en la calle, pero alguien había separado esa zona del resto con cajas vacías de madera. Era como una pequeña habitación en la que sólo cabía el colchón en el que estaba tumbada, un taburete viejo y una mesa.

Había visto a gente que vivía en circunstancias aún peores, pero no era lo normal.

—¿Seguimos en los muelles? —le preguntó.

Black asintió con la cabeza. Gwen ya se había dado cuenta de que era un hombre de pocas palabras.

—Supongo que me desmayé —reconoció.

—Perdió el conocimiento por completo —le informó Black.

—Sólo porque me ha salvado la vida no tiene por qué sentirse responsable ni ocuparse de mí.

—Ya que le he salvado la vida, no me gustaría echar a perder el trabajo realizado —repuso él.

—Pero ya es de día, me habría encontrado alguien.

—No me pareció el tipo de mujer al que pudiera gustarle que la encontrara alguien tumbada en el muelle al lado de su propio vómito.

Le sorprendió que fuera tan directo con ella, pero no podía echárselo en cara. La verdad era que prefería que la hablaran sin rodeos. Era algo a lo que sus compañeros en *El Centinela* no terminaban de acostumbrarse.

—Bueno, supongo que tiene razón... —repuso ella mientras se pasaba la lengua por los labios—. ¿Me podría dar un poco de agua?

Black se giró y llenó una taza con el agua de una jarra que había en la mesa. La tomó con algo de suspicacia, incluso olió el líquido antes de probarlo, pero comprobó que era sólo agua.

—Gracias —le dijo mientras le devolvía la taza.

Se quedó mirándolo a los ojos, estaba completamente hipnotizada. Se sentía como una quinceañera en presencia de una estrella del cine. Se sentía ridícula, pero no podía evitarlo.

—¿Quién es usted? —le preguntó de repente—. Me gustaría saber dónde estamos y qué hace aquí.

Black la miró unos segundos antes de contestar, como si estuviera intentando decidir si era digna de obtener una respuesta.

—Ya le he dicho cómo me llamo —le dijo él—. Vivo en este viejo almacén. No molestamos a nadie.

Gwen se preguntó por qué habría sentido la necesidad de defenderse asegurándole que no hacían mal a nadie con su presencia en ese lugar. Pensó que a lo mejor la había visto algo asustada.

—Nadie vive así por elección propia —repuso Gwen.

La mirada de Black se tornó más sombría aún al escucharla y ella imaginó que había pasado por algún trágico suceso. No le sorprendió que fuera así.

—Eso no es asunto suyo —replicó él.

Acababa de ver que tenía su orgullo. A pesar de no tener casa ni trabajo, no había perdido su dignidad. No era extraño en personas como él. Sabía que lo mejor que podía hacer era callarse y no meterse en líos.

Pero ella había centrado su vida profesional en contar las historias de esos hombres y mujeres que malvivían en las calles de la gran ciudad. Había convertido esa realidad en su personal cruzada. Al menos hasta la muerte de su padre, cuando había tenido la necesidad de cambiar sus objetivos y centrarse en otra realidad muy distinta, con la que estaba obsesionada.

Había algo en ese hombre que la tenía completamente hipnotizada. Algo le decía que no era un vagabundo más. Imaginó que quizá tuviera un pasado como delincuente.

Pero creía que no podía tratarse de un ladrón sin más. Esos tipos eran demasiado avispados para abandonarse de esa manera y no se molestarían en rescatar a alguien que estaba a punto de ahogarse en el río. Sabía que los que trabajaban para un gánster no acababan tampoco durmiendo en la calle. Era imposible dejar de formar parte de una banda y seguir con vida.

—No pasa por un buen momento, ¿verdad? ¿No consigue trabajo?

—¿Por qué cree que he intentado buscar un empleo? —le preguntó él.

—Es joven y saludable —repuso ella sentándose—. Está claro que es también inteligente y que tiene algo de cultura.

—¿Y?

—La verdad es que me gustaría saber un poco más de usted, un hombre dispuesto a arriesgar su vida para salvar a otra persona.

—¿Acaso no confía en la galantería natural de los de mi género?

—No soy nada romántica, señor Black.

—Yo tampoco.

—Aun así, me gustaría saber cómo llegó a vivir en estas circunstancias. ¿Está solo en la ciudad?

—¿Acaso tiene pensado escribir una historia en su periódico sobre mí, señorita Murphy?

—Si escribiera algo así, señor Black, no usaría nunca su nombre. Pero la verdad es que no era ésa mi intención —le dijo ella mientras se cubría con su abrigo—. ¿Participó en la Gran Guerra?

—No.

Si algo se le daba bien de verdad era descubrir si alguien le estaba mintiendo. Antes de que Black abriera la boca para contestar ya había visto la verdadera respuesta en sus ojos. Vio cómo se nublaba su mirada, como si estuviera recordando aquellos días, como si temiera que sus preguntas acabaran por devolverlo a un mundo del que nunca había conseguido escapar.

Tragó saliva. También ella tenía dolorosos recuerdos.

—Supongo que conoce bien este lugar y lo que pasa en esta zona de la ciudad.

Vio cómo fruncía el ceño, sin duda sorprendido al ver que cambiaba de tema.

—Algo sé.

—¿Ha oído hablar de los asesinatos que ha habido aquí durante los últimos días?

El hombre se puso deprisa en pie. Parecía algo nervioso.

—¿Por eso está aquí, señorita Murphy? ¿Para investigar los asesinatos?

Se dio cuenta en ese instante de que sabía algo de esas extrañas muertes y que quizá tuviera incluso algún interés personal en lo que había pasado. Pensó que quizá hubiera visto algo.

—Según el forense, los cuerpos estuvieron muchas horas en el muelle antes de que alguien alertara a la policía —le dijo ella.

Black miró a un lado y otro como si estuviera buscando una manera de escapar.

—Creo que no debería meterse en esos asuntos, señorita Murphy.

—No puedo evitarlo. Mi trabajo consiste en investigar esas cosas.

—¿Cómo es que le han dado a una mujer un trabajo así?

—Le sorprendería saber lo bien que se nos da a las mujeres este tipo de investigaciones. A la hora de resolver un enigma como éste, se nos ocurren ideas en las que los hombres no piensan.

—¿Como la idea de acercarse sola a los muelles a media noche y sin ningún tipo de protección?

—Había quedado con un posible testigo, pero no apareció —se defendió ella—. No conocerá a un hombre que se hace llamar Jones el Chato, ¿no?

—No.

Se dio cuenta de que había vuelto a mentirle, aunque tenía que reconocer que lo hacía muy bien.

—Supongo que se arrepintió o alguien le impidió que se encontrara conmigo, no lo sé.

—Creo que ese testigo debería haber sido más discreto.

—No puedo culpar a nadie por no querer abrir la boca, es normal que tenga miedo. Está claro que alguien dejó allí los cadáveres para que sirvieran de advertencia.

—Parece que ya tiene a algunos sospechosos, señorita Murphy.

—Tengo algunas ideas. Lo que sé es que fue la obra de alguien completamente desquiciado.

—¿Está segura de que los atracadores que la asaltaron no intentaban silenciarla para que no hiciera preguntas incómodas?

—¿Esos chicos? No, no lo creo. Me pareció que eran simples aficionados. Capaces de tirar a alguien al río, sí, pero no creo que se mancharan las manos sacando la sangre de sus víctimas. Según el informe del forense, los cadáveres estaban completamente...

Dejó de hablar al ver que Black se detenía. Su rostro se sonrojó durante un segundo. Después palideció. Vio cómo se contraían sus pupilas. Algo que le extrañó enormemente. Estaban en la penumbra, no llegaba apenas luz. Vio que abría y cerraba los puños, los abría y cerraba, era como un tic nervioso.

—Señor Black...

—No —murmuró entre dientes—. No estaba...

Gwen intentó ponerse en pie.

—Dorian, ¿se encuentra...?

El hombre se giró hacia ella enseñándole los dientes. La miraba con crueldad, fuera de sí. Sobresalían los fuertes tendones de su cuello, podía ver la piel temblando en su garganta al ritmo de su pulso. Los músculos se contrajeron bajo su camisa y arqueó los dedos como si fueran garras. No había nada humano en su rostro y parecía estar observándola a ella como si fuera su enemigo.

O quizá su presa...

Capítulo Dos

Gwen se puso en pie y dio un paso atrás. El abrigo cayó al suelo entre los dos. Pensó que quizá habría sido mejor que se hubiera quedado inmóvil, pero intentó prepararse para defenderse.

—Señor Black —comenzó con voz temblorosa—. Dorian... Soy yo, Gwen.

Separó los labios y vio que sus colmillos eran más largos y afilados de lo habitual. Pensó durante un segundo que quizá había estado buscando a los asesinos en el lugar equivocado. Cabía la posibilidad de que los asesinos no fueran un grupo de lunáticos, sino un solo hombre, uno lo suficientemente inteligente y demente para llevar a cabo tal baño de sangre.

Pero recordó entonces lo amable que había sido con ella, cómo la había abrazado y lo preocupado que había estado tras sacarla del río, y supo que no podía ser él, no podía ser el culpable de unos crímenes tan horrendos.

Estaba segura de que Dorian Black había sufrido una experiencia muy traumática que lo había marcado para siempre. Era un hombre enfermo, pero no creía que pudiera ser un asesino.

—Sé que no quiere hacerme daño, Dorian —le dijo ella mientras se tocaba la cruz que llevaba colgada del cuello—. Es un buen hombre y sólo quiero ayudarlo.

Un sonido gutural y salvaje salió de la garganta de Black. Se dio la vuelta y golpeó con furia las cajas de madera, haciendo que cayeran al suelo como una torre de juguete. Cuando la miró de nuevo, su rostro se había relajado por completo. Parecía otra persona.

—Váyase —le ordenó con la voz ronca y grave—. ¡Fuera de aquí!

—No pienso dejarlo así.

Lentamente, Black levantó el rostro hacia ella, pero parecía absorto y perdido. Le daba la impresión de que no podía siquiera verla.

—Por favor... —insistió él.

Volvía a sacar el orgullo. Parecía dominado por el orgullo, el dolor y el miedo. Gwen volvió a decirse que era un hombre que había sufrido mucho, que había perdido el control y que se odiaba por haberse mostrado tan débil. Había conocido a muchos hombres sin heridas visibles ni cicatrices de la guerra. Pero, muchas veces, esos hombres eran los que más perjudicados habían quedado.

—No pasa nada —le dijo ella—. No tengo miedo.

—Debería tenerlo.

—Sé que no va a hacerme daño, Dorian. Estoy segura.

—Está siendo muy ingenua, no sea tonta...

—No soy tan ingenua como cree. Necesita un médico, Dorian, alguien con quien pueda hablar de lo que le preocupa.

—Ningún médico podría ayudarme.

—Muy bien, no puedo obligarlo a que haga nada —le dijo.

Pero estaba dispuesta a insistir e insistir hasta que diera su brazo a torcer. Sentía que tenía una deuda enorme con ese hombre y ella se enorgullecía de pagar siempre sus deudas.

Además, creía que Black podría ayudarla a encontrar a los asesinos.

—Bueno, será mejor que me vaya —le dijo mientras se colocaba el abrigo sobre los hombros—. Pero si hay algo que pueda hacer por usted, cualquier cosa...

Recordó entonces que no tenía sus tarjetas. Estaban dentro de su bolso, que también había desaparecido. Imaginó que se lo habrían robado los que la asaltaron. No tenía ni un penique para llamar a un servicio de taxis. Pero al menos estaba viva y podía andar. Ya ni siquiera estaba mareada. Decidió que iría a la comisaría más cercana y llamaría desde allí.

Miró a Dorian y, sin saber por qué, le entraron ganas de apartarle un mechón de pelo que cubría sus ojos. Sabía que su gesto no sería bien recibido y se contuvo. Quizá estuviera arrepintiéndose incluso de haberla sacado del río.

—Mire, me gustaría volver a verlo. No podré pagarle lo que ha hecho por mí, pero...

—No quiero la caridad de nadie.

—¿No podría al menos dejar que le cortara el pelo? Se me da muy bien.

—No vuelva —repuso él.

Sabía que a veces era mejor no discutir y aceptar las cosas tal y como ocurrían, era algo que su padre le había enseñado. Él le había aconsejado siempre que tenía que ser más paciente, una cualidad que consideraba fundamental en un periodista.

Y no se le daba bien ser paciente, pero estaba dispuesta a intentarlo por el bien de Dorian.

—Muy bien —le dijo al fin—. ¿Por dónde salgo de este sitio?

—Yo la acompañaré —repuso otra voz.

Vio a un anciano entre las sombras, vestido con ropa tan vieja como la de Dorian. Su rostro estaba cubierto de arrugas y le brillaban los ojos.

—Me llamo Walter Brenner —anunció el tipo mientras tocaba caballerosamente su sombrero—. No suelen visitarnos damas como usted, pero no quiero que piense que no tenemos modales.

—¿Cómo está, Walter? —repuso ella ofreciéndole la mano—. Me llamo Gwen Murphy.

—Eso he oído —contestó él mientras la saludaba—. Parece que se cayó al río, ¿no?

—Algo así —repuso Gwen mientras salían juntos del viejo almacén—. Fue una suerte que estuviera por allí el señor Black.

—Dorian no siempre está de tan mal humor —le susurró el hombre de manera confidencial—. Pero de vez en cuando, tiene días en los que está como encerrado en sí mismo y con muy mal genio. Me he dado cuenta de que es mejor no decirle nada y esperar a que se le pase.

—¿Hace cuánto que conoce a Dorian?

—Desde que se vino a vivir a esta zona al lado del río. Supongo que unos tres meses.

—¿Y conoce su historia? ¿Lo que le pasó para acabar así?

—Ha pasado por algo horrible. No sé de qué se trata. Se niega a hablar de su pasado. Habla por las noches, pasa el día escondido aquí como si fuera una rata y casi nunca come. Me trae comida cuando sale, pero él no la prueba.

—Es amigo de Dorian y quiere ayudarlo, ¿no?

—Claro —repuso Walter—. Me cuida bien cuando caigo enfermo. Mi corazón me juega malas pasadas de vez en cuando y no sé qué haría sin su ayuda.

Gwen decidió aprovechar la ocasión para averiguar algo más.

—¿Vio usted los cadáveres, Walter?

El hombre se estremeció al escucharla.

—Yo lo oí, pero Dorian lo vio todo. Seguro que en parte está de tan mal humor por lo que ha pasado —le dijo Walter—. No es un mal hombre, ya lo ha podido comprobar. Nunca lo había visto tan interesado en otra persona hasta que la trajo a usted.

Le sorprendieron sus palabras. No le parecía que Dorian hubiera mostrado ningún tipo de interés en ella. De hecho, había estado deseando librarse de ella desde el principio.

Pero creía que empezaba a entender qué había dentro de ese hombre. Y supo en ese instante que no iba a poder contenerse, tenía que averiguar por qué era así y qué le había pasado.

Ese hombre había conseguido despertar su curiosidad como ningún otro.

—¿Volverá por aquí? —preguntó Walter—. Creo que a Dorian le vendrá bien verla. Estoy seguro.

—Tengo que volver al muelle por trabajo. Pero, aunque no fuera así, lo haría para ver cómo va. Después de todo, me ha salvado la vida.

—Pero es más que eso, ¿verdad? —repuso el hombre—. No es fácil llevarse bien con Dorian, pero a usted le ha gustado desde el principio, ¿no es así?

No estaba tan segura como el anciano. Apartó la vista y pensó en lo que acababa de decirle. Mitch y el resto de los reporteros pensaban que era demasiado impulsiva y emocional, como todas las mujeres. Pero cuando se trataba de hombres...

Pensó que quizá le gustaba Dorian. Procuraba siempre ser honesta consigo misma y trataba de asumir lo que le pasaba. La verdad era que había encontrado a Dorian Black extrañamente atractivo. Parte de esa atracción provenía de su físico, pero había algo más.

Mitch solía reprocharle con frecuencia que era demasiado proclive a dejarse llevar por causas perdidas, y Gwen creía que ése iba a ser tu fin. Sabía mejor que nadie que no podía salvar el mundo, pero pensaba al menos intentarlo y mejorarlo, aunque sólo fuera un poco.

—No se preocupe, Walter. Le prometo que haré todo lo que pueda.

Satisfecho, el anciano se dio media vuelta y se perdió entre las sombras, sin duda para pasar el resto del día bebiendo. Había sido un consuelo ver que Dorian Black no se había dado también a la bebida. Aunque pensaba que quizá le habría servido para sufrir menos.

Suspiró y siguió caminando con paso decidido hacia la comisaría más cercana.

Dorian la observó mientras se alejaba. Tuvo cuidado de no salir de la oscuridad de su refugio. Gwen Murphy andaba con seguridad y energía. El traje que llevaba le daba un aspecto muy profesional. La chaqueta era ancha y la falda recta, pero no conseguía ocultar sus curvas, que no dejaban de moverse con cada paso que daba.

Gwen Murphy...

No había oído su nombre hasta la noche anterior. Nunca había prestado demasiada atención a los periódicos, ni siquiera cuando había estado trabajando para Raoul. Se había limitado a hacer su trabajo de manera eficiente y tratando de implicarse lo menos posible. Hasta el día en el que todo su mundo, todo lo que conocía, había quedado destruido para siempre.

Y sabía que estaba a punto de caer de nuevo en ese agujero de destrucción, como le pasaba cada mes con la luna nueva. Había empezado a sentir los primeros síntomas unos días antes. Se sentía más irritable y perdido que de costumbre y no podía controlar sus negros pensamientos. En cuanto a sus emociones, sabía que no podía confiar en ellas. Recordó entonces cómo había estado a punto de agredir a Gwen, cómo se había vuelto contra ella como una bestia.

Se estremeció al pensar en los cadáveres del muelle. Estaba casi seguro de que no había sido el autor de esas muertes. Que él supiera, no había asesinado a nadie desde lo de Raoul.

Creía que la masacre la habría provocado alguno de los bandos que se habían creado desde la desintegración del clan. Llevaban algún tiempo enzarzados en una batalla constante.

Aunque él había permanecido al margen de cualquier asunto relacionado con el clan de vampiros de la ciudad, sabía que el nivel de violencia existente entre los distintos bandos se había incrementado mucho durante los tres meses anteriores.

Existían dos poderosos e igualados bandos que luchaban por hacerse con el control del clan de los Strigoi, en la ciudad de Nueva York. Además del poder que conllevaba el puesto, Raoul había dejado establecido un bien organizado y lucrativo negocio de contrabando de alcohol.

Fueran cuales fueran los motivos de los asesinatos,

creía que el autor de los mismos había cometido un grave error al dejar los cadáveres sin una gota de sangre. Eso atraía aún más la atención de la policía, que de otro modo habría atribuido la masacre a una reyerta entre contrabandistas, y de periodistas como Gwen Murphy.

Se apartó de la puerta. La suerte que corriera el clan de los Strigoi de Nueva York ya no era asunto suyo ni le preocupaba. Su vida se había convertido en una sucesión de noches cazando lo suficiente para subsistir y de días metido en ese almacén con un anciano que no sabía con quién compartía techo. El instinto de supervivencia era el impulso más fuerte y primitivo de los vampiros y le había impedido que se dejara morir sin más.

Pero acababa de suceder algo inesperado. Al ver a una joven hundiéndose en las negras aguas del río, había sentido en ese instante la necesidad de salvar a un ser humano.

Esa buena obra, sin embargo, no había conseguido aliviar en absoluto la carga de culpabilidad que había estado acumulando durante décadas.

No sabía qué lo había llevado a sacarla del río y cuidar de ella en su refugio hasta comprobar que estaba lo bastante fuerte para irse. Nunca le había pasado nada parecido, y no conseguía entenderlo. No se trataba sólo de hambre, no había pensado en usarla como Donante cuando la sacó del río. Y tampoco se había tratado de atracción, aunque también la había sentido.

Creía que, si la señorita Murphy se hubiera mostrado histérica o vulnerable nada más sacarla del río, se habría olvidado de ella y la habría dejado allí. No tenía paciencia ni necesidad de compañía. Pero Gwen parecía haber aceptado con resignación lo que le había pasado y creía que, si no se hubiera sentido indispuesta, se habría ido de allí por sus propios medios y sin darle mayor importancia a lo ocurrido.

Esa actitud había conseguido atraer poderosamente su atención. La valentía de esa mujer había despertado emociones en su interior que no había sentido desde hacía mucho tiempo.

La fuerza que había demostrado Gwen Murphy y la manera en la que se había negado a dejarse llevar por el miedo le habían recordado a la única mujer que había conseguido tocar su corazón en su vida.

Regresó a su rincón favorito. Recolocó las cajas y se sentó en ellas. Se había dado cuenta de que había cometido un error al llevarla allí cuando vio que empezaba a hacerle preguntas. Había intentado deshacerse de ella a pesar de la admiración que había empezado a sentir por su valentía. Y, lo que era aún peor, también su belleza había conseguido atraer su atención, igual que el aroma de su piel y su feminidad.

No había sido sólo hambre. Podría haberse alimentado de su sangre y haberse despedido de ella sin que llegara nunca a saber lo que le había hecho, como había ocurrido con miles de humanos durante toda su vida.

Lo que había sentido por ella había sido una atracción demencial y mucho más peligrosa. Se había dado cuenta de que podía hacerle daño muy fácilmente y que la línea que separaba la lujuria puramente física de la violencia era muy fina.

Y él no quería hacerle daño, no quería ser responsable de lo que Gwen Murphy pudiera llegar a sentir si descubría qué había más allá de sus actos. Imaginó que ella pensaba que le había salvado la vida porque era una buena persona. Pero acababa de descubrir que la deseaba como se deseaban los humanos.

Sabía que su relación nunca podría ir más allá. Porque nunca podría haber una relación, sentimientos ni ningún tipo de unión, ya fuera ésta física o espiritual. Si ella decidía volver al muelle para verlo...

—Te ofrezco un penique por tus pensamientos.

Walter entró en el cuarto y fue a sentarse a su lado con una botella medio vacía en su mano.

—No, espera, no me lo digas. Creo que puedo adivinarlo... —agregó el anciano—. Es una monada de criatura, ¿verdad?

Dorian suspiró. Sabía que de nada le iba a servir tratar de razonar con Walter. Era un hombre amable y sencillo, pero tan irracional como el resto de los humanos. De hecho, era casi peor que la mayoría porque veía el mundo con optimismo y bondad.

—Es una mujer que se sale de lo corriente —admitió Dorian de mala gana—. Espero que no se le ocurra volver a acercarse sola a esta zona de la ciudad.

—Parece que no conoces a las mujeres —el anciano rió—. No sé cómo un hombre como tú puede saber tan poco de ellas. Será mejor que te hagas a la idea, está claro que le has gustado.

—Estoy seguro de que se le pasará pronto cualquier interés que pueda tener en mí.

—Que te salven la vida no es algo que se olvide fácilmente, estará muy agradecida...

—Ya le dejé muy claro que no tiene nada que agradecerme.

—Pero no puedes decirle a nadie lo que debe sentir, Dorian. ¿No te has parado a pensar que esa mujer podría ayudarte mucho?

—No le he salvado la vida para que la eche a perder conmigo.

—Lo que pasa es que no tienes fe en ti mismo. Sé que tienes problemas, pero no debes perder la esperanza. Puede que todo lo que necesites es a alguien a tu lado que te dé animo.

—Para eso ya te tengo a ti —repuso Dorian.

—Yo no puedo hacer mucho. Pero sé que a ella si la escucharías. Es una mujer valiente y lista. Yo sólo soy un viejo ignorante.

«Y tan inofensivo como un escorpión», pensó Dorian.

—Puede que no esté aquí cuando decida volver, si es que vuelve... —dijo.

—Claro que estarás aquí. Después de todo, no tienes adónde ir —repuso Walter.

Le ofreció licor a Dorian, como siempre hacía. Cuando él negó con la cabeza, como solía hacer, Walter se encogió de hombros y fue a sentarse a su propio rincón.

No se oía nada más en la vieja nave. Sólo estaban allí Walter y él. Otros hombres llegaban de vez en cuando, pero no se quedaban mucho tiempo. A la mayoría les inquietaba su presencia, incluso cuando su humor no se veía afectado por los cambios lunares.

No le molestaba esa soledad en la que vivía, y esperaba sinceramente que Gwen Murphy no decidiera volver por allí.

La redacción estaba llena de gente cuando llegó Gwen. Estaba así a casi cualquier hora del día. Unos periodistas gritaban al teléfono, otros golpeaban con furia las teclas de sus máquinas de escribir. Casi todos llevaban un lápiz en la oreja. Los aprendices corrían nerviosos de un lado a otro, haciendo recados y sirviendo cafés a sus superiores. El señor Spellman, con el rostro encendido, gesticulaba mientras hablaba en su oficina con un jefe de sección.

Aquel lugar lleno de ruido y actividad era su hogar. Allí se sentía segura. Nadie la vio entrar. Mitch no estaba sentado a su mesa, pero eso era lo habitual. Prefería el trabajo en la calle, le gustaba mucho más que escribir. Saludó a algún compañero y fue hasta la oficina donde trabajaban los empleados menos afortunados.

Lavinia estaba limándose las suyas mientras contemplaba entretenida la frenética actividad de la redacción. La vio entrar y la saludó. Gwen fue sorteando mesas hasta llegar a la de su amiga y se sentó en una silla junto a su escritorio.

—¿Qué te pasa, cariño? —le preguntó Lavinia—. No tienes muy buen aspecto.

—No me extraña —repuso con una sonrisa Gwen.

A pesar de la rápida ducha que se había dado en su casa, aún se sentía sucia. Estaba por fin asumiendo lo que le había ocurrido. Había estado a punto de perder la vida.

—Has tenido un mal día, ¿no? —murmuró Lavinia mientras le ofrecía un cigarrillo—. Toma uno, cariño, te calmará los nervios.

—Gracias, Lavinia, pero ya sabes que no fumo.

—Peor para ti —repuso su amiga mientras encendía un pitillo—. Bueno, cuéntame, ¿dónde has estado todo el día? Ya empezaba a preocuparme.

—Sabes que fui hasta el muelle...

—Sí, aunque Spellman te aconsejó que no lo hicieras y trató de convencerte para que te ocuparas de otros asuntos.

—Lo sé, pero es que las páginas de sociedad son tu mundo, Lavinia, no el mío.

—Ya, lo que quieres decir es que eres demasiado buena para hacer esa sección. No te preocupes, no me ofendes. Reconozco que son noticias muy aburridas, incluso para una anciana como yo.

—Nadie lo hace mejor que tú, Lavinia.

—Claro, claro —repuso la mujer mientras apuraba su cigarrillo—. Bueno, dime, ¿cómo te fue?

—Mi informador no apareció, pero creo que he encontrado otra pista.

—Cuéntame.

No había podido dejar de pensar en Black desde que saliera del almacén donde vivía.

—Ya veremos si me sirve de algo...

—Lo que quieres decir es que no me vas a contar nada, ¿verdad?

—No te lo tomes a mal, Lavinia. Es en Hewitt en quien no confío.

—¿Sigues pensando que puedes lograr una exclusiva?

—Voy a dejarme la piel por conseguirla.

—Eso si Spellman no te despide antes de que lo logres —añadió Lavinia con una media sonrisa—. Muy bien, no me digas nada, ya lo averiguaré a su tiempo.

—Así será, Lavinia —le dijo Gwen mientras se ponía en pie—. Tengo trabajo que hacer, pero a ver si podemos comer juntas un día de éstos, ¿de acuerdo?

—Cuando te venga bien, querida.

Fue hasta su mesa, que estaba tan desordenada y llena de cosas como la de cualquiera de los hombres. Sólo había una pequeña esquina que permanecía siempre impoluta, donde tenía una fotografía enmarcada de Eamon Murphy.

Dejó su bolso sobre un montón de papeles y se sentó en su silla mientras comenzaba a leer los titulares de la última edición de su periódico. Hablaban de nuevo sobre el juicio de Ross Kavanagh. Sacudió la cabeza con decepción. Su padre siempre le había dicho que Kavanagh era uno de los pocos policías de Nueva York que no se había dejado corromper por las mafias. Gwen creía que lo estaban tratando muy injustamente y que alguien debía de haberle tendido una trampa para incriminarlo en el asesinato de la amante del concejal Hinckley. E imaginaba que lo habían hecho porque se negaba a dejar que lo manejaran los corruptos.

Pero no podía hacer nada al respecto, sólo podía rezar para que resultara absuelto de los cargos. Apartó el periódico y se dejó caer sobre el respaldo de la silla. Abrió el cajón de su escritorio. Dentro estaban los recortes de periódico de su padre, artículos y notas que había guardado con mucho cuidado mientras trabajó en ese periódico. Miró a su alrededor, sacó del cajón una carpeta y la abrió sobre su regazo para no llamar la atención de nadie.

Los recortes comenzaban ya a amarillear. La historia en cuestión había aparecido enterrada en las últimas páginas de la edición del cinco de junio de 1924. Un hombre había llegado por sus propios medios a un hospital con graves heridas y murmurando algo sobre unos locos que se dedicaban a beber sangre. No tardó mucho en morir. Nadie se había molestado en investigar las acusaciones del hombre.

El resto de los artículos y recortes que su padre había estado coleccionando contaban historias similares. La mayoría hablaba de extraños asesinatos atribuidos a alguna banda de gánsters. Los testimonios de los testigos que habían visto u oído algo eran tan increíbles que nadie los había dado por buenos.

Los artículos, recortados de distintos periódicos de la ciudad, no habrían llamado la atención de la gente que desconocía el interés que su padre tenía en ese tema.

Pero sus compañeros de *El Centinela* no tardaron en sospechar que a Eamon Murphy le pasaba algo. Parecía haber perdido habilidad como periodista. Estaba siempre distraído, entregaba tarde los artículos y pasaba horas estudiando papeles que no dejaba que nadie viera. Spellman llegó a reunirse con él para tratar de hacerle ver lo que estaba pasando, pero no sirvió de nada. Eamon Murphy estaba obsesionado.

Podía oír sus palabras como si se las estuviera diciendo en esos instantes.

—Si me pasa algo, no dejes que las obsesiones de tu viejo padre destruyan tu carrera antes de empezar —le había dicho una vez—. Encuentra tus propias historias, Gwen. Eres una buena periodista. Mejor de lo que he sido yo. Estás haciendo algo con lo que siempre has soñado.

Su padre había estado en lo cierto. Había querido ser reportera desde que cumpliera los catorce, cuando Eamon la había llevado a visitar la redacción de *El Centinela*. Entonces no había visto ni una sola mujer reportera, pero no le preocupó que fuera así. Había ido a la universidad para prepararse. Después, mientras buscaba trabajo en todos los periódicos de la ciudad, había pasado mucho tiempo escribiendo artículos en su Remington de segunda mano.

Nadie había querido contratarla. Pero su padre se empeñó en que cumpliera su sueño y, dos semanas después de su muerte, Spellman le ofreció un empleo como reportera en prácticas. Sólo le encargaban los trabajos que los hombres de la redacción consideraban demasiado insignificantes para ellos, pero no le importó. Se agarró a los recuerdos de su padre y a la confianza que había depositado siempre en ella. Trabajó entonces sin descanso, esforzándose al máximo y observando a todos para aprender.

Cuando aparecieron los tres cadáveres a la orilla del río, sin una gota de sangre en sus cuerpos, recordó los artículos de su padre y decidió estudiarlos de nuevo.

«Lo siento, papá, pero no puedo dejarlo pasar. Si fue importante para ti, también lo es para mí y descubriré la verdad», se dijo.

—Veo que ya ha vuelto del centro de belleza, señorita Murphy.

La atronadora voz de Hewitt la devolvió a la realidad. Se giró hacia él y le sonrió dulcemente.

—Y veo que usted ha vuelto a la Edad Media, señor Hewitt.

—Muy graciosa, Murphy —le dijo mientras echaba un vistazo a sus papeles—. ¿Qué está haciendo? ¿Estudiando las extravagantes teorías de su padre?

Cerró la carpeta y la metió deprisa en el cajón.

—Puede meterse conmigo todo lo que quiera, señor Hewitt, pero haga el favor de dejar a mi padre en paz.

—Cálmese, señorita. Respetaba mucho a su padre.

—Claro que sí —repuso ella con ironía—. Hasta que encontró la manera de traicionarlo.

—Esa acusación no viene a cuento. Creo que su actitud está fuera de lugar, señorita Murphy. Veo que se ha contagiado de las malas formas de sus compañeros. Supongo que es algo inevitable cuando una mujer intenta competir en este mundo de hombres.

—No lo considero rival para mí, Hewitt —le dijo ella.

—Puede seguir haciéndose todas las ilusiones que quiera —repuso—. Pero que no se le olvide lo que le ha ordenado Spellman, no meta las narices en mi artículo.

Se alejó sin darle la oportunidad de replicar. Estaba furiosa, pero sabía que no le serviría de nada perder los papeles. Hewitt la habría acusado de comportarse como una histérica y habría aprovechado para meterse con ella sólo por ser mujer. Estaba empeñada en demostrarle de lo que era capaz y decidió que lo mejor que podía hacer era mantener la cabeza fría.

Tomó la foto de su padre y la miró con cariño.

Su padre solía decirle que era un trabajo muy duro, incluso para un hombre. Había vaticinado que en algunos momentos le entrarían ganas de tirar la toalla y dejar ese trabajo. Pero él siempre había confiado en sus posibilidades y en que algún día encontraría a alguien capaz de ver cuánto valía. Su padre no quería que se conformara con menos de lo que merecía.

Su padre le había dado a Mitch el visto bueno con algunas reservas al ver que empezaba a mostrar interés en ella. El joven había empezado a trabajar en el periódico un año antes de la muerte de Eamon.

Dejó el marco sobre la mesa. Casi se le había olvidado que Mitch había prometido invitarla a cenar al día siguiente. No estaba demasiado ilusionada, seguía sintiendo lo mismo por él. Mitch era un buen amigo, pero no estaba lista para casarse con un hombre al que sabía que no amaba.

Suspiró y comenzó a trabajar en los insignificantes artículos que Spellman le había encargado. Se iba a esforzar al máximo con cada uno de esos temas, como hacía siempre; no pensaba darles ningún motivo para que la echaran de allí. Y, cuando por fin sus investigaciones dieran fruto y consiguiera probar las sospechas de su padre, tendrían finalmente que dar su brazo a torcer y reconocer que estaba preparada para trabajar y competir en ese mundo de hombres.

Había decidido visitar a Dorian Black al día siguiente. No sabía por qué, pero tenía muchas ganas de volver a verlo. Aunque no tuviera información que la ayudara a resolver el asesinato, su instinto periodístico le decía que su historia era digna de ser contada.

En cuanto a los bruscos cambios de humor que parecían afectar a Black, decidió que intentaría evitarlos cuidando mucho cómo lo trataba.

El cinturón golpeó una vez más la espalda de Sammael. Ya llevaba veinte latigazos y su piel protestaba, pero le gustaba sentir el profundo dolor. Levantó los brazos y volvió a golpearse.

«Perdona mi insensatez y mi orgullo. Me has enviado una prueba y he fracasado. Permíteme ganarme de nuevo mi puesto», rezaba sin parar.

Contó otros nueve latigazos y tiró después el cinturón. Le dolían las manos, pero sobre todo la espalda. Era como si estuviera en llamas. Creía que sólo conseguiría redimir su culpa mediante el castigo, el dolor y la sangre. Se levantó lentamente y fue hasta el lavabo de su pequeña celda para refrescarse la cara. No hizo nada con su espalda. Sabía que por la mañana ya no tendría costras ni cicatrices.

Al día siguiente, todo empezaría de nuevo.

Se puso la camisa y se sentó a su escritorio. El libro estaba abierto frente a él, listo para que siguiera corrigiéndolo. Estaba a punto de tomar su estilográfica para escribir cuando alguien llamó a la puerta.

—Pase —repuso.

Entró un guardia joven y fuerte. Todos los nuevos eran igual y todos mostraban lealtad hacia él y hacia el sínodo. El guardia lo saludó inclinando la cabeza y esperando sus órdenes.

—Tenemos más información sobre la mujer —le dijo el joven—. La han visto cerca del río con un antiguo guardia de Raoul.

—¿En serio? —repuso Sammael con interés—. ¿De quién se trata?

—De Dorian Black, señor.

—Lo recuerdo. ¿Y cómo ha conocido a la señorita Murphy?

—Nuestros contactos nos dijeron que la sacó del río cuando estaba a punto de ahogarse.

—¿Qué es lo que pasó?

—Fue atacada en el muelle por un grupo de jóvenes que la lanzaron al agua.

Sammael sacudió ligeramente la cabeza.

—El Señor dijo que los humanos heredarían la Tierra, a pesar de lo indignos que puedan parecernos —comentó mientras tomaba la pluma y jugaba con ella—. No pensé que alguien como Dorian Black quisiera relacionarse con un humano.

—La llevó a su caseta y la señorita Murphy se fue horas después totalmente ilesa.

—¿No la convirtió?

—Tuvo tiempo suficiente para hacerlo, pero era de día cuando se fue la mujer.

—Entiendo —asintió Sammael—. Si Black se limita a permanecer aislado de todo, no nos interesa lo que haga o deje de hacer, pero si vuelve a encontrarse con la joven...

—De acuerdo, señor.

—¿Y qué hay de la investigación sobre la señorita Murphy?

—Parece que no ha conseguido progresar demasiado —le contó el guardia—. Creemos que acudió al muelle para encontrarse con alguien que tenía que darle alguna información, pero esa persona no apareció.

—Puede que, como su padre, ella tampoco consiga averiguar nada, pero creo que ha llegado el momento de visitar de nuevo su piso. Cabe la posibilidad de que se nos pasara algo por alto la primera vez. Y tome todas las precauciones necesarias, no queremos que sospeche nada.

—Como ordene, señor —repuso el guardia inclinando la cabeza y saliendo del cuarto.

Sammael se concentró de nuevo en el libro. Empezaba a dolerle la cabeza.

La señorita Murphy no era una gran preocupación y Hewitt tampoco, pero habían cometido el error de dejar los cadáveres a la vista en un estado demasiado sospechoso. También había fracasado en su tarea de guardar y conservar intacto el libro original, por eso lo había terminado perdiendo. Aadon había muerto, pero aún no había encontrado el libro. Tenía que recuperarlo para que los humanos y civiles de Pax no tomaran el camino equivocado.

«No pueden dudar, debo conseguir que no duden nunca», se repitió.

Acarició delicadamente las frágiles páginas. Más de la mitad del texto de Micah ya había sido tachado y sustituido por las palabras que había recibido él mismo en sus visiones. Sólo necesitaba algunas semanas más para terminar su trabajo.

—Y los que tomen la sangre de un hombre morirán —murmuró mientras escribía las palabras con sumo cuidado sobre las líneas tachadas de Micah—. Así ha sido escrito y así se hará.

Capítulo Tres

Dorian sintió que ella estaba allí antes incluso de acercarse a la puerta de la nave.

Vio a Gwen Murphy caminando por el muelle. El sol de la tarde hacía que su pelo rizado y rojizo brillara aún más. En un brazo llevaba una cesta con lo que parecían sábanas blancas. En su rostro había decisión, como si estuviera preparándose para un frío recibimiento.

De haber tenido algo de sentido común, habría tratado de escapar de su refugio en ese instante. Pero no podía hacerlo, aún no había anochecido. Además, no acostumbraba a huir del enemigo.

Porque eso era algo que tenía claro, esa mujer representaba el enemigo y sabía que no podía olvidarlo en ningún momento.

Se apartó de la puerta y esperó.

—¿Señor Black? —lo llamó Gwen poco después mientras se acercaba a su refugio—. ¿Está aquí?

—Sí, señorita Murphy.

Vio cómo se sobresaltaba al escucharlo y verlo aparecer entre las sombras.

—Señor Black. Dorian —lo saludó ella.

Se miraron a los ojos. Parecía observarlo con curiosidad y algo de suspicacia. Dorian se dio cuenta entonces de que sus pestañas eran un poco más oscuras que su pelo y que contrastaban bellamente con sus ojos verdes.

No podía creer que estuviera pensando algo así, era como si su cabeza lo estuviera traicionando. Apartó la vista y trató de concentrarse en todos los motivos por los que no podía ni debía fijarse en esa mujer.

A pesar de las razones que tenía, no le sirvió de nada. Su presencia volvió a hipnotizarlo como la primera vez y tuvo que controlarse para no tocarla. Deseaba acariciar su pelo de fuego y sentir la calidez en sus gruesos y expresivos labios...

—Le he traído la merienda —le dijo Gwen para romper el hielo—. Sé que es un poco tarde...

—No debería haber venido —la interrumpió él.

—La verdad es que no me sorprende que me reciba así, ya lo esperaba —repuso Gwen con una sonrisa—. Pero aquí estoy y no voy a irme hasta que coma algo de lo que le he traído.

—No tengo hambre.

—No me lo creo. Walter me dijo el otro día que apenas come.

—Pero sigo vivo, ¿no?

La joven dejó la cesta en la mesa y se cruzó de brazos.

—Me encantan los hombres de pocas palabras —le dijo con ironía y mirándolo a los ojos—. Ayer trató de asustarme para que me fuera. Pero, como ve, no ha funcionado. Nada ha cambiado.

Frunció el ceño al escucharla. Empezaba a sentir cierta presión en su cuerpo, como si su propio ser lo avisara de que estaba a punto de perder la cabeza.

—No es bien recibida aquí, señorita Murphy.

—Eso nunca me ha detenido.

Dorian notó que ella vacilaba un poco y pensó que quizá estuviera recordando lo agresivo que se había mostrado el día anterior, cuando había estado a punto de atacarla. Pero levantó aún más la cara, parecía decidida a no dar su brazo a torcer.

—No quiere la caridad de nadie, lo sé y lo comprendo. Pero no estoy siendo amable de manera desinteresada. Tengo el presentimiento de que sabe más de los asesinatos de lo que me dijo.

—Se equivoca.

—Puede que sí. ¿Por qué no lo hablamos mientras probamos un buen vino? —preguntó mientras abría la cesta y sacaba una botella del color de la sangre—. Seguro que podemos encontrar un trocito de césped por aquí cerca donde sentarnos y disfrutar de este banquete.

—Preferiría quedarme aquí.

—No me extraña que esté tan pálido, escondido aquí todo el día. La luz del sol le sentará bien —le dijo Gwen mientras hacia ademán de agarrarle el brazo—. Venga.

Al sentir que lo tocaba, Dorian levantó la mano para defenderse, pero se detuvo al ver la valentía con la que lo miraba. Le habría sido muy fácil hacerle daño. Le habría bastado con hundir los colmillos en la suave piel de su cuello para poder saborear su dulce sangre.

Dio un paso atrás para apartarse de ella y estuvo a punto de perder el equilibrio. Gwen lo agarró para que no cayera.

—Muy bien —replicó con impaciencia—. Si se niega a salir, comeremos aquí dentro.

Con más fuerza de la que habría podido sospechar, Gwen lo hizo girar y casi lo arrastró hasta un rincón del refugio. Vencido, se sentó en el suelo y ella fue a por la cesta. La dejó después en el suelo y se sentó a su lado.

Los aromas del pan recién hecho, el queso y los embutidos llenaron el cuarto mientras ella sacaba el mantel y lo extendía frente a ellos. Fue sacando la comida y Dorian no pudo evitar que se le despertara el apetito. Ningún vampiro, por mucho que comiera, podía sobrevivir sin beber sangre. Pero esa sangre permitía a los Strigoi poder digerir la comida humana.

—Walter necesita esto más que yo —le dijo él.

—Hay bastante comida para los dos —repuso Gwen mientras cortaba un pedazo de pan y hacía un emparedado con queso y algo de embutido—. Cómaselo —le ordenó mientras se lo entregaba.

Sus dedos se rozaron cuando aceptó el bocadillo y estuvo a punto de dejarlo caer. Se miraron a los ojos y vio que los de Gwen estaban llenos de compasión y humanidad.

Se dio cuenta de que no iba a poder seguir controlando las necesidades de su cuerpo. Tomó un bocado y cerró los ojos al sentir el pan deshaciéndose en su boca. No tardó en devorar el resto del bocadillo y Gwen le hizo rápidamente otro. Mientras comía, ella abrió la botella de vino con un sacacorchos y llenó dos copas.

—No es demasiado bueno, pero espero que no le importe —le dijo ella.

Dorian aceptó el vaso con cuidado de no tocarla. Se quedó mirando embelesado el rojo líquido.

—¿Por qué piensa que podría diferenciar un vino malo de otro bueno?

—Me ha parecido, por su modo de hablar, que se trata de un hombre culto.

—Eso no prueba nada.

—¿Dónde estudió?

Su pregunta hizo que no disfrutara del trago de vino.

—Mi pasado no tiene ningún interés, señorita Murphy.

—Deje que se yo quien lo juzgue —repuso ella mientras envolvía con cuidado el queso y el embutido para guardarlo todo en la cesta—. Estoy segura de que ha ido a la universidad y que ha tenido un trabajo que requería inteligencia y habilidad.

No le gustaba nada el camino que tomaba la conversación. Estaba claro que Gwen Murphy no estaba dispuesta a rendirse. No podía echarla de allí sin recurrir a la violencia y ya empezaba a sentir que iba perdiendo el control.

—No fui a la universidad —repuso—. Nací en este barrio y fui al colegio público hasta los diez años. Después, estuve trabajando en una fábrica. No tuve tiempo ni dinero para estudiar más.

Gwen dejó de comer su bocadillo para mirarlo.

—Es la primera vez que le oigo hablar durante tanto tiempo —comentó.

—Espero que haya conseguido aplacar su curiosidad.

—La verdad es que no. No me ha explicado cómo es que un niño nacido en uno de los suburbios más pobres de la ciudad usa palabras como «aplacar».

No podía dejar de mirar su rostro, sus delicadas cejas, la curva de su frente...

—Es posible aprender sin ir al colegio. Recuerde que hay bibliotecas por toda la ciudad.

—¿Es así como lo consiguió? ¿Es autodidacta?

Dorian se encogió de hombros y apartó la vista. Gwen terminó su bocadillo, se sacudió las migas de la falda y se puso en pie.

—¿Son libros lo que veo allí? —preguntó mientras iba a inspeccionar lo que tenía sobre una caja—. *Frankenstein...* —leyó en uno de ellos—. ¿Le gusta leer novelas clásicas, señor Black?

—De vez en cuando.

—Es una historia muy triste. Al final, acaban mal tanto el creador como su criatura.

—¿Y le sorprende que terminen así cuando ese hombre decidió que podía crear como si fuera un dios?

Gwen Murphy lo sonrió.

—Así que, además de autodidacta, también es filósofo —le dijo.

—Parece que también a usted le gustan las palabras largas, señorita Murphy.

—No puedo usarlas a menudo en mi trabajo. Pero, cuando era pequeña, me encantaba leer palabras nuevas en el diccionario.

Apenas pudo esconder su sorpresa al oírlo. Recordó entonces cómo había encontrado un diccionario viejo y medio roto entre la basura y los escombros de la que había sido su casa familiar. Se había obligado entonces a aprender al menos un par de palabras nuevas cada día. Solía practicar la pronunciación con cuidado. Tampoco se le había olvidado cuánto se reía su padre al verlo así. Nunca había creído en él. Le había dicho que, por mucho que lo intentara y por muchos años que viviera, nunca iba a llegar a ser nada en la vida. Y lo que menos se podría haber imaginado su padre era la cantidad de años que estaba durando su existencia.

—¿Qué más tiene aquí...? —murmuró Gwen mientras echaba un vistazo—. *La Divina Comedia*. No le gustan las novelas livianas e intrascendentes, ¿verdad?

—No sabe hasta qué punto me hunde que no le guste mi selección de libros.

—No, no es eso —repuso Gwen—. ¿Cree en el castigo eterno, señor Black?

—¿Y usted, señorita Murphy?

—Yo creo que siempre hay una posibilidad de redimirse —repuso ella mientras se tocaba distraídamente la cruz que llevaba colgada del cuello.

La presión que ya había sentido antes en su interior volvió de repente; era como si se le encogiera el corazón.

—Algunas almas no pueden conseguir ser redimidas —repuso.

—¿Se refiere a usted mismo? —preguntó ella—. ¿Qué le pasó, Dorian? ¿Por qué piensa que merece sufrir?

Se puso en pie. Tenía la boca demasiado seca para hablar.

—Tiene mucha imaginación —le dijo él.

—Creo que ha elegido libremente vivir así, aislado de las personas y sin comer apenas nada, porque cree que merece el castigo. Me da la impresión de que cuidar del viejo Walter es lo único que lo mantiene con vida.

Dorian cerró los ojos. Podía sentir cómo se acercaba el momento de la oscuridad completa, un tiempo en el que los Strigoi podrían salir libremente y celebrar el poder de su raza.

Pero para él no era tiempo de celebraciones, sino una especie de muerte. Una muerte temporal que, muy a su pesar, no terminaba por arrebatarle del todo la vida.

Gwen tenía razón. Creía en el castigo eterno, creía en el Infierno.

—No puede ser tan grave como piensa —prosiguió ella.

La sintió de repente a su lado, podía percibir su aliento y su calidez acariciándole la piel.

—Consiguió salir de estos suburbios y valerse por sí

mismo, ¿no es cierto? Pero debió de torcerse en algún momento su vida y ahora piensa que no puede volver a ser el mismo de antes.

Le costó mucho controlarse y no reaccionar al oír la sangre de Gwen corriendo por sus venas.

—¿No se le ha ocurrido pensar que a lo mejor tengo algún tipo de enfermedad mental?

—¿Se refiere a lo que pasó ayer?

—Sí —repuso él mientras daba un paso atrás.

—No le tengo miedo. Ha tenido muchas oportunidades para hacerme daño y no las ha aprovechado. Por traumático que fuera lo que le ocurrió, sé que puede salir de esta situación. Pero antes tiene que salir de nuevo al mundo y enfrentarse a sí mismo.

Su cuerpo fue relajándose poco a poco.

—¿Cómo es que tiene tanta fe en el ser humano?

—Lo aprendí de mi padre —repuso ella—. Él también fue reportero y tuvo que ver cosas horribles, pero nunca dejó de confiar en la bondad intrínseca de los seres humanos.

Le llamó la atención su elección de palabras. Porque él, después de todo, no era humano, ya nunca volvería a serlo.

Con mucho cuidado, le quitó el libro que Gwen aún sostenía.

—¿Siempre intenta salvar a todos los vagabundos que se encuentra por la calle?

—No soy tan buena como cree —repuso ella mientras tomaba la cesta—. ¿Le llevamos esto a Walter?

Le gustó que cambiara de tema.

—Lleva todo el día algo indispuesto. Si quiere dejarme a mí la cesta...

—Por supuesto. ¿Puedo hacer algo más?

—No. Walter ya tiene cierta edad y es normal que su salud se resienta, pero se pondrá bien.

—¿Y usted? ¿Siempre intenta salvar a todos los vagabundos que se encuentra por la calle? —le preguntó ella también—. La mayoría de la gente no se preocuparía por un viejo borracho como él.

—¿Y por qué le preocupo yo?

Vio que Gwen parecía haberse quedado sin palabras y apartó la vista antes de contestar.

—Usted me gusta, eso es todo —repuso ella.

—No hay ninguna razón para que le guste.

—¿Necesito alguna?

—Creo que ha perdido el juicio, señorita Murphy.

—No se preocupe por eso, yo no lo hago —repuso ella mientras se apartaba algunos rizos de la cara—. Me encantaría quedarme, pero tengo una cita esta noche. Volveré mañana por la tarde con algo de ropa y otras cosas que pueda necesitar.

Siempre se había mostrado frío e indiferente durante sus años al servicio de Raoul. Habían sido cualidades muy útiles en ese tipo de trabajo, pero de nada le servían ya. Cuando estaba con esa mujer, sentía que regresaba a la infancia y era de nuevo un niño vulnerable y destrozado, llorando en un rincón porque su madre acababa de morir y su padre no quería perder el tiempo consolando a sus hijos.

—Le pido de nuevo que no regrese por aquí, por favor —le dijo una vez más.

—Cuando empiezo algo, nunca me rindo —repuso Gwen—. Además, aún no le he cortado el pelo. No temerá perder toda su fuerza cuando lo haga, ¿verdad? Como le pasó a Sansón...

Dorian estuvo a punto de sonreír, pero no lo hizo.

—No, no temo que me ocurra nada parecido, señorita Murphy.

—Ya es hora de que me llames Gwen, ¿no te parece? —dijo mientras alargaba hacia él su mano.

Como no respondió, ella misma la tomó y se la apretó con firmeza.

—Gwen —repitió la joven.

Sentir su piel hizo que su cuerpo reaccionara al instante. Era como si toda la sangre de su cuerpo se concentrara de repente en su miembro masculino.

Ella lo soltó rápidamente y se apartó de él. Le pareció que se estremecía.

—Bueno, entonces nos vemos mañana —le dijo Gwen con algo de nerviosismo—. Ahora he de irme, adiós.

Dejó que se fuera. En cuanto estuvo solo, se dejó caer en el suelo y agachó la cabeza rendido.

Se había prometido el día anterior que iba a ignorar la atracción que sentía por Gwen Murphy. Había cometido el error de pensar que no iba a volver a verla. Pero Gwen había regresado y él no había sido lo bastante listo ni lo bastante precavido para mantenerla a cierta distancia. Y el interés que había despertado en su interior no había hecho más que acrecentarse.

Esa mujer había provocado una revolución en su interior y cada vez le costaba más controlar su apetito. Nunca había tenido que desarrollar un mecanismo de defensa ante una circunstancia similar porque nunca le había ocurrido.

Una de las primeras cosas que cualquier nuevo Strigoi aprendía era que los vampiros tenían debilidad por todo lo relacionado con los placeres. Independientemente de cómo hubieran sido sus vidas humanas, renacían como criaturas amantes de la lujuria y la sensualidad. Raoul había sido el mejor ejemplo de ese principio. El Gran Maestro del clan había amado el lujo y los placeres que le confería su extenso harén, donde vivían sus bellas Protegidas.

Para él, todo había sido distinto. Había tenido que concentrarse totalmente en su trabajo desde su conversión. Le había probado una y otra vez su lealtad y su valentía y con el tiempo había ido ganando privilegios a los que sólo tenían acceso algunos vasallos y lugartenientes del Gran Maestro. Pero sus gustos siempre habían sido sencillos. Era algo que nada había conseguido cambiar, ni siquiera la sincera admiración que llegó a sentir por Allegra Chase cuando le encargaron que la vigilara de cerca.

Pero todo había cambiado desde entonces. La necesidad de sentirse físicamente cerca de otro ser y el deseo que le provocaba el cuerpo de una mujer eran cambios fundamentales en su existencia, pero ni siquiera eran los cambios más radicales que había tenido que soportar aquellos últimos meses.

Creía que Gwen, de haber sido una de esas jóvenes modernas capaces de acostarse libremente con un hombre, podría incluso haber escapado del peligro que podía llegar a ser él en su vida. Pero se había dado cuenta de que ella no era así, lo había visto en sus ojos cuando se apartó de él después de que se tocaran sus manos. Gwen lo había visto por primera vez en ese instante como el hombre que era y había sentido la necesidad de apartarse. Aun así, sabía que podría llegar a dejarse llevar por los instintos que atraían a los sexos opuestos, ya fueran humanos o no.

Creía que si Gwen fuera capaz de reconocer esos instintos y dejarse llevar, quizá aplacara para siempre su deseo con una simple y rápida relación sexual. Pero también creía que la periodista, a pesar de su valentía y seguridad, no aceptaría nunca ese tipo de relación con él ni con ningún hombre. Aunque se mostraba fuerte y decida, Dorian sabía que guardaba una parte de sí misma que no compartía con nadie, sobre todo en asuntos románticos.

Dorian no sabía nada de amor, era un concepto tan extraño para él como el miedo a la muerte. Creía que, aunque Gwen lo viera como un hombre, nunca podría llegar a sentir nada por él, no pensaba que pudiera haber más de lo que los humanos llamaban amistad. Sabía que ella nunca podría llegar a entender lo que él era, cómo había vivido ni lo que había tenido que hacer. Nunca comprendería por qué había llegado a ser lo que era, por qué perdía de vez en cuando la cabeza ni por qué no le convenía confiar en él.

Por muy valiente que fuera, sabía que Gwen no podría nunca hacer frente a la verdad.

Se cubrió la cara con las manos. Sabía que al día siguiente perdería de nuevo la cabeza y no tenía ni idea de cuándo ni cómo se recuperaría. En ese momento, tenía la mente lo bastante clara como para entender que había una diferencia entre el deseo que sentía por su cuerpo y la necesidad de beber su sangre, pero no creía que pudiera controlarse al día siguiente. El instinto, la necesidad física, era muy fuerte entre los Strigoi. Y él, apartado de las leyes del clan o del control del Gran Maestro, podría dejarse llevar por la necesidad de procrear convirtiendo a alguien. Era la única manera que tenían los vampiros de extender su raza.

Le horrorizaba sentirse tan vulnerable y perder el control de ese modo, pero no tenía muchas opciones.

Si conseguía sobrevivir otra noche más de locura, tendría que irse de allí. Conocía unos cuantos rincones en esos suburbios donde podría refugiarse con Walter hasta que se le ocurriera un sitio mejor. Eran lugares donde Gwen nunca podría encontrarlo.

Seguramente ella no tardaría mucho en olvidarlo.

Tomó la cesta de Gwen y salió del cuarto para llevársela a Walter.

Gwen siempre había oído que Lord Byron's era uno de los mejores restaurantes de Manhattan. Llevaba tiempo siendo uno de los favoritos de la élite de la ciudad, con precios demasiado caros para la comida que ofrecían y una decoración igualmente excesiva.

Mujeres vestidas de Chanel salían de sus limusinas y entraban en el restaurante del brazo de hombres elegantemente vestidos. Una pequeña orquesta tocaba mientras los comensales conversaban en sus mesas y algunas parejas bailaban en la pista.

Parecía un sitio sobrio y elegante, pero todo el mundo sabía que había una sala en la parte de atrás donde se servía alcohol con las comidas. Mitch, como buen reportero que era, conocía la contraseña que debía susurrar al camarero para poder acceder a ella.

Les dieron una mesa cerca de la banda, que tocaba una conocida melodía en esos momentos. Un camarero se les acercó enseguida con una botella de vino dentro de una cubitera. Le mostró la etiqueta a Mitch, que asintió con la cabeza.

—No sabía que pudieras permitirte un Chateau D'Or —murmuró Gwen.

—¡Qué propio de ti decir algo así en un momento como éste! —replicó Mitch algo molesto.

—¿A qué te refieres con «un momento como éste»? ¿No estamos aquí para celebrar tu última exclusiva? —le preguntó con fingida inocencia.

—Sabes muy bien de qué se trata —le dijo Mitch—. No se me ha olvidado.

Tuvo que resistirse para no cambiar de tema, no quería tener que hablar de ello, pero Mitch parecía muy serio y decidido aquella noche y le pareció que no era una buena señal.

—De acuerdo —concedió—. Lo siento, Mitch. Intentaré portarme bien.

Notó que se relajaba un poco. Mitch levantó su copa, olió el vino y lo saboreó con gusto. Asintió con la cabeza y el joven rellenó las dos copas.

Lo primero que pensó ella al probar el merlot fue que no era mucho mejor que el vino barato que había compartido con Dorian unas horas antes. Y había disfrutado más de esa espontánea merienda que de cualquier cena en los elegantes restaurantes de la ciudad. Le gustaba discutir con ese hombre que parecía tan volátil e impredecible como una tormenta de verano...

«No pienses en él, concéntrate en...», se dijo.

—¿Gwen?

La voz de Mitch la devolvió a la realidad.

—Lo siento, estaba en las nubes.

—¿Sigues pensando en ese asunto de Hewitt?

—No es de Hewitt, es un tema que mi padre investigó durante años.

—Tu padre era un buen periodista, pero tenía unas ideas algo extravagantes. Spellman nunca le habría dejado que siguiera con ese asunto aunque no hubiera...

—Aunque no hubiera muerto —concluyó ella al ver que Mitch no se atrevía a terminar la frase—. Lo sé, pero estos últimos asesinatos tienen que estar relacionados con lo que mi padre investigó.

—¿Te refieres a esa secta de bebedores de sangre de la que hablaba? —preguntó Mitch intentando controlar su incredulidad para no ofenderla—. Sabes que no puede ser cierto, Gwen.

—Haces que parezca algo ridículo, pero no voy a descansar hasta comprobarlo.

—Sólo espero que pienses en las consecuencias —le dijo—. Hewitt podría complicarte mucho la vida, Gwen. Siempre ha estado en contra de que las mujeres trabajen en el periódico.

—Eso ya lo sé, pero es más común cada día. Hay un montón de escritoras que...

—Pero pensé que querías trabajar en la redacción de noticias y ocuparte de los temas verdaderamente importantes.

—No conseguiré un puesto en esa sección hasta que consiga una buena historia. Y para eso tengo que arriesgarme un poco.

Mitch la miró con gesto testarudo. Era una expresión que conocía demasiado bien.

—Hay asuntos en los que las mujeres no deberían meterse, Gwen.

Le entraron ganas de levantarse y gritarle, pero no lo hizo, mantuvo la calma.

—¿De verdad piensas eso, Mitch?

—Sabes que siempre te apoyo en todo lo que decides hacer.

—Pero con algunos límites, ¿verdad?

—Sí —repuso él—. Quiero cuidar de ti, Gwen. Aunque eso signifique tener que protegerte también de tus propias decisiones.

—Ése es exactamente el problema, no quiero que...

Apareció de nuevo el camarero.

—¿Están los señores listos para que les tome nota? —les preguntó con suma educción.

—Dos raciones de *filet mignon*, por favor —repuso Mitch antes de que ella pudiera decidir.

Apretó los labios y no dijo nada, prefirió concentrarse en el mantel y tratar de ocultar su contrariedad. La banda comenzó a tocar y Mitch se levantó.

—¿Bailamos? —le sugirió mientras le ofrecía la mano.

Lo último que quería Gwen era hacer una escena esa noche. Tomó su mano y fueron juntos a la pista de baile. Mitch la acercó a su cuerpo y comenzaron a moverse.

—Llevo toda la noche esperando este momento —susurró Mitch muy cerca de su oído—. Apenas nos hemos visto durante estas últimas semanas.

—No ha sido culpa mía —repuso ella.

—Siento haberte desatendido —le dijo Mitch con aparente sinceridad—. La historia en la que estoy trabajando está absorbiéndome por completo, pero la verdad es que tú tampoco has tenido demasiado tiempo para mí, Gwen.

—¿Qué quieres que haga? ¿Que te espere con los brazos cruzados sin hacer mis propios planes, pendiente de que me llames o no para estar siempre disponible?

Mitch se apartó un poco y la miró con el ceño fruncido.

—Pareces irritada, Gwen. Y no te sienta nada bien.

—No sé cómo puedes soportarme entonces.

Él dejó de repente de bailar. Tomó su cara entre las manos y la miró a los ojos.

—Te soporto porque eres la mujer más brillante e interesante que he conocido en mi vida. Y eso sin mencionar que además eres preciosa.

No dijo nada. Mitch parecía creerse de verdad que estaba apoyándola en su carrera, pero la verdad era que tenía tolerancia por lo que hacía siempre y cuando le permitiera dedicarle algún tiempo de vez en cuando. Siempre y cuando él fuera el que estableciera las reglas.

—Gwen—susurró, muy cerca de su cuello—. ¿Cuándo vamos a terminar con este juego?

Era la misma conversación que ya habían tenido una docena de veces y no le quedaban argumentos para convencerlo.

—Sabes muy bien lo que quiero —le susurró él—. Estamos hechos el uno para el otro, Gwen. Te niegas porque crees que quieres independencia, pero en realidad no es así. Ninguna mujer quiere realmente esa independencia.

Sus palabras la sacaron de quicio y tuvo que morderse la lengua para no decirle lo que pensaba.

—Supongo que debió de ser un viaje muy peligroso —repuso con cierta calma.

—¿Cómo?

—Hablo del viaje en el que te has adentrado, ése que has hecho dentro de la mente de una mujer.

—No ha sido difícil, Gwen. Algunos hombres creen que las mujeres son seres misteriosos. Yo sé que no es así. En muchas cosas, sois mucho más simples que los hombres.

—Gracias —murmuró ella con ironía.

—No lo decía como insulto —repuso él—. Deja de lado todas tus dudas y pongamos una fecha.

Sintió cómo se tensaba todo su cuerpo, le costaba respirar.

—Me gustaría beber un poco más de vino antes, si no te importa.

—Por supuesto, si así consigo que cooperes...

Volvieron juntos a la mesa y Mitch le apartó la silla para que se sentara. Gwen intentó controlarse y no terminarse de un trago lo que le quedaba en la copa. Trató de pensar rápidamente en algo que consiguiera distraerlo para que pudieran cambiar de tema.

«Pero no podrás seguir posponiendo ese momento», se dijo.

Estaba orgullosa de su honestidad y sabía que tarde o temprano tendría que serlo con él.

No sabía muy bien qué sentía. Le gustaba mucho Mitch. Solía ser razonable casi todo el tiempo. Le parecía atractivo, inteligente y noble, aunque tenía un lado agresivo y cruel que sacaba cuando andaba detrás de algún reportaje importante.

Aunque hacía tiempo que lo trataba, sentía que no lo conocía de verdad. Sabía que cualquier mujer soñaría con que se fijara en ella un hombre como Mitch Hogan, pero ella sentía que no podía casarse con él sin estar segura. No quería tener que arrepentirse después.

Creía que, si de verdad lo amara, no tendría tantas dudas. Nunca había sido capaz de decirle esas palabras y temía no ser capaz de amar a nadie.

Sin que pudiera hacer nada para evitarlo, volvió a pensar en el viejo almacén del muelle y en un rostro frío e inescrutable que no tenía nada que ver con el de Mitch. Creía que el periodista y Dorian no podían ser más distintos. Mitch estaba muy serio esa noche, pero tenía sentido del humor y le gustaba bromear. Dorian, en cambio, parecía reír menos que un enterrador.

Pero tenía que reconocer que había sentido algo muy extraño cuando tocó su mano esa tarde, justo antes de despedirse de él. Sabía que era un cliché, pero había sentido literalmente una corriente eléctrica entre los dos. Y también se había dado cuenta de que era un hombre más peligroso de lo que quería creer. Y no porque pensara que era capaz de hacerle daño, sino porque en sus ojos había visto un deseo que había conseguido estremecerla por completo.

Y, por mucho que lo intentara, no podía olvidar lo que había sentido al tocar su mano.

—¿Estás pensando en una fecha? —le preguntó Mitch de repente.

Ella le sonrió con amabilidad.

—Prometo pensar en ello.

—De acuerdo, pero no tardes mucho —le dijo Mitch tomando su mano—. Quiero estar contigo, Gwen. En todos los sentidos...

Su mano era cálida y firme, pero apenas le afectaba sentir su piel. No sólo no lo quería, sino que tampoco había atracción.

—Bailemos —sugirió ella.

Mitch la abrazaba con fuerza, como si temiera perderla, como si hubiera adivinado lo que estaba pensando. Entre sus brazos se sentía enjaulada, pero intentó no pensar en ello.

También trató de apartar a Dorian Black de su cabeza.

Mitch conocía muy bien a Gwen y supo que le pasaba algo. Su manera de andar, sus palabras, cada gesto... Siempre le había resultado fácil adivinar cómo se encontraba. Esa noche parecía algo más tensa que de costumbre, como si tuviera la mente en otra cosa. Como si estuviera pensando en otra persona, pero no sabía en quién.

Cuando terminaron la cena, fue él quien sugirió que debían retirarse ya para descansar. Gwen estuvo de acuerdo, incluso le pareció que se sentía aliviada. Vio cómo se relajaba su cuerpo, como si acabara de quitarse un gran peso de encima.

Mitch la acompañó a la salida y le pidió al aparcacoches que les llevara su vehículo. Fueron primero a casa de Gwen y ella no abrió la boca. Sabía que su mente estaba lejos de allí y le costó controlarse. Sabía que de nada iba a servirle preguntarle qué le pasaba o en qué estaba pensando. Así sólo iba a conseguir que se encerrara aún más en sí misma.

Gwen Murphy era mucho más directa que la mayoría de las mujeres, pero también era capaz de jugar sucio.

Cuando llegaron a su casa, Gwen le dio las gracias y un rápido beso en la mejilla, pero él la abrazó y la besó en condiciones antes de que pudiera escapar. Sus labios tardaron un segundo en relajarse y responder. Y, aun entonces, podía sentir que no estaba presente. Sabía que muchos hombres ni siquiera lo habrían notado, pero él era muy perceptivo y aquello no le pareció una buena señal.

La observó mientras entraba en el portal. Sabía que no era consciente del sensual movimiento de sus caderas, pero ese detalle no hizo sino enfurecerle aún más. Sabía que cualquier hombre se quedaría hipnotizado al verla en ese vestido de satén rojo, cualquiera podría imaginarla en su cama, disfrutando de su bello cuerpo.

Sabía que nadie había llegado tan lejos con ella, ni siquiera él, pero no iba a dejar que ningún otro hombre se adentrara en el que ya consideraba su territorio. Había sido muy paciente con ella, pero creía que necesitaba tener a su lado a un hombre que la guiara y le impusiera cierta disciplina, un hombre que cuidara de ella y que no diera alas a sus absurdas teorías.

Creía que, cuando se convirtiera por fin en su esposa, ya no necesitaría trabajar ni preocuparse por su carrera.

«No sabes lo que te conviene, Gwen, pero yo te lo enseñaré y conseguiré que aprendas bien la lección», se dijo.

Capítulo Cuatro

Eran ya las tres de la tarde cuando Dorian decidió que Walter no podía seguir como estaba. Tenía una fiebre muy alta y su pulso era demasiado rápido. Estaba muy pálido y se negaba a beber el agua que continuaba ofreciéndole sin descanso. Tenía los labios secos.

Sabía que necesitaba un médico.

Se puso su largo abrigo, el sombrero y se cubrió la cara con una bufanda. Era una suerte que no hiciera demasiado calor, así su atuendo atraería menos miradas. Cubrió a Walter con la manta más limpia que tenían y lo sacó del cuarto en brazos. No pesaba nada.

El hospital más cercano estaba a unas doce manzanas de allí. No tenía dinero para un taxi, pero era más veloz que los humanos.

Los marineros y estibadores se giraron al verlo correr por el muelle. Tuvo que aminorar la marcha para no darse con un remolque y fue entonces cuando vio a Gwen.

—¡Dorian! —lo llamó ella.

No sabía si detenerse o no. Vio que ella llevaba un

montón de paquetes en sus brazos. No podía permitirse el lujo de perder tiempo hablando con ella, sobre todo cuando esa noche había luna nueva. Pero sabía que tendría dinero para pagar un taxi y estaba seguro de que querría ayudar a Walter tanto como él.

Se detuvo y Gwen corrió a su encuentro.

—¿Qué ha pasado? —preguntó con preocupación—. ¿Está enfermo?

—Sí. Necesita un médico. ¿Podría conseguirnos un taxi, por favor?

—¡Por supuesto! —exclamó Gwen mientras dejaba los paquetes en el suelo—. ¿Qué le ha pasado?

—No lo sé... —comentó él—. Los ancianos suelen tener enfermedades, ¿no?

Corrieron por todo el muelle y el embarcadero hasta llegar a la calle South. No había taxis por ninguna parte, así que continuaron hacia el oeste hasta llegar a la calle Cherry. Gwen consiguió por fin parar un taxi con un impresionante silbido. Se metieron en el asiento de atrás con Walter entre los dos.

—Al hospital y tan rápido como pueda —le dijo Gwen al conductor.

La mujer colocó la mano en la frente de Walter.

—Está ardiendo —murmuró—. Deberías haberlo sacado antes de allí.

Dorian se estremeció, le costaba pensar en nada más cuando estaba con ella, su aroma lo envolvía y se sentía hipnotizado.

—No sabía si en el hospital se harían cargo de gente como él —le comentó.

—Podrías haberme llamado, yo me habría encargado de pagarlo todo —repuso Gwen.

—No sabía que fuera una mujer de posibles, señorita Murphy.

—Me ibas a llamar Gwen, ¿recuerdas? —lo corrigió ella mientras lo observaba con detenimiento—. ¿Por qué vas tan cubierto? Ni siquiera puedo verte la cara.

Dudó un segundo, pero se dio cuenta de que allí dentro no corría peligro y se apartó la bufanda de la cara. Los rayos de sol no eran tan intensos a través de los cristales del coche, pero aun así le ardían las mejillas y la nariz.

—Mi piel es... Es muy sensible a la luz del sol.

—Vaya... Será muy duro tener que vivir así.

Se encogió de hombros y se quedaron en silencio. Vio que Gwen fruncía el ceño, parecía muy pensativa. Después se concentró en Walter y en limpiarle el sudor de la frente con su pañuelo.

No tardaron ni diez minutos en llegar al hospital. Dorian salió, abrió la puerta del lado de Gwen y entre los dos sacaron a Walter. Unas enfermeras se ocuparon del anciano mientras Gwen hablaba con un hombre joven que debía de ser el médico.

—Ya tienen una cama para él —le dijo Gwen—. Voy a sentarme a su lado. ¿Vas a quedarte?

Estaba claro que esperaba que así lo hiciera, pero no podía arriesgarse tanto. No tardaría en sentir los primeros efectos de su locura pasajera. Entonces, estaría completamente dominado por la ira y el hambre y todos correrían peligro a su alrededor.

—No —repuso—. Aquí estará bien cuidado, no me necesita para...

—Pero Walter confía completamente en ti.

—Volveré por la mañana —le dijo mientras se volvía para salir.

—Espera —repuso ella acercándose y tocando su brazo—. No te gustan los médicos, ¿verdad?

No contestó. Prefería que pensara que ésa era la razón por la que se iba de allí.

—Gracias por quedarte con Walter.

—No hay de qué —repuso Gwen sin soltar su brazo—. Te había traído algunas cosas, pero las dejé tiradas en el muelle. Mañana te llevaré más.

—No es necesario.

Tragó saliva par intentar controlarse, pero era demasiado intenso su aroma y no podía ignorar el sonido de su sangre fluyendo por las venas de Gwen.

—No quiero discutir más —le dijo ella mientras le entregaba unos billetes—. Para que te pagues el taxi de vuelta y algo de comida.

No quería aceptar su dinero, pero tampoco podía arriesgarse a tratar de devolvérselo y tener que tocar de nuevo su piel.

—Bien —murmuró al final—. Buenas tardes, Gwen.

Fue directo a la puerta del hospital. Ella no lo siguió. Tenía tanta necesidad de beber sangre fresca que le dolía la garganta y la cabeza.

Estaba tan desesperado que decidió volver en taxi al muelle. El sol ya se ocultaba en el horizonte cuando llegó a su caseta. Le costaba respirar y sentía el rápido ritmo de sus pulsaciones en las sienes.

Esperaba poder recluirse en la nave y tratar de dominar el hambre y la violencia. Cuando pasara la noche, trataría de encontrar el alimento que tanto necesitaba, pero no podía hacerlo antes, no mientras corriera el peligro de que llegara a matar a alguien.

La puerta de la nave estaba casi rota. La cerró como pudo, sabiendo que nada conseguiría detenerlo si decidía salir en mitad de la noche. Lo hacía por su propia tranquilidad, intentando ponerse tantos obstáculos como pudiera encontrar.

Apenas le quedaba ya energía. Fue hasta su rincón sintiendo que su cuerpo volvía a llenarse de energía, era casi demasiada. Podía ver mejor que nunca y su piel era capaz de percibir la más leve corriente de aire. Cuando llegó a su caseta, se dio cuenta de que no estaba solo.

—Hola, Dorian.

Javier apareció frente a él con los ojos encendidos en sangre. Llevaba un elegante traje negro hecho a medida y lo miraba con una fría sonrisa.

Cerró los ojos. Supo que no iba a encontrar esa noche la paz que tanto necesitaba.

—Javier —lo saludó—. ¿Cómo me ha encontrado?

El guardián sacó una pitillera de plata del bolsillo y tomó un cigarrillo de su interior.

—Me ha costado bastante, pero siempre supe que terminaría por regresar a la ciudad —le dijo.

Dorian se dejó caer sobre unas cajas.

—No debería haber venido.

—Lo sé. Ya imagino que no le gusta tener que volver a verme —le dijo Javier—. ¿De verdad creía que íbamos a dejar que se saliera con la suya?

—Será mejor que se largue cuanto antes —le dijo al sentir que comenzaba a quemarle la piel.

—¿Por qué? —preguntó Javier—. ¿Cree que voy a permitir que escape? Traidor... Tenía que disparar a Allegra Chase y no lo hizo. Y cuando intenté hacer su trabajo...

No tenía que terminar la frase. Dorian recordaba a la perfección todo lo que había pasado tres meses antes, la noche que le ordenaron que asesinara a Allegra Chase, la única vampira con la suficiente valentía y fuerza para hacer frente al gobierno tiránico de Raoul, el anterior Gran Maestro del clan de Nueva York. Esa misma noche, Dorian descubrió que, si Raoul seguía con vida, acabaría por destruir a las únicas personas buenas que había conocido.

Javier había sido su compañero durante dos años y no había tenido ningún escrúpulo a la hora de obedecer a Raoul y matar a Allegra. Al ver que Dorian no podía hacerlo y tiraba al suelo el rifle, Javier lo había agarrado, dispuesto a disparar a Allegra en la cabeza. Pero Dorian no permitió que lo hiciera, se echó sobre él para impedir que la matara. Su error había sido no deshacerse de Javier, y éste lo vio con una pistola en la mano segundos después de que Raoul fuera disparado.

—Después de todo lo que Raoul hizo por usted... —murmuró Javier inhalando el humo de su cigarrillo para echárselo después a la cara—. No puedo creer que lo matara. Dejó al clan sin líder y ahora la guerra entre los Strigoi es implacable. Por su culpa. Y todo por una mujer...

Cada vez estaba peor, sentía el fuego en su interior amenazando con salir a la superficie. Ya estaba a punto de llegarle al cerebro. Sabía que no iba a tardar en perder por completo la cabeza.

—Los vampiros como Allegra serán la salvación de nuestra especie.

—No diga tonterías. Se le fue la cabeza, Dorian —le dijo—. ¿Cómo ocurrió? Era frío y calculador en su trabajo, pero todo cambió cuando apareció esa mujerzuela de Allegra Chase.

Eso era verdad. Había sido bueno en su trabajo. Tanto que su mera presencia conseguía aterrar tanto a humanos como a vampiros. Había hecho durante años todo lo que Raoul le ordenaba.

Había sido un guardián leal. Había cumplido las órdenes sin plantearse por qué tenía que hacerlo, pero nunca había disfrutado de la violencia, sabía que no era como Javier. Solía hacer frente a cada situación con tranquilidad y frialdad, dejando que su compañero jugara la carta de la violencia. A él le había bastado casi siempre con hacer amenazas para conseguir sus propósitos.

Pero todo cambió cuando le encargaron que vigilara a Allegra Chase. Fue entonces cuando descubrió que aún tenía emociones humanas en su interior y que aún podía llegar a admirar valores como el compromiso y la valentía en otros seres.

—Es usted demasiado débil —le dijo Javier—. Lo supe desde el principio. Siempre se mostró demasiado contenido.

Dorian sintió cómo se expandían sus pulmones, llenándose del aire que necesitaba para completar la transformación que estaba a punto de dominarlo.

—Salga de aquí —le susurró con desesperación—. Salga de aquí si desea seguir con vida.

—¿Cree que podría matarme? —le preguntó Javier mirando a su alrededor con una sonrisa burlona—. Usted no podría matar ni a una mosca. Mire este sitio. Ha caído demasiado bajo, Dorian. Ya casi es humano —añadió mientras se quitaba el abrigo—. La verdad es que le debo una. Cuando el clan se quedó descabezado, tuve la oportunidad de hacerme con un puesto importante dentro de una de las facciones que luchan por el poder. Ahora ya no soy un simple guardián, sino un vasallo, uno de los hombres de confianza de Kyril. Y cuando Kyril gane esta guerra, llegaré muy lejos —concluyó mientras dejaba el abrigo sobre una de las cajas de madera.

La bestia que esperaba dentro de su pecho empezaba a perder la paciencia, quería salir por fin.

—Así que ésta es su venganza...

—Las cosas le han salido demasiado bien, Dorian. Si alguien llegara a saber que fue usted quien disparó a Raoul, lo destrozarían —le dijo—. Levántese. Seré rápido, no se preocupe. Por los viejos tiempos...

Dorian se puso en pie. Sentía cómo se expandían sus músculos bajo la piel llegando a proporciones monstruosas. Javier no podía darse cuenta de nada, era todo una ilusión. Todo menos el deseo que tenía de matarlo.

Levantó las manos como último intento, tenía que conseguir que huyera de allí. Pero no le sirvió de nada. Javier se abalanzó sobre él, empujándolo contra la pared de cajas.

Todo lo que siguió después ocurrió demasiado deprisa. Dorian estaba fuera de sí. Sus puños podían destrozarlo todo, oyó el sonido de huesos rotos y supo que estaba destrozando a su oponente.

Saboreó entonces la sangre. No era el líquido vital de los humanos, sino la amarga sustancia que corría por las venas de los Strigoi. Tenía la boca llena de esa sangre y la escupió mientras se deshacía del cuerpo que sostenía en sus manos.

Todo se detuvo de repente. La criatura que había sido Dorian Black salió del cuarto dejando a su enemigo allí tirado. Abrió de un puñetazo la puerta de la nave y salió a la noche, buscando como un loco. Lo que quería no estaba allí, pero en un lejano rincón de su cerebro, aún racional, recordó qué era lo que buscaba.

Fue entre las sombras, evitando las farolas y otras luces. Pasaban coches a su lado, pero consiguió que nadie lo viera. Llegó a una calle por donde paseaban humanos. Cualquiera de ellos podría ser su próximo Donante involuntario, su próxima víctima.

Cada vez se intensificaba más su necesidad y su hambre. Guiaba sus pasos con lo poco de pensamiento racional que le quedaba. Tenía que encontrarla.

El edificio que había estado buscando estaba en silencio a esas horas. Ya pasaba de la medianoche. Había una ambulancia aparcada a la entrada y vio a un médico con bata blanca fumando en la acera.

Llegó a la puerta al tiempo que salían dos mujeres charlando. Apartó la cara para que no lo vieran. Podía haberles roto el cuello fácilmente, pero sabía que así sólo conseguiría atraer atención. El interior del edificio estaba muy bien iluminado y sintió que la luz lo cegaba durante unos segundos. Bajó la cabeza. Los humanos hablaban en voz baja, pero sus sentidos estaban tan desarrollados que le parecían voces atronadoras.

—¿Puedo ayudarlo? —le preguntó la recepcionista al verlo pasar frente a su mostrador.

No contestó. No le salía la voz. La miró fijamente hasta que la mujer apartó asustada la vista.

Nadie trató de detenerlo. Todas las puertas eran iguales, pero no dudó. Sabía muy bien dónde estaba ella.

Se detuvo al final del pasillo. Tenía la lengua inflamada, la sed era tan intensa que no podía esperar más. Agarró el picaporte de la última puerta y entró sin hacer ruido.

Estaba sentada en una silla al lado de la cama, con las manos sobre el regazo y la cabeza completamente relajada. El anciano de la cama roncaba tranquilamente. Ninguno de los dos lo oyó entrar. Se acercó a la cama y miró al hombre. Ese individuo no le interesaba. Se concentró entonces en la mujer. El hambre y el deseo lo controlaban por completo.

Fue a colocarse detrás de la silla. Pensaba ser muy rápido para que no se despertara antes de que terminara con ella.

Dudó un segundo antes de hacerlo. Colocó las manos sobre sus hombros y agachó la cabeza, mostrando sus afilados dientes. El primer mordisco conseguiría sedarla. El segundo le daría la sangre que tanto necesitaba. O podía convertirla en alguien como él.

Oyó de repente unas voces. Alguien hablaba en el pasillo. Se apartó deprisa de la joven. Había demasiados humanos en ese sitio, demasiados para poder matarlos a todos. Con un gruñido, fue hacia la ventana y la abrió como pudo. Saltó justo a tiempo de que no lo vieran los humanos que entraban en ese instante en la habitación.

Echó entonces a correr. Había humanos por todas partes, pero el olor a sangre era tan intenso que se sentía enfermo. Volvió al río sin haber conseguido una sola gota de alimento.

Entró con desesperación en la nave, tomó la primera caja que vio y la estrelló contra una de las paredes. Destrozó después con sus puños todas las cajas con las que había construido su caseta. No dejó nada en pie. Desgarró las mantas hasta hacerlas trizas y no descansó hasta destruirlo todo.

Sus músculos fueron perdiendo fuerza y sintió que se desvanecía, cayendo en un negro agujero.

Cuando abrió los ojos, entraba un poco de luz bajo la puerta de la nave. Se pasó la mano por la cara y notó que aún le sabía a sangre la boca.

Fue entonces cuando lo recordó todo. Los detalles eran demasiado borrosos, como si lo hubiera visto todo a través de un sucio cristal, pero recordaba lo suficiente.

Se incorporó hasta sentarse y después se puso en pie despacio, apoyándose en la pared para ver si sus piernas podían sostenerlo. Era normal que se sintiera débil después de una noche así, siempre le pasaba lo mismo. Era un precio muy pequeño después de horas de locura. Sabía que otros tenían que pagar un precio mucho mayor.

El cuerpo de Javier permanecía donde lo había dejado. La cabeza descansaba en un ángulo imposible, los brazos también estaban retorcidos y tenía la garganta destrozada. Le sorprendió que no hubiera más sangre. La cara de Javier seguía intacta. Era un cadáver tan apuesto como lo había sido con vida.

Sintió de repente arcadas, pero no pudo vomitar. Su estómago estaba vacío. Sabía que estaba a punto de caer enfermo, no podía seguir sin alimentarse. Casi le gustó sentir dolor en su vientre, aunque creía que se merecía un castigo mucho mayor para pagar por lo que había hecho durante la luna nueva y durante tantos años como vampiro.

Se arrodilló al lado de Javier y le cerró los ojos. Iba a tener que sacar el cadáver de allí antes de que alguien lo encontrara. Creía que si lo tiraba al río, los humanos pensarían que se trataba de otro asesinato de la Mafia.

Dejó a Javier donde estaba y se dio una vuelta por el almacén. No había ni una caja ilesa. Había destruido todo lo que había encontrado a su paso. La cama de Walter ya no existía.

Sabía que no lo había hecho todo durante su pelea con Javier, sino que debía de haber vuelto fuera de sí después de una noche de infructuosa caza. No había querido conformarse con cualquier humano. Esa vez, había ido detrás de una presa en concreto.

Se dio cuenta de que había estado a punto de matar a Gwen Murphy.

No podía dejar de temblar, estaba horrorizado. Se acercó a la puerta del almacén y colocó su pie donde pudiera darle el sol. Le habría bastado con quitarse la ropa y dar unos pasos más para que todo su cuerpo comenzara a quemarse. Su piel no tardaría en cubrirse de ampollas y grietas. Sabía que el dolor sería insoportable, pero no duraría mucho. Así podría terminar con todo.

Sería una manera bastante rápida de morir y se aseguraría de que Gwen estuviera a salvo de él. Pero creía que, aunque no fuera ella la que descubriera su cuerpo, acabaría por saber de su muerte.

Se apartó de la luz. No era ésa la única manera que tenía para acabar con su vida. Podía también dispararse en la cabeza o encontrar la manera de romperse la columna vertebral. O podía simplemente dejar de beber.

No tenía demasiado tiempo. Se puso su sombrero y el abrigo. Salió del almacén en busca de algo con lo que cubrir el cuerpo de Javier. Entre aparejos de pesca encontró un trozo de lona bastante grande. De otra nave robó una pesada cadena que escondió bajo el abrigo.

El cuerpo de Javier estaba ya muy tieso y quebradizo. Lo envolvió en la lona y ató con cuerdas el bulto. Después lo rodeó con la cadena.

No podía esperar a que se hiciera de noche para deshacerse del cuerpo, así que lo arrastró hasta la puerta y miró a su alrededor. Los únicos humanos que había por allí estaban bastante lejos y trabajaban sin parar para cargar un barco de mercancías. Llevó como pudo el bulto hasta el borde del puerto y lo tiró al río.

Observó cómo se hundía en el agua. En cuanto comprobó que desaparecía por completo, volvió al viejo almacén. Se dispuso entonces a recoger toda la basura que él mismo había producido. Apiló los restos de las cajas de madera y los objetos que había roto y lo dejó todo en una esquina de la nave.

Tras comprobar que había conseguido despejar todo el espacio, se puso de nuevo el abrigo y el sombrero y salió sin mirar atrás.

Gwen estaba convencida de que Dorian estaba allí.

Miró asustada a su alrededor. No entendía de dónde había salido la gran pila de cajas rotas ni por qué ya no había ni rastro del cuarto que se habían construido los dos vagabundos en una esquina de la gran nave. Parecía haber tenido lugar una terrible pelea, todo estaba destrozado, pero lo más extraño era que alguien se hubiera molestado después en recoger los restos del desastre. No vio por ninguna parte los objetos que Walter había ido rescatando de la basura, y Dorian tampoco parecía estar allí.

Se quedó sin aliento al ver una mancha de sangre en el rincón donde había estado la habitación de Dorian. Se agachó para rozarla con los dedos y sintió que se le revolvía el estómago. Creía que no había suficiente sangre para indicar que hubiera muerto alguien allí, pero le pareció claro que era una cantidad importante y que la persona que había derramado esa sangre debía de estar muy malherida.

Se preguntó si habría sido Dorian la víctima.

No entendía quién podría haberlo atacado. Sabía que ocultaba algo de su pasado y cabía la posibilidad de que tuviera enemigos, pero pensó que quizá se tratara de un ataque sin motivo alguno por parte de algún grupo de gamberros, como el que la había atacado a ella.

Salió de la nave y se digirió al río tratando de calmarse un poco para poder razonar. Encontró a algunos marineros y les hizo algunas preguntas muy discretas para no levantar sospechas, pero no le aclararon mucho. Un tipo le dijo que había visto esa misma mañana a alguien con un largo abrigo negro por el muelle.

A última hora de la tarde, se dio cuenta de que Dorian ya no estaba en la zona y decidió irse.

Tomó un taxi de vuelta al hospital y fue directamente a la habitación de Walter. Cuando entró, el anciano estaba bebiendo el agua que le ofrecía una enfermera.

—¡Gwen! —exclamó al verla mientras trataba de incorporarse—. ¿Dónde está Dorian?

—Señor Brenner, no se mueva, por favor —le recordó la enfermera.

—No sé dónde está —repuso Gwen mientras colocaba una silla cerca de la cama y se sentaba—. No está en el almacén del muelle. Y todo está distinto...

—¿Qué? —preguntó preocupado—. ¿Qué quiere decir?

—No lo sé —repuso con cuidado para no alterarlo demasiado—. Sus cosas...

Decidió que era mejor no decirle que todo había sido destrozado por completo.

—Sus cosas no estaban allí.

Walter maldijo entre dientes.

—Siempre he temido que un día decidiera recogerlo todo e irse...

—¿Por qué? —le preguntó ella.

—No me parece que esté muy cómodo en compañía de gente. Creo que hasta le costaba a veces estar conmigo —le dijo el anciano—. Yo a veces fingía estar más enfermo de lo que estaba para que se concentrara en mí y no hiciera... Y no hiciera nada malo.

—¿Habla de hacer daño a otras personas?

—No, estoy convencido de que nunca haría algo así —repuso Walter cerrando los ojos—. Pero, la manera en la que hablaba a veces... Me daba la impresión de que tenía algo en mente, creo que es un peligro para sí mismo.

Gwen sintió que se mareaba y se agarró a los reposabrazos de la silla.

—Y ahora que estoy yo, ha debido de pensar que ya no lo necesita, ¿no?

—Quizá sea eso. Pero no se preocupe, señorita

Murphy. Conmigo no tiene ninguna responsabilidad. En cuanto me den el alta en el hospital...

—No se preocupe usted por eso. Encontraremos algún sitio decente donde pueda quedarse hasta que se recupere del todo.

Walter se quedó un buen rato en silencio.

—Pensé que... Pensé que usted iba a conseguir cambiar las cosas y que le daría a Dorian algo más en lo que pensar. Usted consiguió despertar algo en su interior, señorita Murphy. Nunca lo había visto tan interesado en otro ser humano.

—Puede que esperara demasiado de mí, Walter.

—Puede que sí. Pero tiene que saber que, si de verdad se ha ido, no es culpa suya. Él...

—Señor Brenner, ya basta. Tiene que descansar —lo interrumpió la enfermera con el ceño fruncido—. Vuelva mañana a visitarlo, creo que el paciente ya se ha alterado demasiado hoy —añadió mirándola a ella.

—Sólo unos minutos más —le pidió Gwen—. Walter, tengo que encontrar a Dorian. Me preocupa que haya podido meterse en algún tipo de problema. ¿Tiene alguna idea de dónde puede estar?

El anciano negó con la cabeza.

—Siempre me pareció que conocía muy bien la ciudad. Podría estar en cualquier sitio, señorita.

—Pero tendrá alguna idea... Aunque sólo sea una corazonada...

—Bueno, a veces hablaba del lugar donde había crecido. Creo que se trataba de un viejo bloque de viviendas en los suburbios —repuso.

—¿Le dijo dónde estaba exactamente ese edificio?

—Creo que en la calle Treinta y Cuatro.

—Bueno, supongo que es un buen sitio para empezar a buscarlo.

—Me encantaría poder ayudarla, pero mi corazón...

—Lo sé, no quiero que se preocupe por nada —le dijo mientras apretaba cariñosamente su brazo—. Encontraré a Dorian aunque tenga que buscarlo por toda la ciudad sin descanso.

Walter la miró a los ojos y sonrió.

—No lo pongo en duda. Usted es capaz de eso y de mucho más —le dijo.

—Lo mantendré informado —repuso.

Se despidió de él y salió de la habitación mientras hacía planes. Sabía que nadie la habría echado de menos en el periódico. Mitch era el único que la tomaba un poco más en serio y el único que podría echarla en falta. Decidió que saldría a buscar a Dorian esa misma noche. Y si Mitch le hacía alguna pregunta...

No quería pensar en eso.

Salió a la calle y tomó un taxi de vuelta a casa. Se cambió de ropa, tenía que vestirse de forma más apropiada para una noche por la ciudad. Se pintó los labios de rojo, se colocó una diadema en la cabeza y se miró después en el espejo. No le gustaba arreglarse tanto. No estaba acostumbrada. El vestido había sido un regalo de Mitch y sólo se lo había puesto para salir con él. Siempre se sentía como si estuviera disfrazada. Sabía que no era una mujer glamurosa y que nunca conseguiría llegar a serlo.

Pero, glamurosa o no, aquella noche estaba decidida a infiltrarse en el mundo del contrabando y las tabernas clandestinas. Para ello, tenía que vestirse como una de las habituales de esos locales.

Se puso sus zapatos de tacón y un abrigo y salió a la calle. Detuvo otro taxi frente a su edificio. Algo le decía que iba a ser una noche muy larga.

Capítulo Cinco

Del edificio sólo quedaban en pie las paredes, y el ayuntamiento había ordenado su demolición para que se pudieran construir en la zona viviendas más modernas. A Dorian le pareció una metáfora de su vida. También él se sentía como una reliquia del pasado. Como aquel edificio, se sentía inútil y estaba listo para morir.

Se encontraba en un estado de semi inconsciencia. Tan pronto era capaz de razonar y recordar cómo había llegado hasta allí y por qué, como se sumergía en un profundo sueño. Durante esos momentos, apenas era consciente del dolor que sentía. Llevaba tanto tiempo sin alimentarse que ya no tenía hambre ni deseo de beber sangre. Incluso cuando un grupo de niños se metió en las ruinas para jugar y tratar de encontrar tesoros, Dorian se limitó a seguir donde estaba, no se inmutó ni trató de esconderse.

Al menos hasta que el pasado apareció de repente...

Aquellos niños eran mayores que él. Sus caras reflejaban lo mal alimentados que estaban y las largas horas de abusivo trabajo en las fábricas. Sus vidas eran muy duras y no sentían compasión por los que eran más débiles. Sobre todo si se encontraban con uno que leía libros y fingía ser mejor que ellos.

—Enséñanos qué has aprendido —le había dicho el cabecilla mientras le mostraba amenazadoramente los puños—. ¡Miradlo! ¡Si está asustado! Seguro que va a empezar a lloriquear de un momento a otro.

Todo se rieron, pero Joseph sabía que no lo iban a dejar en paz. Imaginó que no lo matarían, un asesinato era demasiado llamativo y no querrían arriesgarse a atraer la atención de las autoridades. Pero, aunque lo dejaran vivir, podían pegarle hasta dejarlo muy malherido.

Levantó también él los puños y esperó. Cuando el cabecilla lo atacó, Joseph respondió con un puñetazo que copió de los boxeadores. Nunca había podido olvidar la pelea a la que se padre lo había obligado a ir. El golpe fue tan certero que el niño cayó al suelo.

Quince minutos más tarde, era él quien estaba tirado en el callejón, con la cara cubierta de sangre, cortes y moretones. Trató de convencerse de que no era para tanto, que las palizas de su padre solían ser peores.

Pero se había jurado entonces que la próxima vez no iba a ponérselo tan fácil a esos chicos y les iba enseñar que debían dejarlo en paz...

De vuelta al presente, Dorian abrió los ojos. No veía bien lo que le rodeaba. Las ratas se habían acercado a su cuerpo al verlo allí, trataban de ver si era comestible, pero habían terminado por dejarlo en paz. Se dio cuenta de que ni los animales carroñeros querrían saber nada de él cuando estuviera muerto.

Volvió a sumirse en el pasado, en aquella noche tan fría. Joseph y los chicos llevaban horas esperando. Sabían que Schaeffer y los de su banda aparecerían por allí después de una noche robando a los desventurados marineros que se hubieran encontrado por el muelle.

Benny había maldecido en voz alta.

—¿Dónde demonios se habrán metido? —se quejó.

Joseph lo fulminó con la mirada y Benny se calló. Los otros chicos jugaban con sus navajas y sus porras, tratando de mantener las manos ocupadas para que no se les congelaran los dedos. Cuando por fin aparecieron sus rivales, estaban listos.

La pelea fue muy violenta. Dos chicos cayeron al suelo y no se movieron más. Schaeffer fue el que más sufrió y sus secuaces escaparon corriendo o cojeando, según la suerte que hubieran tenido durante la pelea. Para cuando llegaron las patrullas policiales, los de la banda de Joseph ya estaban a buen recaudo.

Dorian se pasó la mano por la cara, buscando la cicatriz que Schaeffer había dibujado en su rostro con la navaja. Ya no estaba allí y lo lamentó. Era una cicatriz que le había servido para aterrorizar tanto a sus enemigos como a sus seguidores. Nadie había vuelto a hacerle frente después de lo de Schaeffer. Tan sólo el pequeño Mike...

—Estás acabado.

El pequeño Mike había sonreído a los ladrones y descuideros que se agolpaban tras él. La mayoría de ellos se acercaba a la edad de Joseph. El más joven tendría unos dieciséis y el mayor estaría en los veintitantos, como el propio Joseph. Se echaron a reír con una mezcla de miedo y admiración, nadie quería ser enemigo de Mike.

Joseph sabía que su suerte estaba echada. Los de su banda habían luchado por mantener su territorio. Habían sido el último grupo capaz dc mantener su independencia después de que la banda de la calle Diecinueve comenzara a hacerse con el control del barrio. Los chavales que habían formado parte de su banda se habían ido por su cuenta o se habían unido a Mike. Joseph era el único que se había negado.

Y sabía que Mike quería hacer de él un ejemplo para mantener a los demás a raya.

Le pusieron unas esposas y lo colgaron de la pared de un viejo matadero. Estaba suspendido por las cadenas y los ganchos donde solían colgar la carne. De uno en uno, todos los chicos de la calle Diecinueve lo habían castigado.

Mike fue el último.

Cuando terminó, Joseph estaba casi inconsciente. Le dolía el pecho como si estuviera en llamas y apenas podía respirar. Tenía la cara cubierta de sangre, cortes por todo el cuerpo y los ojos hinchados. Había perdido varios dientes y creía que al menos uno de sus brazos estaba roto.

Mike se le acercó y sacó su navaja.

—Te mataré rápidamente si me llamas «jefe» —le dijo.

Joseph le escupió en la cara. Furioso, Mike levantó el cuchillo para clavárselo en el estómago con fuerza.

—¡Quieto! —gritó alguien.

Era una voz autoritaria que reverberó por toda la nave. Mike lo miró sin bajar el cuchillo. Sus seguidores hicieron lo mismo. Pero, en vez de hacer frente al intruso, se escondieron asustados entre las sombras del matadero.

No era un hombre alto ni demasiado fuerte. Se fijó en la chistera que llevaba en su cabeza, en su elegante levita, en su inmaculada y blanca camisa... Se movía también con mucha elegancia. Se notaba que era un hombre rico y poderoso. Era apuesto y no parecía tenerle miedo a nada.

—Buenas noches —les dijo—. Veo que se han estado divirtiendo, chicos.

Mike fue el único que se le encaró.

—Sí, ¿qué pasa? ¿Por qué se mete donde no lo llaman?

El intruso miró a Mike como si no fuera más que una sucia rata.

—Ha elegido un mal sitio para llevar a cabo sus fechorías —le dijo—. Si desea continuar, tendrá que trabajar para mí.

—¿Quién demonios es usted? —le preguntó Mike.

—Me llamo Raoul Boucher y reivindico este territorio para los míos.

Mike se echó a reír y fue hacia Raoul Boucher con el cuchillo en una mano y una cadena en la otra.

—Ha cometido un gran error —le dijo—. Cuando termine con usted, no quedará nada.

Boucher no se movió, esperó inerte a que Mike lo asaltara. Entonces, con un rápido movimiento, levantó su bastón y lo golpeó en el estómago.

Mike cayó al suelo.

—Le doy una última oportunidad —le dijo Boucher—. Júreme lealtad y dejaré que viva.

Mike se levantó como pudo y se apartó de él mientras pedía ayuda a los suyos.

—¡Atrapadlo! —gritó.

Pero nadie se movió. Furibundo, el propio Mike se abalanzó de nuevo sobre Boucher. Éste lo agarró por el cuello y se lo retorció con una sola mano. Todos pudieron oír el crujido mortal.

Boucher soltó el cadáver de Mike y casi todos sus secuaces salieron corriendo. Sólo se quedaron cinco o seis.

—Si hacen lo que les digo, conseguirán sobrevivir —les dijo Boucher—. Vuelvan al matadero dentro de dos días, a medianoche. Mis vasallos les dirán qué tienen que hacer.

Los miembros de la banda se miraron confundidos.

—¡Fuera de aquí! —les gritó Boucher.

Salieron corriendo.

Miró entonces a Joseph y se le acercó.

—¿Sobrevivirá? —le preguntó.

—Sí. Si me descuelga, sobreviviré —repuso Joseph con dificultad.

—Eso pensaba —le dijo Boucher sin moverse—. No lloró mientras lo torturaron, no dijo nada. Tiene valentía.

—De nada me habría servido gritar ni llorar.

Boucher se quedó observándolo un buen rato. Después, le quitó la cadena. Joseph cayó al suelo y el dolor estuvo a punto de acabar con él.

—¿Puede levantarse?

Intentó incorporarse, pero no consiguió hacerlo hasta que una fuerte mano lo levantó por la camisa. Se fijó entonces en los ojos de Boucher. Un borde rojizo bordeaba sus ojos castaños.

—¿Está decidido a servirme? —le preguntó.

—¿Cómo?

—Como mi guardián. Se encargará de que los humanos me obedezcan.

—¿Los humanos? —repitió Joseph sin entender nada.

Boucher sonrió y vio que su dentadura era distinta a las demás.

—No se preocupe, chico. No volverá a ser uno de ellos.

El hombre le abrió el cuello de la camisa y se inclinó sobre él. Le pareció que estaba besándolo y trató de apartarse. Pero sintió de repente una paz que no había sentido nunca y un placer difícil de describir. Sus músculos se relajaron al momento.

Cuando despertó, ya no había dolor. Estaba desnudo y en una cama extraña. Vio que no tenía ninguna herida ni cicatriz en el cuerpo. Estaba en un dormitorio muy sobrio. Sólo había una cama, un lavabo y poco más, pero alguien le había dejado ropa limpia sobre la cómoda.

Se levantó de la cama descansado y lleno de fuerza, pero también estaba hambriento. Empezaba a vestirse cuando Boucher entró en la habitación.

Lo recordó todo entonces y sintió algo muy extraño. Cuando miraba al otro hombre, sentía que estaba unido a él por algún tipo de vínculo.

—Muy bien —murmuró Boucher—. Ahora vendrá conmigo y le explicaré todo lo que debe saber. Por ahora puede conservar su nombre. Cuando se gane mi respeto, podrá elegir uno nuevo.

Joseph cerró un instante los ojos. Estaba confuso, pero sabía que todo había cambiado.

—¿Qué soy ahora?

—Ya no es un simple humano. Es mi Protegido y vivirá mil años.

Dorian despertó de nuevo. Tardó unos minutos en distinguir el pasado del presente.

Joseph, Dorian. Ninguno de los dos nombres significaba nada para él. Sabía que su cuerpo no tardaría en empezar a pudrirse. No podría entonces moverse y su cerebro comenzaría a morir.

Cerró los ojos y trató de volver a dormirse. Se le venía de vez en cuando a la cabeza el rostro de Gwen Murphy, con su cara en forma de corazón, sus rizos cobrizos, sus brillantes ojos verdes y esos labios carnosos hablándole.

—No puedes morirte, no lo permitiré.

Era increíble la claridad con la que oía su voz, como si pudiera sacarlo del precipicio en el que estaba con la fuerza de sus palabras. Recordó lo bella que había estado cuando la vio durmiendo en el hospital, cuando había estado a punto de matarla.

Sonrió levemente al recordarlo. Sentía que Gwen le había salvado la vida al mostrarle lo que debía hacer.

Sintió que algo le tocaba el brazo y trató de apartarse, pensando que sería una rata.

—¡Dorian!

Sintió aire en la cara y le pareció oler el aroma de las flores.

—¡Despierta!

Alguien comenzó a sacudir su cuerpo. Se dio la vuelta. Estaba demasiado débil para luchar contra ese enemigo, fuera quien fuera.

—No —murmuró—. Déjeme en paz.

—¡Nunca!

Sintió la bofetada en la cara e instintivamente fue a por lo que le había causado el dolor. Se encontró con algo suave, lo retorció y escuchó un grito que sólo podía ser humano.

Abrió entonces los ojos. Le costó distinguir el rostro que lo miraba, pero vio que estaba rodeado de rizos cobrizos. Un ángel intentaba rescatarlo del Infierno.

—Dorian, soy Gwen, tienes que escucharme —susurró el ángel.

Creyó que los sentidos lo traicionaban. Podía escuchar su voz, su aroma y sentir los latidos de su corazón.

—Vete, Gwen —susurró sin fuerza—. Vete...

Ella se acercó más. Supo que no iba a poder conseguir que se fuera a la fuerza, sólo podía pedírselo.

—Por favor... Ya no puedes hacer nada por mí...

Gwen se quedó sin aliento. Estaba horrorizada. Aquella criatura apenas se parecía al hombre que había conocido. Su piel estaba cuarteada y tenía heridas por todas partes. Tenía los ojos hundidos en el rostro. Era como si se estuviera desintegrando.

Se moría y no parecía querer evitarlo.

—Pero ¿por qué, Dorian?

Él giró la cabeza, intentaba ignorar su presencia.

—Han pasado dos semanas... —murmuró ella—. Te he buscado por todas partes. Walter me contó dónde habías crecido, pero no fue información suficiente. Fui de edificio en edificio, intentando averiguar dónde podrías estar. Pregunté también en locales de mala muerte y tuve que hablar con todo tipo de gente. Y ahora te encuentro así... No sé qué te ha pasado. Pero, si piensas que he perdido mi tiempo para dejarte morir, te equivocas.

—Demasiado tarde —susurró Dorian—. Ya has pagado tu deuda...

—¡De eso nada! —repuso furiosa mientras miraba a su alrededor.

No sabía cómo podría sacarlo de allí sin hacerle más daño.

—¿Puedes levantarte?

Vio que apenas podía respirar ya y se le llenaron los ojos de lágrimas.

—Si no puedes moverte, avisaré a una ambulancia.

—No, nada de médicos... —le pidió con los ojos inyectados en sangre.

—No me dejas entonces otra opción —le dijo mientras se levantaba.

Pero Dorian atrapó su mano.

—No —le pidió—. No valgo para nada, no le hago bien a nadie. ¿Qué más da?

—A mí sí —repuso ella sin poder contener sus lágrimas.

Dorian cerró los ojos, parecía haberse desmayado. Gwen se arrodilló a su lado y apoyó la cabeza en su torso. Su pulso era lento e irregular.

—Hicieras lo que hicieras, no puedo dejarte morir. Por favor, Dorian...

Sintió su temblorosa mano sobre el pelo.

—Adiós... —susurró entonces él.

Su torso dejó de moverse y se le detuvo el corazón.

—¡No! —gritó horrorizada.

Se incorporó y comenzó a golpear su pecho con los puños. Las lágrimas la cegaban y apenas podía verlo. No dejó de sacudirlo, intentando reanimarlo. Gritó su nombre hasta quedarse ronca, pero no consiguió nada.

Consternada, se echó sobre su cuerpo. Cerró los ojos y fingió que seguía vivo y que estaban tumbados juntos en algún lugar lleno de paz. Soñó que los rayos del sol los despertarían poco a poco al colarse entre las cortinas.

Sintió algo en el cuello y se movió. Era como si se hubiera pinchado con algo cerca del hombro. La sensación apenas duró unos segundos y se sintió de repente mejor que nunca, sumergida en un placer desconocido. Ya no estaba triste, se sentía mucho más tranquila.

—Gwen...

Suspiró y se estiró. Despertó con la sensación de haber estado soñando, incluso le había parecido escuchar la voz de Dorian. Pero no quería abrir los ojos, prefería fingir que no había pasado nada.

—Estoy aquí, Gwen.

Abrió los ojos al oír de nuevo su voz. Se dio cuenta entonces de que estaba tumbada sobre el frío y sucio suelo.

El cuerpo de Dorian había desaparecido.

Se incorporó deprisa y sintió unas manos que la agarraban por detrás. Se dio la vuelta deprisa, dispuesta a defenderse.

—Gwen —le dijo Dorian—. No pasa nada.

—¡Dios mío! Dorian... ¡Dorian! —exclamó con incredulidad.

—Sí, soy yo —repuso él mientras le tomaba la cara entre las manos.

Seguía muy delgado y pálido, pero sus heridas habían desaparecido. Lo miró sin poder entender qué había pasado. La transformación era increíble. Parecía haber recobrado la fuerza y...

—No quería que me salvaran, pero lo hiciste de todas formas —le dijo Dorian.

Comenzó a temblar, estaba muy asustada y Dorian la ayudó a sentarse.

—Estabas muriéndote, vi cómo...

—Lo sé. A veces el cuerpo parece muerto, aunque siga teniendo vida en su interior.

No podía llevarle la contraria, estaba demasiado estupefacta. Tenía ganas de abrazarlo, pero se contuvo, sabía que sería un gesto muy incómodo para los dos.

—No entiendo por qué... Dime por qué escapaste y te dejaste morir —le dijo con un nudo en la garganta—. ¿Qué puedes haber hecho para no querer seguir viviendo?

—Tú también me querrías ver muerto si lo supieras —repuso Dorian apartándose de ella.

—No digas tonterías —le dijo con una sonrisa—. Nunca podría llegar a odiarte.

—Entonces eres menos sensata de lo que pensaba, señorita Murphy.

—¡Gwen! ¿Recuerdas? Te dije que me llamaras Gwen —le dijo ella mientras tomaba sus manos y las acariciaba—. Dime de qué se trata. Te vendrá bien desahogarte y...

Vio que Dorian parecía hipnotizando mirando sus labios y se apartó.

—Bueno, después de lo que ha pasado, no voy a insistir —le dijo ella—. En cuanto a lo de pedir una ambulancia...

La mirada de Dorian le dijo que no estaba dispuesto.

—De acuerdo, de acuerdo. Pero tienes que ir al médico.

Dorian negó con la cabeza, se dio cuenta de que no iba a poder ganar esa batalla.

—En ese caso, vendrás a mi casa —le dijo—. Te quedarás en la cama hasta que estés completamente recuperado.

—No creo que sea buena idea.

—No voy a dejar que me convenzas —insistió ella mientras se levantaba despacio con piernas aún algo temblorosas—. Te llevaría en brazos, pero está claro que no voy a poder.

Dorian apoyó las manos en el suelo y trató de ponerse en pie. Lo ayudó como pudo.

—Despacio, no hay prisa —le dijo.

Él dejó que lo llevara hasta la puerta del edificio en ruinas, pero se detuvo antes de salir.

—¿Qué hora es?

—¿Qué más da...? —preguntó ella—. ¡Ah! Lo dices por tu alergia al sol, ¿verdad? —agregó mientras miraba el reloj—. Ya se habrá hecho de noche.

—Gwen, piensa muy bien lo que estás haciendo, puede ser un error.

—Ya lo he pensado —repuso ella.

Salieron a la calle y fue un alivio sentir el aire fresco de la noche. No había taxis en ese barrio y Gwen lo llevó como pudo en dirección a Midtown. Se cruzaron con unos gamberros que intentaron molestarlos, pero salieron huyendo en cuanto Dorian les dedicó una de sus frías miradas.

Después de un tiempo, Gwen vio un taxi y lo detuvo. Metió a Dorian en la parte de atrás y trató de sujetarlo para que no sufriera con los frenazos y la brusca manera de conducir que tenía el taxista. Cuando llegaron frente a su edificio, se bajó ella primero y ayudó después a Dorian.

—¿Necesita ayuda, señorita? —le preguntó el conductor.

—No, gracias —repuso ella.

Dorian se apoyaba cada vez más en ella. Gwen se dio cuenta de que le quedaban muy pocas fuerzas y fue duro subirlo hasta la segunda planta. Abrió como pudo la cerradura y empujó la puerta con el pie. Atravesó con él el pequeño salón hasta llegar al dormitorio. Dorian no protestó cuando lo dejó en la cama, respiraba profundamente. Estaba muy pálido y le preocupó su salud.

—No te muevas de aquí, tienes que descansar —le dijo—. Voy a traerte algo para beber y comida.

—Agua —gimió Dorian—. No quiero comida.

—De acuerdo, pero tendrás que comer tarde o temprano —le avisó ella.

Fue a la cocina. Le parecía que agua no era suficiente y decidió prepararle una taza de té ligero y se lo sirvió con algunas galletas.

Cuando volvió a su lado, vio que parecía estar dormido, pero con los ojos abiertos.

—¿Dorian?

Él no respondió. Quería llamar a un médico, pero decidió esperar un poco y ver cómo progresaba por sí mismo. Después de todo, ya lo había visto recuperarse una vez de forma milagrosa.

—Tengo que quitarte la ropa —le dijo mirándolo a la cara.

Dorian no reaccionó y empezó a desabotonarle la camisa con cuidado. Estaba manchada de sudor y sangre, pero consiguió quitársela. Observó su torso. Tenía un ligero vello oscuro en la parte central y parecía respirar normalmente. Estaba mejor de lo que había esperado en un hombre que había estado a punto de dejarse morir de hambre. Notaba sus costillas, pero no había perdido la musculatura.

Se mordió el labio inferior y siguió observándolo. Siempre le había parecido atractivo. Era un hombre proporcionado, fuerte y muy masculino, no se cansaba de mirarlo.

Comenzó a desabotonarle los pantalones y se dio cuenta de que no llevaba ropa interior. Y lo peor era que su miembro estaba completamente erecto.

No supo qué hacer. Tenía curiosidad, pero también vergüenza. Nunca había visto a un hombre desnudo, pero había leído lo suficiente para saber que aquello era normal. Quizá algo más grande de lo habitual, pero normal.

Siguió desabotonándole los pantalones sin dejar de observar su rostro. No quería que la sorprendiera haciendo algo así. Cuando terminó de desabrocharle el pantalón, su miembro rozó sus manos y las apartó rápidamente.

Le bajó los pantalones intentando no pensar en nada más, pero poco podía hacer por controlar sus pensamientos.

Se apartó de la cama y fue a sentarse en una silla. Creía que Dorian necesitaba un baño. Había muchas marcas en su cuerpo y sabía que sólo algunas eran el resultado de heridas.

Deseaba más que nada tocarlo y no entendía por qué se sentía así. No quería ni pensar en lo que diría Mitch si la viera en esos instantes. O, peor aún, si supiera lo que estaba pensando.

Se sonrojó de inmediato. Fue deprisa a la cocina y sacó de un armario una botella de whisky que llevaba años allí metida. Se sirvió un trago y se lo bebió.

Se consideraba una mujer moderna, pero había cosas que no se tomaba a la ligera, como su virginidad. Pero...

Fue al baño y sacó algunas toallas y esponjas del armario. Llenó una palangana con agua templada y volvió con todo al dormitorio.

El movimiento rítmico de su torso era la única prueba de que seguía vivo. Tenía mal aspecto, pero estaba mucho mejor que cuando lo encontró entre las ruinas del edificio. Dejó la palangana en la mesita y mojó una de las esponjas. Comenzó a frotarle despacio los hombros. Dorian no reaccionó y siguió limpiándolo. Fue limpiando y enjaguando la esponja cada pocos minutos. Se dio cuenta de que las heridas eran más superficiales de lo que había temido.

Le frotó entonces el torso. A pesar de ser un hombre mucho más sano, estaba segura de que Mitch no tendría unos pectorales tan perfectos como los de Dorian. Se quedó sin respiración mientras bajaba por su torso, no había visto nada tan bello en su vida. Llegaba a una zona complicada y sólo tenía dos opciones. Podía continuar en sus piernas o tocarlo como lo haría una amante.

Cerró los ojos y bajó un poco más la esponja. Su miembro se había relajado desde que le quitara la ropa, pero no tardó en despertar cuando ella empezó a limpiar esa zona. En cuestión de segundos, descansaba erecto contra su duro estómago, y la piel que lo formaba tenía una apariencia mucho más suave y lisa de lo que podría haber imaginado. Tragó saliva al darse cuenta de lo bien dotado que estaba para...

Se le vinieron a la cabeza imágenes muy sensuales y, con sumo cuidado, rodeó su miembro con los dedos. La mano de Dorian atrapó de repente su muñeca con la velocidad con la que la habría atacado una cobra.

Aterrada, miró la cara de Dorian. Si el hombre en su cama hubiera sido Mitch en vez de Dorian, imaginó que la habría mirado perplejo, preguntándose por qué una buena chica católica como ella lo estaba tocando así. Pero, aunque hubiera estado sorprendido, Mitch no habría podido esconder el deseo en sus ojos. Sabía que estaba deseando casarse con ella para poder compartir su cama.

Dorian, en cambio, no expresaba nada. Tenía el rostro en tensión y la miraba como si ella hubiera estado a punto de contagiarle la más terrible de las enfermedades con sus caricias.

—¡No! —replicó—. ¡Fuera!

Salió corriendo del dormitorio, no podía dejar de temblar.

Llegó al baño, se cerró por dentro y se aferró al lavabo. Se miró en el espejo. Estaba demacrada y parecía muy cansada. Era el resultado de haber estado trabajando en el periódico durante el día y buscando a Dorian por toda la ciudad por las tardes.

Había conseguido encontrarlo, pero no sabía qué hacer con él. Y tampoco sabía qué hacer con ella misma.

Se echó agua en la cara para intentar tranquilizarse, pero sabía que iba a necesitar mucho más que agua fría para olvidar todo lo que había visto y sentido esa noche.

Capítulo Seis

—Tenía razón, señor Hogan —dijo Pete Wilkins mientras acariciaba su cámara de fotos—. La señorita Murphy entró en su piso con un tipo. Creo que estaba enfermo, caminaba con dificultad.

Mitch trató de mantener la compostura. Wilkins había estado encantado de ayudarlo. El chico aspiraba a trabajar como fotógrafo para *El Centinela* y habría hecho cualquier cosa para conseguir que Mitch le diera una carta de recomendación. Pero no estaba dispuesto a dejar que ese chico supiera cuánto le afectaba lo que acababa de contarle, sobre todo cuando la causante era una mujer.

—¿Tienes fotografías? —le preguntó.

—Por supuesto —repuso Wilkins—. Pero no sé si habrán salido bien. El tipo tenía la cabeza agachada casi todo el tiempo.

—Entiendo...

—Puedo volver si quiere, señor Hogan. El hombre no volvió a salir del edificio, supongo que aún estará allí y...

—Puede que vuelva a avisarte, Pete, pero por ahora no necesito más.

—De acuerdo —repuso el chico despidiéndose.

Cuando se quedó solo, fijó la vista en los papeles que tenía sobre su mesa, pero no vio nada. Acababa de saber por qué Gwen había estado tan extraña durante las dos últimas semanas, trabajando duro durante el día y desvaneciéndose cada noche. No podía creer que estuviera con otro hombre. Gwen sabía que deseaba casarse con ella. Tampoco le encajaba que anduviera escondiéndose. Era una mujer directa, y si se hubiera enamorado de otro hombre se lo habría dicho a la cara.

Eso era al menos lo que pensaba de ella, pero temía haber estado equivocado desde el principio. Por muchas vueltas que le diera, no terminaba de entender por qué habría llevado a un hombre enfermo a su piso. Y tampoco comprendía que estuviera dispuesta a compartir su cama con alguien que acababa de conocer.

Empezaba a entender que Gwen hubiera estado tan distante durante esos últimos días. Pero Mitch pensaba que no podía tener nada serio con aquel hombre, así que aún tenía esperanzas de que diera por terminada esa relación antes de que fuera a más. Decidió seguir usando los servicios de Pete y ver qué más podía averiguar al respecto.

Creía que todo el mundo tenía algo que ocultar, y también el nuevo amigo de Gwen. Estaba dispuesto a averiguar quién era y a deshacerse de él para siempre.

Dorian escuchó cómo se cerraba la puerta y abrió los ojos.

Gwen pensaba que estaba dormido. Había fingido estarlo durante todo el día. Apenas habían hablado desde que la sorprendiera tocándolo y, aunque nadie dijera nada, ese gesto había abierto una brecha entre los dos.

Gwen le había llevado la cena la noche anterior y después se había retirado al salón, donde había dormido. Habían intentado mantener las distancias el máximo posible, aunque él no le había dado a entender en ningún momento que tuviera intención de hacer algo inapropiado con ella, todo lo contrario.

Había hecho un gran esfuerzo por fingir indiferencia cuando sentía todo lo contrario. Sus sentidos parecían haberse potenciado hasta límites insospechados y no podía dejar de pensar en ella. Era consciente de todos y cada uno de sus movimientos, de su aroma y de su voz. Se excitaba con facilidad cada vez que la tenía cerca y sólo podía pensar en hacerla suya en esa misma cama.

Era un alivio que se hubiera ido, aunque sólo fuera por unas horas. Se incorporó en la cama y flexionó los brazos. Había tardado veinticuatro horas en recuperarse, aunque aún se sentía algo débil. La sangre de Gwen había obrado un milagro.

Vio que le había dejado algo de ropa en la silla. Era ropa normal, como la que llevaba cualquier hombre, pero él no había llevado nada parecido desde su juventud, no desde que comenzara a trabajar para Raoul.

Se puso el jersey y los pantalones de franela y fue al salón. Había unas mantas sobre el sofá. Sin pensar, tomó una de ellas y se la llevó a la cara. El aroma de Gwen hizo que se excitara de nuevo. Había vivido durante meses sin que nadie que le diera órdenes y sin responsabilidades. Había preferido la muerte antes que tener que seguir viviendo solo. Pero Gwen había aparecido entonces para llenar una gran vacío en su corazón.

Y también había conseguido que estuviera más asustado que nunca.

Dejó la manta en el sofá y cayó un papel al suelo. Era una nota de Gwen.

Buenos días, Dorian.

Si estás leyendo esto, es que te has levantado y estás mejor. Pero no hagas demasiados esfuerzos. Hay comida en la cocina, come todo lo que quieras, compraré más cosas cuando salga de la oficina.

Se me olvidó decirte que Walter está mucho mejor. Le he conseguido una plaza en una residencia donde hay gente mayor y un médico los visita de vez en cuando. A pesar de su edad, está en muy buena forma. Te llevaré a verlo en cuanto estés mejor.

Descansa, volveré sobre la siete.

Dorian dejó la nota en el sofá. No había vuelto a pensar en Walter desde el momento en que decidió quitarse la vida. Había estado convencido de que Gwen se encargaría de que no le faltase nada. Aunque no estaba seguro de que Gwen hubiera hecho bien al salvarle la vida y evitar que muriera, al menos le agradecía que hubiese cuidado de Walter.

Dio una vuelta por el apartamento. Los muebles eran simples y baratos. Se notaba que no debía de pasar mucho tiempo en casa. Sólo había cuatro habitaciones, la cocina, el salón, el dormitorio y el cuarto de baño, pero todas estaban limpias y ordenadas. La única excepción era la mesa que había en una esquina del salón. Estaba cubierta de papeles y carpetas, había manchas de tinta y una vieja máquina de escribir.

Se fijó en la foto de un hombre mayor con un certificado en la mano. La miró de cerca y vio que era el premio Pulitzer de Periodismo. Tenía el pelo canoso y ojos vivarachos que le recordaron a Gwen. Leyó el nombre del certificado, era Eamon Murphy.

Dejó el marco en la mesa y abrió una de las carpetas. Dentro encontró varios obituarios sobre Eamon Murphy y una colección de todos sus artículos. Parecía haber trabajado durante muchos años para *El Centinela*.

Estudió con interés las notas, recortes y artículos. Al final de la colección encontró una página del periódico. Estaba fechada ocho meses antes. El artículo de Murphy había sido relegado a las últimas páginas de la edición de ese día, como si su jefe no le hubiera querido dar demasiada importancia a su trabajo. Se le pusieron los pelos de punta cuando empezó a leer.

—«¿Es una secta sanguinaria la responsable de las recientes muertes?» —leyó en voz alta.

Miró el artículo por encima. Murphy comentaba que algunas muertes que la policía había atribuido a las bandas de contrabandistas podrían haber sido perpetradas por una oculta y secreta secta que extraía toda la sangre de los cadáveres de sus víctimas.

El artículo no era demasiado extenso y no tenía fotografías. Imaginó que a los editores de *El Centinela* no les había parecido que el tema mereciese más atención o un lugar más prominente en el diario.

Alguien había escrito en el margen: *¿Los asesinatos a la orilla del río?* Vio que era la letra de Gwen y se quedó sin aliento.

Había asumido que Gwen había estado interesada en esas muertes como lo habría estado cualquier periodista. Estudió el resto de los artículos, pero no encontró nada más de interés, nada que indicara que las conjeturas de Murphy o las de Gwen hubieran dado más fruto.

Intentó abrir el cajón del escritorio, pero estaba cerrado. Tiró hasta conseguir abrirlo. Encontró una carpeta llena de más notas y recortes. Debía de ser la información acumulada por su padre.

La mitad de los artículos se refería a asesinatos ocurridos durante los dos últimos años. Unos se habían atribuido a las reyertas entre bandas, otros habían quedado sin resolver.

Encontró una hoja escrita a máquina que le reveló las conjeturas a las que había llegado Murphy.

Sé que existen. Aún no se quiénes son, pero sé que estoy a punto de descubrir algo importante, algo que puede dejar al descubierto a los asesinos, y por fin podré sentirme satisfecho.

Cada vez tengo más claro que esta organización no debe lealtad a ninguna de las grandes bandas de contrabandistas que operan en Manhattan, sino que tiene sus propios objetivos. Hoy ha venido un hombre a verme. Se presentó como Aadon y me aseguró que poseía importante información sobre recientes asesinatos y que estaba a punto de dejarme ver un mundo al que sólo unos pocos privilegiados podían acceder. Me trajo un libro que acabo de empezar a leer. Tengo ahora razones para creer...

La nota estaba incompleta y Gwen había escrito algunas notas al margen que denotaban su confusión. Imaginó que habría estado buscando la continuación de esa carta y el libro del que su padre hablaba. Gwen tampoco parecía saber quién era Aadon.

Se quedó pensativo mirando ese nombre. No lo había oído nunca y tampoco sabía de qué libro hablaba el padre de Gwen. Imaginó que sus ideas le habrían hecho parecer un lunático entre los humanos, pero parecía haber estado a punto de acceder a cierta verdad que los humanos sólo habían llegado a sospechar durante siglos, la existencia de otras razas no humanas.

Dejó a un lado la carta y se encontró con una foto prendida a un trozo de cartón. Era el retrato de un hombre joven con el rostro alargado e intensa mirada. Alguien había escrito *Aadon* en la parte baja de la fotografía. En la parte de atrás de la foto, pegada al cartón, había un recorte en el que se hablaba de un cadáver con graves quemaduras que habían sacado del río la tarde del cuatro de febrero de 1926. Había ocurrido sólo unas semanas antes de que muriera el propio Eamon Murphy.

Dorian se dijo que habría sido mejor que las teorías de ese periodista hubieran sido enterradas con él. Pero se dio cuenta de que su hija estaba decidida a seguir sus pasos en todos los sentidos. Imaginó que el reciente hallazgo de cadáveres sin una gota de sangre al lado del río había conseguido atraer la atención de Gwen, que había decidido desenterrar las extrañas teorías que habían obsesionado a su padre. Debía de pensar que Eamon había tenido algo de razón o que al menos merecía que ella continuara la investigación.

Gwen no tenía muchos datos. Sólo la sospecha de que existía una extraña secta en la ciudad, unos cadáveres sin sangre y alguien que le había prometido darle información pero que después no había ido a su encuentro en el lugar acordado.

Era muy peligroso, y no le gustaba que Gwen estuviera en medio de todo aquello.

Oyó de repente la puerta del apartamento. Metió deprisa los papeles en la carpeta y estaba metiéndola en el cajón cuando entró Gwen en el salón.

—¡Te has levantado! —exclamó encantada—. ¿Estás seguro de que es buena idea...?

No terminó la frase al ver lo que Dorian tenía en sus manos. Lo miró después con gesto acusatorio. Dorian se apartó del escritorio y levantó las manos como si Gwen lo apuntara con una metralleta. Gwen se acercó, cerró con fuerza el cajón y lo miró con el ceño fruncido.

—¡Has forzado la cerradura del cajón! ¿Por qué?

No se le ocurrió qué decirle.

—No lo sé... Tenía curiosidad por tu trabajo...

—Si querías saber algo, no tenías más que preguntarme —repuso algo más relajada.

—Lo lamento —le dijo mientras iba a sentarse al sofá—. No sabía que había cosas de tu trabajo que preferías mantener en secreto.

—Cuando un cajón está cerrado con llave es porque... ¡De acuerdo! Supongo que no hay razón para que no lo sepas, pero no se lo digas a nadie de *El Centinela*, por favor.

—¿Hablas de las teorías de tu padre?

Gwen asintió con la cabeza. Giró la silla del escritorio y se sentó frente a él.

—He vuelto porque se me había olvidado mi cuaderno de notas, pero supongo que no pasa nada si me tomo unos minutos más —le dijo—. ¿Cuánto has leído?

—Lo suficiente para ver que las teorías que tenía sobre una misteriosa secta no obtuvieron demasiado apoyo por parte de sus jefes en el periódico.

—Así fue —repuso ella—. Durante su último año, no pensaba en otra cosa. Todos podían ver que había cambiado por completo y, cuando le presentó el tema de la secta al editor... Pensaron que se había vuelto loco.

—¿Fue así?

—No, por supuesto que no. Durante las últimas semanas estuvo muy callado y distante, como si hubiera decidido rendirse. No hablaba conmigo... No supe qué le obsesionaba tanto hasta después de su muerte.

—Era un buen periodista, ¿verdad?

—El mejor que ha habido.

—Entonces, ¿crees sus teorías?

—Al principio sólo quería probar que él había estado en lo cierto. Pero, a pesar de su gran trabajo de investigación, dejó demasiadas preguntas sin respuesta. Hasta que la policía encontró los cadáveres en el río, me pareció que no tenía nada con lo que trabajar.

—Entonces, ¿el estado en el que encontraron los cuerpos te hizo pensar que a lo mejor tu padre había estado en lo cierto? —le preguntó, con cuidado de parecer interesado y sorprendido al mismo tiempo.

—Sé que es una locura, pero nunca he oído que las bandas de gánsters hagan cosas así.

—¿Y decidiste seguir con la historia en honor a tu padre?

—Sólo en mis ratos libres. Oficialmente, es Randolph Hewitt el que investiga la historia. Es uno de los reporteros con más experiencia. Mi padre nunca le gustó y ya sospecha que ando detrás de la historia.

—¿Tienes alguna información que pudiera confirmar la existencia de esa secta?

—No, aún no. Pero me estoy acercando. ¿Recuerdas que iba a verme con un testigo el día que esos gamberros me tiraron al río? No he conseguido nada de él, pero supe de otro hombre, llamado Aadon... —le comentó algo nerviosa—. Después de leer las notas de mi padre y ver la fotografía me di cuenta de que se trataba de un tipo que sacaron del río poco después de que se encontrara con mi padre. Así que esa pista tampoco me va a llevar a ningún sitio. No sé quién era ese hombre, pero estoy segura de que era alguien importante. Ahora estoy decidida a seguir adelante hasta descubrir la verdad.

—¿Y el libro del que habla?

—No tengo ni idea. No encontré ningún libro fuera de lo normal entre las cosas de mi padre. Además, no lo menciona en ningún otro sitio. Es como si no hubiera querido que lo encontrara nadie.

—¿Has pensado qué harás si descubres que tu padre se equivocaba?

—Sé que no se equivocaba. Y, si consigo desenmascarar a esa secta de asesinos, conseguiré limpiar el nombre de mi padre y probar que puedo encargarme de temas importantes en el periódico. Si lo logro, no dejaré que sigan relegándome a las últimas páginas.

Dorian cerró un instante los ojos. Estaba muy preocupado por ella.

—Te aconsejo que no sigas, Gwen.

—¿Por qué? Sabes algo, ¿verdad? Me estás ocultando información, ¿no?

—Conozco esa zona de la ciudad y sé de lo que son capaces muchos criminales para librarse de sus rivales —le dijo entonces—. No hay otra explicación para lo que hacen, son malvados y ya está. No hay nada más.

Gwen se levantó con decisión.

—Lo siento, pero no pienso seguir tu consejo —le dijo mientras miraba el reloj—. Bueno, he de volver al trabajo. Hay embutido en el frigorífico, y también pan.

Recogió su cuaderno y la carpeta con los recortes de su padre y salió deprisa del piso. Dorian podía seguir sintiendo su aroma en el apartamento.

Se puso en pie y comenzó a dar vueltas por el salón. No sabía hasta qué punto Gwen creía en la existencia de esa secta, pero parecía decidida a averiguar la verdad.

Imaginó que Raoul no llegó a saber nunca que el padre de Gwen andaba investigando los crímenes cometidos por los Strigoi. Los vampiros habían existido siempre en la sombra y habían sido pocos los humanos que habían llegado a saber de su existencia. Sabía que algunos líderes del clan, puede que también Raoul, habían tenido que ordenar el asesinato de humanos que curioseaban más de la cuenta.

Los periódicos solían atribuir los asesinatos a las grandes bandas de contrabando que operaban en Nueva York y, a ojos de los humanos, la banda de Raoul no había sido distinta. Se trataba de una coartada perfecta con la que habían conseguido proteger sus actividades durante años.

Pero cabía la posibilidad de que Raoul hubiera sabido de Eamon Murphy. En ese caso, quizá los aspirantes a nuevos líderes del clan, Kyril y Christof, supieran también que la hija de Eamon y ese otro reportero, Hewitt, habían decidido continuar con la investigación de su padre.

Y si Gwen conseguía acercarse demasiado a la verdad, los vampiros decidirían intervenir para evitar ser descubiertos.

Frustrado, golpeó con fuerza la pared. Lamentaba haber dejado que Gwen se le acercara y también se arrepentía de haber tomado su sangre para sobrevivir.

Pero ya estaba hecho y no podía cambiarlo. Había tomado su sangre para poder alimentarse, sin llegar a convertirla. Pero había saboreado su sangre, había dejado que Gwen interviniera en el curso de su existencia, y no podía permitir que corriera peligro.

No sabía qué hacer. Si trataba de insistir para convencerla, Gwen sospecharía de él. Iba a tener que encontrar la manera de vigilar de cerca sus progresos y manipular la investigación si veía que se acercaba demasiado a la verdad. Para ello, iba a tener que permanecer cerca de ella, lo que suponía otro problema. Sabía que, según las leyes morales por las que se regían los humanos, no estaría bien visto que continuara viviendo con una mujer joven y soltera.

Pasó el resto de la tarde leyendo las notas que Gwen no se había llevado al trabajo y tratando de decidir qué hacer. Se preparó algunos emparedados y los comió deprisa, sin que le supieran a nada. Estaba tan ensimismado en sus pensamientos que se hizo de noche sin que se diera cuenta.

Gwen entró en el piso a las siete y cuarto.

—¡Tengo buenas noticias! —exclamó nada más entrar—. Te he conseguido un trabajo.

No entendió de qué hablaba. Se puso en pie y la miró con el ceño fruncido.

—¿Un trabajo?

—No has estado descansando, ¿verdad? —preguntó ella.

Parecía mucho más relajada, y Dorian imaginó que habría superado ya el incómodo momento que habían vivido el día anterior mientras ella lo limpiaba. Él, en cambio, no había superado el deseo que sentía por ella. Y su cuerpo reaccionó en cuanto la sintió cerca.

—Me encuentro bastante bien —repuso.

—La verdad es que tienes mejor aspecto. Nunca había visto a nadie recuperarse tan rápidamente como tú. ¡Es increíble! —dijo mientras se quitaba el abrigo—. ¿Has comido?

—Sí —repuso—. ¿Qué tal tu día?

Gwen se dejó caer en el sofá y se quitó los zapatos de tacón con un suspiro de alivio.

—He pasado gran parte del día pensando en cómo conseguir que salgas adelante y me he enterado de que el conserje de noche se va del periódico. Hablé con la señora Frost, la persona que se encarga de contratar a los empleados externos, y le dije que conocía al candidato perfecto para sustituirlo. ¡Le hablé de ti!

—No entiendo.

—¿Qué es lo que no entiendes? Un trabajo conseguiría sacarte de las calles...

—Pero ¿por qué...? ¿Por qué confías en mí tanto como para buscarme trabajo en tu periódico?

—¿Por qué no iba a confiar en ti?

—La verdad es que no me conoces, Gwen.

La joven suspiró y se pasó las manos por el pelo. Parecía cansada y ya no sonreía.

—Muy bien, seamos sinceros de una vez. ¿Qué pasó en el almacén, Dorian? ¿De quién era la sangre que encontré en el suelo?

Tenía la oportunidad perfecta para asustarla y que lo echara de su lado. O podía decidir mentirle para poder permanecer cerca de ella y salvarla de sí misma.

—Era mi propia sangre —repuso sin pensarlo demasiado—. Me atacaron unos gamberros.

—Todo estaba destrozado, como si hubiera caído una bomba...

—Lo sé.

—Y conseguiste sobrevivir. Pero ¿por qué te dejaste después morir, Dorian?

Había llegado el momento de decirle al menos parte de la verdad.

—De vez en cuando tengo días malos, es como si cayera en un negro pozo. Pierdo la noción del tiempo y del espacio y es mejor que nadie se me acerque cuando estoy así.

—Walter ya me había comentado algo parecido. Dijo que algunos días te levantas de mal humor.

—Me temo que no se trata sólo de un día de mal humor, es mucho peor. Esos días pierdo la capacidad de razonar, Gwen. Por eso te advertí que te alejaras de mí cuando nos conocimos.

—Lo recuerdo perfectamente —repuso ella con comprensión en su mirada—. Pero no me hiciste daño. Y a Walter tampoco.

—Pero herí a los hombres que me atacaron.

—¿Los mataste? —preguntó con evidente nerviosismo.

—Estoy seguro de que no volverán a atacar a nadie más.

—¿Por eso trataste de suicidarte? ¿Porque te sentías culpable después de haber tenido que defenderte de esas ratas?

—No es agradable perder el control así, no puedo arriesgarme a que ocurra de nuevo...

—Eso me demuestra que no estás tan perdido como crees. En cuanto tengas un trabajo estable, encontraremos la manera de ayudarte. Hay muchos hombres que han quedado con secuelas similares a las tuyas después de volver de la Gran Guerra.

Gwen creía que había luchado en Europa, pero la verdad era que nunca había salido del estado de Nueva York.

—¿Seguro que aún quieres que trabaje como conserje en tu periódico?

—No puedes solucionar tus problemas pasando la vida escondido de los demás. Puede que un trabajo estable sea justo lo que necesitas para salir de ese agujero.

—¿Y si no valgo para ello?

—Pensaremos en ese puente cuando haya que cruzarlo. Y, si pasas por unos días malos, ahora ya tienes dónde descansar cómodamente. Te he reservado una habitación en la residencia de Walter.

—Eso no era necesario.

—Bueno, no puedes quedarte aquí, claro. Y no dejaré que vuelvas a ese horrible almacén.

Inclinó vencido la cabeza. Le había sorprendido que su confesión parcial no le hubiera asustado, y decidió que era mejor aceptar el trabajo y seguirle la corriente en todo; así, por lo menos podría seguir cerca de ella y asegurarse de que no descubriera la verdad.

Ese trabajo le proporcionaba la excusa perfecta para seguir tomando su sangre, para seguir sintiendo esa extraña mezcla de felicidad y frustración que lo dominaba cuando la tenía cerca.

—Siéntate, por favor —le pidió Gwen—. Me pone nerviosa verte de pie mirándome de esa manera.

—Estás siendo muy generosa conmigo. Gracias —repuso mientras se alejaba de ella.

—Ya te dije que no pensaba darte por perdido, y hablaba en serio. Podrás mudarte a la residencia mañana mismo.

—Te pagaré en cuanto cobre el primer sueldo.

—No hay prisa. Confío en ti —repuso ella mientras estiraba los brazos por encima de la cabeza.

Después se levantó y fue descalza a la cocina.

—Estoy muerta de hambre. ¿Quieres sopa?

No supo si seguirla o no. Le asustaba la idea de compartir con ella el reducido espacio de la cocina.

«Esta noche. Lo haré esta noche cuando esté dormida», se dijo mientras la seguía a la cocina.

—¿Quién es ese tipo?

Mitch, apoyando las manos en su mesa de la redacción, la miraba con la cara enrojecida. Parecía furioso.

Gwen nunca lo había visto así, solía presumir de controlar perfectamente sus emociones.

—Te he dicho todo lo que sé —repuso ella perdiendo la paciencia—. Lo encontré en la calle y decidí ayudarlo.

—¿Lo encontraste en la calle? —repitió Mitch con incredulidad.

—Así es. Me di cuenta de que era un veterano de la guerra que lo ha pasado mal. ¿Por qué te parece tan mal que le echara una mano?

—No creo que sea un veterano, es más o menos de tu edad.

—Algunos jóvenes se alistaron con quince o dieciséis años.

—Pero no sabes nada de él.

—Si no vale para este trabajo, lo sabremos enseguida —repuso ella.

Mitch parecía fuera de sí.

—¿Qué más hay entre los dos, Gwen?

—No me digas que estás celoso... Es un pobre hombre, Mitch, no tiene nada.

—Claro que no estoy celoso —repuso él tratando de recomponer su orgullo.

—Entonces, dale una oportunidad. Además, ni siquiera tendrás que verlo.

Mitch no dijo nada más y se alejó deprisa.

Gwen apoyó los codos en la mesa y se frotó las sienes. Dorian sólo llevaba unos días en el periódico y Mitch había estado de mal humor todo ese tiempo. Ya había notado que no le caía bien cuando se lo presentó la primera noche. Era como si hubiera podido adivinar de alguna manera que Gwen le había permitido quedarse unos días en su casa, como si supiera que había estado comportándose de manera poco habitual.

Sospechara lo que sospechara, tenía que admitir que Mitch estaba en lo cierto. Había sentido algo desde que lo abrazara en aquella casa en ruinas, cuando lo dio por muerto. Había tratado de ignorar esos sentimientos, pero no le había servido de nada.

Se había sentido algo más tranquila desde que Dorian se trasladara a la residencia de Walter, pero no podía dejar de pensar en él y contaba los minutos hasta que llegaba la hora de verlo en el trabajo. Se mostraba callado y comedido, no tenía nada que ver con el hombre algo agresivo y belicoso que había conocido en el muelle.

Pero sabía que seguía siendo una persona peligrosa.

Ella solía quedarse hasta tarde en el periódico y, cuando Dorian entraba en su despacho con la mopa y la escoba, no podía dejar de observarlo. Podía adivinar los músculos de sus brazos y piernas bajo su simple atuendo y la dejaban completamente hipnotizada. A veces él la sorprendía mirándolo y en más de una ocasión le había parecido ver deseo en sus ojos antes de que los apartara rápidamente.

Pero creía que no podía ser así y que, si de verdad se hubiera sentido atraído por ella, ya habría intentado algo. Sentía que había una amistad entre los dos y, aunque no era demasiado expresivo, notaba que la trataba con afecto. Incluso le había parecido preocupado por ella cuando le dijo que estaba intentando investigar el tema de la secta.

Pero no había nada más. Dorian parecía no sentir nada por ella y se dijo que quizá hubiera tenido una mala experiencia con alguna mujer. Pero estaba segura de que ése era un tema del que nunca conseguiría hablar con él.

Además, pensó que ya tenía suficientes preocupaciones, no necesitaba ninguna más. Creía que era mejor que no tratara de analizar lo que había empezado a sentir por Dorian y estaba convencida de que se trataba de algo sin importancia y pasajero.

Ya tenía bastante con Mitch. Sobre todo durante esos últimos días, cuando parecía estar empeñado en reconquistarla. Se encontraba cada mañana con un ramo de flores en su mesa y una invitación para comer con él todos los días. No podía negarse, era un buen hombre y pensaba que no tenía por qué sufrir sólo porque ella estuviera teniendo algunas dudas sobre su relación y su futuro juntos.

Quería romper con él, pero no era el mejor momento. No quería que Mitch culpara a Dorian de la ruptura cuando no tenía nada que ver. Temía que la ira lo cegara e hiciera alguna tontería, como presionar para que lo echaran del trabajo.

No sabía qué hacer, no podía negar la conexión que tenía con Dorian, pero le parecía que el interés era unidireccional y que él sólo se mostraba amable con ella por puro agradecimiento.

Cada vez le costaba más concentrarse en su trabajo. Se frotó la nuca y releyó el artículo en el que estaba trabajando. Su intención había sido irse antes de que llegara Dorian a trabajar, pero estaba tan ensimismada en el texto que se hizo de noche sin que se diera cuenta.

Se levantó, se puso el abrigo y tomó los libros que había sacado esa mañana de la biblioteca. Mientras iba hasta la entrada del Metro vio que no había estrellas en el cielo esa noche. Cuando llegó a casa, lo hizo con la misma sensación de vacío en su interior que había tenido desde que se fuera de allí Dorian.

Encendió la radio para animarse un poco y se puso un pijama de seda. Se tumbó después en el sofá con una novela y una taza de chocolate caliente. No cerró los ojos hasta bien pasada la medianoche.

El sueño era tan real que le pareció estar despierta. Dorian estaba arrodillado a su lado y acariciaba su mejilla suavemente. Podía sentir el calor de su piel, la fuerza de sus brazos y su aliento. Apenas la tocaba, pero podía sentir sus manos por todo el cuerpo, sobre sus pechos, en el estómago y mucho más abajo...

Se despertó de repente y supo que no estaba sola.

—¿Estás bien, Gwen?

Dorian estaba de pie a su lado. Se incorporó asustada y lo miró sin entender nada.

—¿Cómo has entrado?

—No pusiste el cerrojo.

—Deberías haber llamado a la puerta.

—Lo siento —repuso Dorian con el ceño fruncido—. Pero creo que deberías tener más cuidado.

—¿Por qué? Es un edificio seguro, no vive nadie peligroso aquí cerca.

—Aun así... No te vi esta noche en el periódico.

—Estaba muy cansada y decidí irme antes que otros días.

—Ya —le dijo Dorian con poco convencimiento—. ¿Seguro que estás bien?

—Sí, Dorian. ¿Y tú?

—No me quejo —repuso con impasibilidad.

Gwen no pudo contener la risa ante su imperturbable tono.

—¡Cuánto entusiasmo! —exclamó con una sonrisa—. ¿Te aburre tu nuevo trabajo?

—No, en absoluto. Tal y como predijiste, el trabajo físico me viene bien.

—Me alegro mucho —le dijo mientras lo miraba a la cara.

No se movía, pero la intensidad de su mirada era increíble.

—Bueno, es muy tarde —comentó mientras bostezaba—. Tendrás que irte a descansar, ¿no?

—La verdad es que no necesito dormir mucho.

—Yo sí necesito mis ocho horas de sueño —le dijo mientras apagaba la lámpara al lado del sofá y hacía ademán de levantarse—. Buenas noches, Dorian.

Pero él no se movió.

—¿Quién es él para ti? —le preguntó.

Gwen sabía muy bien de quién le hablaba. Estaba tan enfadada por la intromisión como entusiasmada por su interés.

—Mitch es un viejo y querido amigo —le dijo.

—¿Es tu amante?

Capítulo Siete

Gwen se quedó sin palabras y tardó en recuperarse.

—Eso no es asunto tuyo —replicó.

—Es un hombre débil, demasiado para estar con alguien como tú —repuso Dorian.

—No lo conoces.

—He visto lo suficiente.

—¿Qué quieres decir? ¿Nos has estado espiando? ¿Me has espiado?

—Las conversaciones que tenéis en el periódico no son precisamente privadas.

—Pero no son de tu incumbencia.

—Sí lo son —repuso Dorian mientras se acercaba lentamente—. Tu pretendiente me ha involucrado.

—¿Te ha dicho algo? ¿Ha amenazado acaso con conseguir que te despidieran?

—No, no con esas palabras, pero me ha parecido claro que se siente resentido y que está celoso.

—¿Tiene razones para estarlo?

Lamentó enseguida haberle preguntado algo así y no

pudo evitar pensar en el vívido y sensual sueño que había tenido con él.

La verdad era que ni siquiera estaba segura de querer saber si Dorian también estaba celoso o si había empezado a verla como algo más que una amiga o benefactora.

—Sólo deseo evitarte el sufrimiento de una relación que no me parece adecuada —le dijo con frialdad.

Su respuesta fue un jarro de agua fría.

—No necesito ese tipo de ayuda —repuso.

—Pero te habrás dado cuenta de que su principal objetivo es controlarte.

—Es un hombre, ¿no es eso lo que hacéis todos?

—Sólo los que no son lo suficientemente valientes para obtener lo que quieren de manera más sutil.

—¿Tan sutil como te estás mostrando tú ahora mismo?

—Creo que mereces ser feliz. Y te aseguro que no lo serás con él.

—¿Y tú eres un experto en intentar ser feliz?

Durante un segundo, le pareció que había conseguido herirlo con su comentario, pero Dorian no tardó en esconder sus emociones. Furiosa y frustrada, se fue a su habitación. Cerró la puerta y se tumbó en la cama. Oyó la puerta del piso unos minutos después y se metió entonces bajo la sábana, cubriéndose también la cabeza.

No sabía por qué le molestaba que no estuviera celoso, no tenía sentido.

Cerró los ojos y trató de dormir, rezando para no tener ningún sueño como el de aquella noche.

Dorian volvió dando un paseo hasta la residencia. Aún quedaba una semana para la luna nueva, pero estaba nervioso y enfadado. No se sentía satisfecho ni con la sangre de Gwen ni con la conversación que habían tenido después.

No sabía por qué había ido a su casa, podría haber bebido la sangre de cualquier otro Donante involuntario. Eran muchos los hombres y mujeres que recorrían las calles de noche en busca de diversión. Ninguno de ellos habría sufrido por culpa de su mordedura, ni siquiera recordarían lo ocurrido.

Pero con Gwen era distinto. Le había dado la impresión de que había podido sentir cómo la tocaba. Esa noche, mientras bebía su sangre, Gwen había gemido y su cuerpo se había movido con tanta sensualidad que no había podido evitar excitarse.

Él no era como Raoul o Javier, que no habrían dudado en tomarla mientras estaba inconsciente. Y, aunque había tenido que traicionar su honor durante sus años trabajando para Raoul, no estaba dispuesto a aprovecharse de nadie que estuviera bajo su protección.

Recordó el rostro de Gwen cuando le preguntó si Mitch tenía razones para estar celoso. La pregunta le había sorprendido y había tardado en entender lo que Gwen le estaba insinuando.

Se había dado cuenta entonces de que también ella sentía cierta atracción física por él. No era un sentimiento que atribuyera a su personalidad o a su apariencia física. Sabía que, cuando un vampiro se alimentaba más de una vez de un único Donante, éste podía llegar a sentir cierto deseo hacia el vampiro, aunque no pudiera saber por qué le estaba ocurriendo.

Por otro lado, era la primera vez que Gwen atravesaba la línea de la amistad para sugerir que podía estar sintiendo algo por él. Ella no podía saber que los únicos lazos permanentes que los vampiros podían constituir con los humanos no tenían nada que ver con el amor, el matrimonio o la tradicional familia.

El amor no formaba parte de la existencia de los Strigoi. Algunos vampiros cortejaban a humanos haciéndoles creer que estaban enamorados de ellos, pero la relación entre un Maestro y su Protegida no tenía nada que ver con el matrimonio humano, era una relación que sólo se rompía cuando moría el Maestro y que podía llegar a ser un infierno para el desafortunado hombre o mujer que cayera en las redes de un vampiro o vampira.

Sabía que Gwen nunca llegaría a aceptar una unión así, aunque fuera una relación basada en un afecto sincero. Si ella pensaba que podía llegar a haber algo romántico entre ellos era porque no podía entender las consecuencias, y él no tenía intención de explicarle nada.

Podía decirle que le tenía cariño y que le atraía su cuerpo. Podía contarle que estaba dispuesto a disfrutar de algún tipo de relación con ella si no iba más allá del puro placer, pero sabía que Gwen no era el tipo de mujer dada a encuentros de ese tipo. Ella merecía una relación en la que hubiera sinceridad y compromiso, y él no podía dárselos.

Entró en su dormitorio, se quitó el abrigo y el sombrero.

Fue después a ver a Walter y vio que seguía bien. Volvió entonces a su habitación y se sentó en la cama. Estaba acostumbrado a los largos ratos de espera. Habían sido muchos durante sus años de trabajo para Raoul. A veces solía leer, pero había destruido todos los libros que había tenido en el almacén. No le gustaba la radio ni salir de noche.

Nunca había tenido la necesidad de rodearse de otros Strigoi como él.

—Ya me pareció que te había oído —murmuró Walter entrando en su cuarto—. ¿Has estado con Gwen?

—Sí.

—¿Cómo está?

—Bien.

—Me alegro —repuso Walter mientras se sentaba en la cama—. ¿Y a ti qué te pasa? ¿No te gusta tu nuevo trabajo?

—Está bien.

—Entonces, ¿es por la residencia? Sé que no es nada lujosa, pero es mejor que vivir en la calle.

—Estoy de acuerdo.

—Bueno, entonces si estás como estás tiene que ser por ella. Sé que te gusta, Dorian, no lo niegues. No puedes dejar de pensar en ella, pero sé que no le dirás nunca lo que sientes.

Fulminó a Walter con la mirada. Era aviso suficiente para casi todos los humanos, pero no para el anciano.

—Ya hemos tenido esta conversación.

—Y seguiremos teniéndola hasta que entres en razón —le dijo el hombre—. Es una chica estupenda. Es fuerte y serías un estúpido si la dejaras escapar.

Walter se levantó y fue hacia la puerta.

—Me vuelvo a la cama. Piensa en lo que te he dicho.

Dorian esperó unos diez minutos más, se vistió de nuevo y salió. Caminó deprisa hasta llegar al barrio del Greenwich Village. Allí estaba Lulu's, uno de los locales más de moda de todo Manhattan. El portero lo miró de arriba abajo antes de abrirle la puerta.

Una bella joven con un vestido corto se ofreció a quitarle el abrigo, pero se apartó cuando la miró con frialdad.

No encontró a Allegra Chase. La vampira y su esposo, Griffin Durant, un hombre lobo, estaban muy ocupados tratando de terminar la guerra entre las distintas facciones del clan de los vampiros. Griffin había conseguido mantener al clan de los hombres lobo al margen del conflicto, pero la paz era aún un objetivo muy lejano.

Se acercó a la barra y pidió un whisky.

El camarero se lo sirvió y Dorian lo bebió de un trago. Observó el reflejo en el espejo que había tras la barra y vio cómo se divertían los humanos. Se preguntó cómo sería vivir plenamente, como si cada día pudiera ser el último de su existencia. Por mucho que trataran de ignorarlo, sabía que los humanos pensaban a menudo en la muerte.

—¿Otra copa? —le preguntó el camarero.

Asintió con la cabeza.

Se bebió la segunda y una tercera. Continuó bebiendo hasta que se le nubló la vista. Sabía que no era fácil que un vampiro se emborrachara. Él nunca había estado ebrio.

—Ha bebido tanto que debería estar muerto —dijo alguien cerca de él.

—Te apuesto cinco pavos a que se cae de espaldas cuando se levante del taburete —repuso otro tipo.

—Apuesta aceptada.

Dorian se levantó del taburete con algo de dificultad. Se dio la vuelta y no le costó reconocer a los dos hombres que habían estado riéndose de él. Se acercó, tomó a uno de ellos por el cuello de la camisa y lo levantó del suelo.

—No deberían reírse de las personas que no conocen, porque esas personas podrían responder de la manera más insospechada —dijo con tranquilidad.

El joven gimió asustado. Su amigo fue hacia Dorian con decisión, pero se detuvo al verle la cara. No soltó al hombre hasta que vio que su cara cambiaba de color.

El local se había quedado en silencio y todos lo observaban. Dorian dejó unos billetes en la barra y fue hacia la puerta de atrás. No le había servido de nada beber, no se encontraba mejor. El alcohol no había hecho sino disminuir su capacidad para controlarse, algo que había estado practicando desde que muriera Raoul.

Esa noche en Lulu's, había visto el terror en los ojos de ese hombre. Era la misma expresión que había visto muchas veces en los ojos de los enemigos de Raoul a los que había tenido que hostigar. Sabía que no le habría costado mucho partirle el cuello.

Walter creía saber por qué estaba tan irritable, pero se equivocaba. La luna nueva tenía el poder de suprimir las inhibiciones que lo ayudaban a vivir en el mundo de los humanos. Pero esas noches sin luna no hacían sino acrecentar lo que estaba siempre en su interior, una esencia que no había cambiado. Había sido un asesino y creía que seguía siéndolo.

Los golpes en la puerta fueron tan flojos que Sammael estuvo a punto de ignorarlos. Después levantó los ojos de los papeles que tenía en la mesa y suspiró.

—Pase —dijo.

Vida entró en el cuarto con una tímida sonrisa. Su negro y suave pelo enmarcaba su cara.

—Siento molestarlo, Sammael —le dijo.

—No me molesta, querida —repuso Sammael—. ¿Le preocupa algo?

Se miró sus zapatos planos y asintió con la cabeza.

—No entendí parte de lo que dijo hoy.

—¿A qué parte se refiere? —le preguntó mientras le hacía un gesto para que se sentara.

Vida lo miró con el entusiasmo con el que miraban los que acababan de ser convertidos.

—Micah era un hombre estupendo. Hablaba de paz y de encontrar la libertad en medio de la oscuridad.

—Sus enseñanzas han conseguido que Pax prospere —repuso Sammael.

—Sí, pero hoy... Cuando leía el libro... ¿De verdad dijo Micah que cualquiera que no se una a nosotros está condenado? —le preguntó con preocupación.

—¿Le parece difícil y duro de entender, querida?

—Bueno... —repuso la joven bajando la mirada—. La verdad es que sí, no me parece algo que pudiera decir Micah.

Sammael se puso en pie y se acercó a ella.

—Bueno, Micah ha muerto y me dejó a mí la gran responsabilidad de continuar con su trabajo. Me dijo que sus enseñanzas debían ser transmitidas con cuidado, para que no hubiera malentendidos —le dijo mientras acariciaba el pelo de Vida—. Por eso sólo los que han terminado cada etapa de la iniciación pueden oír las grandes verdades que Micah descubrió durante su larga vida de oración y meditación.

Vida se frotó las manos con nerviosismo.

—¿Hay cosas en el libro que aún no hemos oído?

—Así es —repuso mientras volvía a sentarse—. Y tiene sentido que sea así. Cada paso del camino requiere valentía y compromiso. Según vamos creciendo dentro de Pax, nos preparamos para escuchar todo lo que Micah ha querido transmitirnos.

La joven se quedó callada unos segundos.

—Entonces, supongo que aún no estoy lista.

—No para las últimas enseñanzas de Micah, pero ya ha pasado la primera prueba. Por eso se le ha permitido que siga escuchando los pensamientos de Micah acerca de la salvación.

Vida se levantó poco después.

—Gracias, hermano Sammael —le dijo sin mirarlo a los ojos—. Ahora lo entiendo mucho mejor.

—Muy bien, Vida. Espero que venga cada vez que tenga preguntas o dudas.

—Así lo haré, gracias.

La joven salió y él se quedó mirando la puerta con los ojos entrecerrados.

«¿He conseguido aplacar sus dudas, hermana Vida? ¿O será posible que me traicione alguien como usted?», pensó Sammael.

Pero estuvo a punto de echarse a reír, era una noción absurda. Sabía que no iba a tener que sufrir traiciones. Había tomado precauciones para evitarlo. Sus secretos seguirían siendo secretos hasta que todos fueran convertidos de nuevo. Convertidos o muertos.

Siguió trabajando, pero lo interrumpieron de nuevo. Era el hermano Camarion.

—¿Tiene información para mí?

—Así es, señor —le dijo el guardia—. Hemos ido al piso de la joven, como nos ordenó.

—¿Y?

—Sabe de Aadon y de su muerte. Ha estado intentando investigar lo que le pasó.

—¿Qué más sabe?

Camarion se sacó un papel de la chaqueta y se lo entregó.

—Copiamos una nota que le dejó Eamon Murphy —le dijo—. Incluye todas las pruebas que necesitábamos.

Sammael desdobló el papel y se puso a leerlo.

Cada vez tengo más claro que esta organización no debe lealtad a ninguna de las grandes bandas de contrabandistas que operan en Manhattan, sino que tiene sus propios objetivos. Hoy ha venido un hombre a verme.

Se presentó como Aadon y me aseguró que poseía importante información sobre recientes asesinatos y que estaba a punto de dejarme ver un mundo al que sólo unos pocos privilegiados podían acceder. Me trajo un libro que acabo de empezar a leer. Tengo ahora razones para creer...

—Lo tenía él... —susurró Sammael—. Y su hija... Debe de tenerlo ahora ella.

—La mujer también había escrito algunas notas, mi señor, y parecen indicar que no tiene el libro.

Furioso, Sammael dio un golpe en la mesa.

—Pero tiene que saber dónde está, tiene que saberlo.

—¿Quiere que se la traigamos?

—Sí. En cuanto sea posible hacerlo sin atraer demasiada atención. Y no quiero que le hagan daño.

—Entiendo, señor.

—Puede retirarse. Comience a prepararlo todo.

—Hay algo más, señor —le dijo el guardia—. Sigue viendo a Dorian Black. Incluso ha estado viviendo unos días en su casa.

Fulminó al guardia con la mirada.

—¿Sigue siendo humana? —le preguntó.

—Sí, señor.

Sintió alivio, pero se dio cuenta de que la relación de la señorita Murphy con Black era más seria de lo que había imaginado en un principio.

Conocía bien a los humanos y no le costaba imaginar qué había podido ocurrir. Creía que era normal que una mujer joven y sana como Gwen Murphy se sintiera atraída por el hombre que le había salvado la vida. Lo que le sorprendía era que alguien como Black, que se había mantenido alejado del resto del mundo desde la muerte de Raoul, quisiera relacionarse con personas.

Pero, como pasaba con casi todos los Strigoi, eran sujetos impredecibles, sobre todo cuando los dominaban la sangre y el deseo. Y, como ocurría con otros vampiros, Black tenía un magnetismo que atraía a los miembros del sexo opuesto.

Lo que no entendía era por qué un vampiro libre como Black no había convertido aún al objeto de su deseo. Sabía que el antiguo guardia de Raoul nunca había tenido una Protegida propia. A lo mejor prefería no tener lazos de ningún tipo con nadie. Quizá fuera simplemente deseo sexual la fuerza que lo mantenía cerca de esa mujer, pero Sammael sabía que era poco común que existieran relaciones con humanos basadas sólo en la pasión y sin que esos humanos fueran antes convertidos.

No le preocupaba mucho la presencia de Black, su objetivo era la joven. No creía que sus hombres fallaran a la hora de conseguir lo que deseaba. Pero, si la operación no salía según lo planeado, podría hacerse con Black y conseguir así que la señorita Murphy cooperara.

—No quiero que Black sospeche nada de lo que nos traemos entre manos —le dijo a Camarion—. Y tampoco quiero que se le haga daño, no se arriesguen de manera innecesaria.

El guardia asintió con la cabeza y se despidió. Él también se levantó y salió del despacho. Recorrió el laberinto de pasillos de la parte trasera del edificio. Bajó por las escaleras secretas hasta el gran salón y abrió las enormes y labradas puertas de madera.

La Guardia estaba entrenando, como cada día. Sus movimientos eran perfectos y coordinados. Sus camisas y pantalones beiges contrastaban con la oscuridad del salón. El capitán gritó una orden y cincuenta jóvenes se giraron para saludar al recién llegado.

Eran jóvenes que habían dejado de ser humanos unos meses antes. Los habían sacado de la calle y Sammael, junto con el sínodo, los había convertido y entrenado para matar sin piedad.

Nadie conocía su existencia, sólo los Maestros y los miembros del sínodo.

Satisfecho, fue hasta la parte del edificio donde estaban los seguidores civiles. Eran Novicios, aún sin convertir, e Iniciados que aún no conocían la verdad. Sammael se detuvo a observar una clase llena de Novicios, que escuchaban con atención al Maestro, que les hablaba en ese momento de la misericordia de Micah.

Los Novicios creían que esa misericordia se dirigía tanto a los humanos como a los Strigoi. Los que no consiguieran progresar hasta el nivel de Iniciado, seguirían sirviendo a Pax como trabajadores y siervos y nunca tendrían que salir de ese mundo cerrado, de ese remanso de paz.

Pensaba usarlos igual que había estado usando a los agentes que trabajaban dentro de las distintas facciones del clan de los vampiros, igual que iba a utilizar a los miembros de la Guardia. Quería liberar a la humanidad de la maldición de los Strigoi.

Y estaba seguro de que algún día llegarían a entenderlo. Algún día, se sabría la verdad y él ocuparía su lugar como uno de los grandes salvadores de la humanidad.

El décimo día de trabajo de Dorian en el periódico, cuando las oficinas estaban desiertas, Randolph Hewitt apareció en la redacción acompañado de una mujer cubierta con un velo negro. El periodista lo miró con desprecio y llevó a la invitada hasta la oficina privada del señor Spellman.

Dorian se quedó mirando la puerta de ese despacho. Podía oír sus voces. Había aprendido durante esos días que algunos periodistas llevaban a sus fuentes a esas horas al periódico para entrevistarlas sin que nadie los viera. Y la actitud de Hewitt le había dejado claro que le preocupaba más de lo normal que alguien pudiera reconocer a su testigo. Temió que estuviera relacionado con los crímenes del muelle.

Gwen y él llevaban algún tiempo tratando de evitarse, pero siempre encontraba un momento, cuando ella ya se había ido, para husmear en sus notas y asegurarse de que no progresaba demasiado con la historia de la secta. De momento, no parecía tener demasiada información.

Se acercó despacio al despacho, mientras seguía barriendo. Tardó unos minutos en reconocer la voz de la mujer. Cuando lo hizo, se quedó sin aliento.

Se abrió de repente la puerta y salió la mujer, la seguía Hewitt. Se recolocó el velo sobre la cara mientras lo miraba como si estuviera viendo un fantasma.

—Por aquí, señorita Romana —le dijo Hewitt con nerviosismo.

La mujer no volvió a mirarlo y él siguió con sus tareas como si nada.

Algún tiempo después, estaba metiendo la mopa y el cubo en el cuarto de la limpieza cuando oyó su voz.

—Dorian.

Estuvo a punto de ignorarla, pero ella lo siguió y Dorian se dio cuenta de que no iba a darse por vencida hasta que consiguiera hablar con él. Se giró para mirarla.

—Me quedé de piedra cuando lo reconocí, Dorian. ¿Qué demonios está haciendo aquí?

—¿Qué tal está, Romana?

—Mejor que usted —repuso ella.

—No es el mejor sitio para que tengamos esta conversación.

Pero ella no le hizo caso.

—Usted era el mejor entre los mejores —le dijo—. Podría haber llegado muy alto tras la muerte de Raoul. Sé que Kyril lo habría hecho su lugarteniente, como poco. Pero ahora está aquí y...

—¿Es Kyril su líder ahora?

—Sí, y va a conseguir ganar a Christof. Pero no me ha contestado. ¿Cómo puede estar alguien como usted trabajando de conserje en un periódico?

Supo que no iba a poder seguir distrayéndola con otros temas. Sospechaba por qué estaba allí Romana, y tendría que andarse con cuidado.

—No me creería si se lo dijera.

—Pruebe.

—Necesito trabajar para poder vivir.

Romana se echó a reír.

—No diga tonterías. No lo necesita. Podría vivir cómodamente con los suyos. No me lo creo.

—¿Y me creerá si le digo que estoy harto de servir a jefes que asesinan para conseguir sus objetivos?

—¿Está loco? —repuso ella—. A lo mejor Raoul no lo trató bien, pero sería distinto con Kyril. Él...

—No pienso volver —la interrumpió él.

—¿Acaso se siente culpable? No hizo nada malo, fue muy obediente.

—No me enorgullece lo que fui.

—¿Y por eso está usted aquí? ¿Es esto una especie de penitencia? La culpabilidad y el arrepentimiento son cosas de los humanos, no nuestras, Dorian.

La miró entonces con los ojos entrecerrados.

—¿Y qué hace usted aquí, Romana? No vendría a verme a mí, ¿verdad?

—No, se ha escondido muy bien, Dorian. Creo que todos lo dan por muerto —le dijo mientras miraba a su alrededor—. Tengo razones para hablar con ese payaso de Hewitt. Kyril me ordenó que viniera. Parece que Hewitt está investigando unos asesinatos, y se está acercando demasiado a la verdad. Vine para ofrecerme como informadora y darle algunas pistas falsas.

—¿Se refiere a los asesinatos del muelle? ¿Qué se les pasó por la cabeza a los asesinos de Kyril para dejar cadáveres sin sangre donde cualquier humano podría verlos?

—Nosotros no lo hicimos.

—Está claro que fue obra de los Strigoi.

—Debió de ser cosa de Christof.

—Nunca me pareció tan estúpido como para cometer un fallo tan grande.

—Bueno, no importa quién lo hizo. Lo importante son las consecuencias.

—Entonces, ¿es sólo ese tal Hewitt el que preocupa a Kyril?

Romana lo miró con suspicacia.

—¿Hay alguien más involucrado en la investigación?

—La verdad es que no sé en qué trabaja cada redactor. Tampoco leo sus artículos.

—¿Cómo consiguió este trabajo?

—Vi un anuncio y me presenté.

—¡El gran Dorian leyendo las ofertas de empleo de un periódico! Pero veo que al menos ha seguido bastante bien informado. Nos podría ser muy útil, incluso trabajando aquí...

—No.

—De acuerdo, pero piense en ello un poco más. Estoy segura de que Kyril lo recibiría con los brazos abiertos. Por cierto, le interesará saber que su antiguo compañero ha desaparecido y lo dan por muerto.

—¿Javier?

—Le iba muy bien con Kyril, ascendía rápidamente. Pero salió un día por un asunto privado y no lo han vuelto a ver. La verdad es que a mí nunca me gustó. Usted era más sutil y eficaz, Dorian.

—Bueno, tengo mucho que hacer, Romana.

—Perdóneme, por favor, no era mi intención interrumpir su importante trabajo —le dijo ella—. Pero no puede olvidar que es usted un cazador, está en su naturaleza. Nunca podrá escapar de lo que es por mucho que intente esconderse. Sé que volverá, tarde o temprano. Y cuando lo haga, espero que se una al bando adecuado.

Oyó sus pasos alejándose. No se movió, pero el palo de la escoba se partió entre sus dedos.

Había sido un alivio ver que Romana no parecía saber nada de Gwen y que también desconocía que él hubiera entablado algún tipo de relación con un humano. De momento estaba a salvo. Además, si Kyril llegaba a saber de ella, él actuaría con prudencia para no atraer más su atención.

Se sacó un pañuelo del bolsillo y se secó el sudor de la frente.

—¿Es verdad?

La voz de Gwen lo dejó sin respiración. Lo miraba atónita y con acusación en su tono. Supo entonces que había oído demasiado, había oído la verdad que había intentado ocultarle.

Gwen no podía creerlo. Le costaba entender lo que

esa mujer, una tal Romana, había dicho. Acusaciones que Dorian había admitido.

Acababa de saber que Dorian había trabajado como verdugo y esbirro durante años y que era uno de los mejores. Lo miró a los ojos y trató de prepararse para la respuesta.

—¿Es verdad? —preguntó de nuevo—. ¿Trabajaste para Raoul Boucher?

Dorian Black, un hombre que no temía a nada ni a nadie, la miraba asustado.

—¿Qué es lo que has oído?

—He oído que trabajaste para Raoul —repuso ella.

—Es verdad —le contestó Dorian.

—Entonces... Has matado a gente...

Dorian no dijo nada, pero percibió vergüenza y dolor en sus ojos, no era la primera vez que lo veía.

—Raoul era uno de los peores, un asesino a sangre fría...

—Raoul ya está muerto.

—Eso no cambia nada —dijo ella—. ¿Por qué no me lo contaste? ¿Pensaste que le daría la espalda al hombre que me ha salvado la vida?

—No me habría extrañado que lo hicieras.

—Dejaste que creyera...

Gwen se dio cuenta de que no había querido creer qué había sido él en el pasado, se había estado engañando a sí misma. Dorian había tratado de advertirle y ella no lo había creído.

—No entiendo, ¿cómo podría un hombre como tú hacer daño a la gente por dinero? —murmuró.

—No lo hacía por... —dijo Dorian cerrando los ojos—. No tengo excusa, Gwen, ninguna...

Se apoyó en la pared, las piernas no la sostenían. Siempre había imaginado que había algo terrible en el pasado de Dorian de lo que se negaba a hablar y había creído que se trataba de la guerra, pero había estado equivocada.

—Pero no trabajarías para él durante mucho tiempo, ¿no? ¿Cuántos años? ¿Cinco? ¿Seis? ¿Cuándo empezó todo, Dorian? ¿Cuándo te convertiste en uno de ellos? —preguntó con desesperación—. Intento entenderlo. Oí cómo le decías a esa mujer que estabas harto de servir a jefes que asesinan para conseguir sus objetivos.

—Es verdad.

—Te ofreció trabajo con otro de los líderes que luchan para hacerse con el territorio de Raoul, pero te negaste.

—Sí.

—Sé muy bien cómo trabajan los esbirros de la Mafia. Esa gente no cambia sin razón. ¿Por qué cambiaste tú? —le preguntó—. Decidiste irte a vivir al muelle como un ermitaño. Siempre he oído que los contrabandistas vigilan de cerca a sus antiguos empleados, eso si no los matan para evitar que trabajen para otro. Pero esa mujer no parecía saber dónde habías estado. ¿Tenías miedo de que fueran a por ti? ¿Tiene algo que ver con la lucha de grupos?

—No, no me dan miedo las distintas facciones que luchan ahora por hacerse con el poder.

—¿Entonces por qué te escondiste? ¿De verdad te arrepientes de todo lo que hiciste?

—No puedo cambiar el pasado.

—Pero esa mujer dio en el clavo, ¿verdad? Te has estado castigando por algo, malviviendo en el muelle solo y sin apenas comida. Incluso te dejaste morir...

No podía dejar de pensar en cómo lo había encontrado agonizando entre los escombros. No podía creer que ese mismo hombre, atormentado por el pasado, hubiera trabajado para la Mafia.

—Me salvaste la vida —susurró ella—. Un asesino sin conciencia no se habría molestado.

Se dio cuenta de que no era una pregunta, sólo intentaba convencerse. No podía creer que se hubiera equivocado tanto con él. Y le había mentido acerca de los asesinatos...

—Será mejor que vayamos a la redacción —le dijo.

Fue hacia allí sin esperar a que Dorian la siguiera. La sala estaba oscura. Encendió una lámpara y se sentó. Él llegó a la puerta y se detuvo, como si esperara que le diera permiso para entrar.

—Sigues sin darme miedo —le dijo ella.

—Nunca te haría daño, Gwen.

—Lo sé. E intentaste apartarme de tu lado, no querías que descubriera lo que habías sido, ¿verdad?

Entendía que lo que acababa de descubrir era una especie de prueba para ella. Tenía que demostrar hasta qué punto eran sinceros sus sentimientos. Se le llenaron los ojos de lágrimas.

—Creo que, por mucho mal que hayas hecho... Creo de verdad que quieres expiar tus pecados.

Dorian no la miraba a los ojos. Gwen imaginó que sentía vergüenza, culpabilidad y remordimientos.

—¿Y si existiera la manera de remediar todo lo que has hecho en el pasado? ¿Y si pudieras redimirte?

—¿Cómo?

—Ayudándome a descubrir a los asesinos que mataron a esas tres personas en el muelle.

—No sé quién lo hizo —repuso él.

—Pero oí cómo le decías a Romana lo que pensabas, crees que lo ha hecho una de las dos facciones que luchan por controlar el territorio que era de Raoul.

—No puedes arreglar las cosas, Gwen.

—Sí que podemos —repuso ella con valentía—. Romana dijo que su jefe la había enviado para darle falsa información a Hewitt. Temía que descubriera la verdad, pero negó que su grupo tuviera nada que ver con los asesinatos. No entiendo entonces por qué le preocupa tanto la investigación. Si el culpable es el rival de Kyril, ¿no se beneficiarían de ello?

—Supongo...

—Tienes que ser honesto conmigo, Dorian —le dijo con frustración.

—¿Qué quieres saber?

—¿Qué significa «strigoi»?

—Es una palabra que usan a veces esas dos bandas para referirse a ellos mismos.

—Pero ¿qué significa?

—No lo sé.

Sabía que le estaba mintiendo, estaba segura.

—Muy bien, veo que esta noche no vamos a llegar a ningún sitio —le dijo ella—. Pero sé que puedes ayudarme, Dorian. Ayúdame a encontrar a los culpables para que paguen por ello.

—No vas a encontrar esa secta que tu padre estuvo buscando.

—Puede que no. Puede que se trate sólo de los nuevos métodos de una banda de criminales, ya sea la de Kyril o la de Christof, pero tienen que pagar por esos crímenes. He de hacerlo.

—No si tu vida corre peligro.

—¿Crees que llegarían a tanto?

—No sería la primera vez.

—No creo que quien ordenara esos crímenes se arriesgue a asesinar a un periodista. Además, podría conseguir salvar otras vidas. Mi vida no es tan importante.

Dorian la miró con intensidad.

—Es importante para mí.

—Entonces, ayúdame. ¿Estás intentando acaso proteger a los que fueron tus compañeros?

Dorian no parecía estar contento con sus acusaciones.

—Hewitt no va a detenerse, seguirá investigando.

—¿Vas a decirle lo que has oído esta noche?

Sabía que debía hacerlo. Pero le convenía que Hewitt siguiera una pista falsa, eso le daría un poco más de tiempo para investigar por su cuenta.

—Lo pondría en peligro si se lo contara, ¿verdad?

—Sí.

—¿Aunque te haya dicho Romana que su jefe no tiene nada que ocultar?

—Aun así —afirmó con seguridad Dorian—. Tienes que olvidar lo que has visto y oído esta noche.

—Sabes que no puedo.

—Sí puedes. Tienes que dejarlo, Gwen.

—No acepto órdenes de nadie, Dorian, ni siquiera de antiguos verdugos.

—Puede que entonces descubras más de lo que estés preparada para saber.

—Al menos sé que estoy del lado del bien. Yo no mato a gente por dinero.

Dorian dio un paso atrás como si lo hubiera abofeteado.

—Puedes creer lo que quieras, pero deberías seguir mi consejo y olvidar lo que has oído hoy —le dijo mientras iba hacia la puerta—. Buenas noches, Gwen.

—Dorian...

Pero se fue y ella no se vio con fuerzas para seguirlo. Estaba agotada y frustrada. Sabía que había conseguido hacerle daño y que quizá él estuviera en lo cierto al advertirle que no debía continuar. No sabía si estaba preparada para saber la verdad y tenía miedo.

Habría sido fácil olvidarlo todo y seguir con su rutinario trabajo, pero no pensaba echarse atrás. Sabía que a su padre nunca lo habrían conseguido amedrentar y ella tampoco estaba dispuesta a vivir asustada.

Se puso el abrigo, apagó la lámpara y salió deprisa del edificio. Caminó a buen paso durante varias manzanas. Se detuvo frente a la puerta de la iglesia de San Alberto.

Entró y vio que hay poca gente en la nave principal. Se santiguó, se puso la bufanda sobre la cabeza y fue a sentarse en un banco. Rezó con la mirada puesta en el crucifijo del altar. Necesitaba saber qué debía hacer. Quería perdonarlo y confiar en él, pero...

—Señorita Murphy —dijo alguien a su lado—. Bienvenida. Hacía mucho que no la veía por aquí.

—Lo sé —repuso ella al ver que era el sacerdote—. Lo siento, padre.

—No tiene que disculparse —le dijo mientras se sentaba con ella—. Parece preocupada.

Le entraron ganas de contárselo todo y desahogarse, pero sabía que era mejor no hablar más de la cuenta.

—Creo que necesito saber cómo perdonar —le dijo.

—No es fácil —repuso el padre Sullivan—. ¿Es usted quien siente que debe ser perdonada?

—No. Bueno, supongo que todos necesitamos el perdón, padre.

—¿Quiere confesarse?

—No, preferiría hablar.

El sacerdote asintió y ella, después de hablarle de Dorian, le dijo que no creía en la redención.

—¿Cree que no es posible? —le preguntó el hombre.

Se le hizo un nudo en la garganta, le costaba pronunciar esas palabras.

—No puedo dejar de pensar lo que ha hecho.

—¿Y cree que puede juzgarlo?

—No lo sé, padre. Sé que también ha hecho buenas obras, como salvarme la vida. Pero ¿es suficiente?

—¿Suficiente para ganarse el perdón? —preguntó

mientras apretaba con cariño su mano—. Sabe bien que Dios perdona hasta los peores pecados si de verdad hay arrepentimiento. ¿Se ha confesado su amigo?

—La verdad es que ni siquiera sé si ha pisado alguna vez una iglesia.

—Puede que le viniera bien venir a una.

—Puede que sí, pero no sé si podría convencerlo para que lo hiciera.

—A veces no podemos hacer mucho por los que más sufren, tienen que dar ellos el primer paso.

—Pero ¿cómo puede hacer algo así cuando ni siquiera yo estoy dispuesta a perdonarlo?

—¿Piensa que es su obligación perdonarlo, Gwen?

—Verá... Le prometí que nunca le daría la espalda.

—Debe de querer mucho a ese hombre.

Se quedó sin aliento al oírlo.

—¡Dios mío!

—¿Qué le pasa, hija mía?

Acababa de darse cuenta. Amaba a Dorian.

—¿Está bien?

—Sí, padre, estoy bien.

Pero no era cierto. Nunca se había enamorado y lo que creía sentir por Dorian era como un veneno que se le había colado en las venas y esparcido por todo su ser sin que fuera consciente. Sus sentimientos habían tomado posesión de su cuerpo sin que pudiera evitarlo.

Estaba exhausta, eran demasiadas cosas en muy poco tiempo. Necesitaba descansar y reflexionar. Y después iba a tener que decidir si podía a amar a un hombre que representaba todo lo que siempre había odiado.

Dorian pasó dos noches sin ir a trabajar. Vagó por las calles sumido en sus pensamientos. Era luna nueva.

No se acercó a la residencia y se escondió entre las sombras de la ciudad, tratando de dominar las convulsiones y los ataques que lo atormentaban durante esos días.

Cuando pasó lo peor, siguió deambulando por Manhattan, alimentándose cuando lo necesitaba, lo mínimo para seguir vivo.

Algunos días después, salió de su escondite al hacerse de noche y fue hacia el piso de Gwen.

Llamó a la puerta, pero no contestó nadie. Forzó la cerradura y entró. Gwen no estaba allí. Salió del edificio y fue a la redacción de *El Centinela*.

Estaba llegando cuando oyó los gritos del chico de los periódicos.

—¡Extra! ¡Extra! ¡Periodista asesinada en un callejón de Broadway! —gritaba el niño—. ¡No hay testigos! ¡Posible asesinato de los gánsters!

No podía respirar, no podía moverse. Se acercó después al chico y lo agarró por el cuello.

—¿De quién hablas? ¿Cómo se llamaba?

El chico se zafó de él como pudo y le entregó un ejemplar.

—Tome, señor. Léalo usted mismo.

Miró la primera página y trató de concentrarse en las letras. Los titulares le dijeron lo que más temía leer y se le cayó el periódico de las manos.

Gwen Murphy, periodista de *El Centinela*, estaba muerta.

Capítulo Ocho

Dorian no dejaba de observar la ventana del hotel, podía ver las sombras de sus enemigos moviéndose tras las cortinas.

Kyril estaba recluido en su suite como una araña venenosa, tejiendo y ampliando su gran tela de araña para tratar de consolidar su poder dentro del clan. Sus horribles planes no habían conseguido que Dorian saliera de su encierro voluntario. No había querido tener nada que ver con esa guerra entre facciones.

Hasta que alguien asesinó a Gwen.

No tenía pruebas y le había parecido imposible en un principio que Kyril quisiera hacerle daño a Hewitt o a Gwen, pero él era el que se había molestado en enviar a Romana al periódico para confundir a Hewitt. Creía que Kyril era el más violento e impredecible de los dos líderes que se enfrentaban por alcanzar el poder dentro del clan.

Pensaba que, mientras él estuvo escondido durante la luna nueva, Kyril había averiguado algo sobre Gwen que le había enfadado, o quizá ella hubiera hecho algo arriesgado para provocarlo o le hubiera hecho las preguntas equivocadas.

Llevaba una semana vigilando a Kyril y a sus esbirros. Había visto a Romana en más de una ocasión, saliendo a hacer recados durante el día o con otras vampiras por la noche, vestidas para ir de fiesta por la ciudad.

Había visto al propio Kyril saliendo una vez de su guarida, completamente rodeado por su séquito de aduladores. Sabía que no sería fácil matarlo y que él no sobreviviría el ataque si llegaba a intentarlo, pero eso no le importaba. Llevaba tiempo listo para morir y sólo quería que Kyril pagara por lo que había hecho.

Sabía cuándo era más vulnerable y cuándo tenía menos guardaespaldas con él. Al amanecer era cuando menos movimiento había en su guarida. Debían de imaginar que los seguidores de Christof no se atreverían a atacarlo en su propio cuartel general.

Estaba seguro de que no esperaba el ataque de un único Strigoi. Y menos aún el de un antiguo esbirro de Raoul.

Salió de entre las cajas de madera que compartía con otros vagabundos. Ya se había hecho de noche y pronto saldrían a las calle las criaturas como él. Esperó pacientemente durante horas, hasta que supo que había llegado el momento. Comprobó que las dos pistolas seguían bajo sus brazos y que tenía el cuchillo enganchado en el cinturón.

Salió del escondite. Los pocos humanos que había a esas horas por la calle ignoraron su presencia. Se estiró y trató de relajar sus músculos. Cruzó la calle con normalidad, sin levantar sospechas. Los guardias Strigoi que hubiera en el hotel podrían reconocerlo, pero no hasta que fuera demasiado tarde.

—Mucho cuidado, amigo —dijo alguien.

Se llevó la mano a la pistola.

—No voy a hacerle daño —añadió la vampira—. Sólo quiero evitar que cometa un gran error.

—¿Quién es?

—Le contestaré encantada, pero aquí no.

Se dio la vuelta para mirarla. Llevaba una capa y la capucha le cubría la cabeza. Su rostro era muy bello y algunos mechones rubios cubrían su frente.

—¿Trabaja para Kyril?

—No.

—Entonces, es Christof quien la envía.

—No. Mi gente no ha tomado partido —repuso mientras tomaba su brazo—. Venga. Le explicaré todo.

—No he terminado aquí.

—Sé lo que venía a hacer, pero una muerte más no es la solución, Dorian Black.

—Si piensa así, debería irse.

—No sin usted. Tiene un objetivo más importante que la pura venganza, uno que puede traer la paz a esta ciudad. ¿No es eso lo que Gwen Murphy habría querido que hiciera?

Furioso, se apartó de la mujer. Después la agarró y la llevó al callejón.

—¿Qué sabe de Gwen? ¿Cómo sabe lo que ella habría querido?

—Sé que ha sido una gran pérdida —le dijo con aparente compasión—. Llevamos algún tiempo observándolo, esperando a que llegara el momento apropiado para hablar con usted. Nunca nos habríamos atrevido a interferir en su relación, fue toda una inspiración para nosotros.

—¿Me ha observado? ¿Por qué? ¿Sabe quién mató a Gwen?

—No. Entiendo que sospeche de Kyril y a nadie le puede extrañar que trate de vengarse, pero así no acabaría con la violencia que está matando a tantos inocentes.

Son los de dentro los que deben cambiar, olvidando su pasado por el bien común.

Había algo en su voz tranquilizadora que consiguió calmarlo. La soltó y bajó las manos.

—Sé que no tiene por qué confiar en mí. Lleva toda la vida cazando y siendo presa al mismo tiempo —siguió diciendo ella mientras se quitaba la capucha—. Pero eso ha terminado, Dorian. Podemos ofrecerle un nuevo camino por el que conseguirá redimir sus malas acciones del pasado.

—¿A qué precio?

—A un precio mucho más bajo del que ya ha pagado. Usará su talento para mejorar el entrenamiento de los Strigoi para ayudarlos a protegerse de los que los atacan.

Miró hacia el hotel. Lo que más le importaba era matar a Kyril, que pagara por lo que había hecho, pero las palabras de esa mujer habían conseguido mover una parte de él que ya había dado por muerta, la parte que Gwen había empezado a despertar antes de morir.

—¿De quiénes me habla?

—Somos también Strigoi, pero hemos decidido no formar parte de ninguno de los dos bandos. Preferimos la paz —le explicó la mujer con una sonrisa—. Me llamo Angela. Sólo le pido que venga conmigo y hable con nuestros líderes. Si no está de acuerdo con nuestros objetivos, no lo retendremos. Venga, amigo. Venga conmigo y sálvese.

Dorian se quedó estupefacto al ver que Angela lo llevaba hasta los muelles. El edificio en el que entraron era uno que había visto muchas veces. Una casa de cuatro plantas de ladrillo rojo con aspecto de empresa de importaciones y exportaciones. Era muy temprano y no había mucha actividad por la zona.

Nada más ver los mármoles de la entrada se dio cuenta de que era un negocio muy próspero. El guardia que vigilaba el vestíbulo los saludó amablemente al verlos. Los acompañó hasta una puerta en la parte de atrás que daba a un pasillo muy bien iluminado.

Por allí llegaron a otro vestíbulo en el que había una docena de puertas y más pasillos. Siguió a Angela hasta unas puertas de ébano. Había allí una especie de sala de espera con cómodos sillones, plantas y mesitas de centro llenas de revistas.

Una joven que trabajaba tras el mostrador se levantó sonriente al verlos entrar.

—Hola, Angela —los saludó—. Usted debe de ser el señor Dorian Black —añadió mirándolo.

—Sí —repuso Angela—. Lo encontré justo a tiempo. Dorian, le presento a Vida.

—Encantada —contestó la joven—. Supongo que querrá ver a Sammael, lo acompañaré.

—¿Quién es Sammael? —preguntó él.

—Nuestro líder —repuso Angela—. No tiene nada que temer, se lo aseguro.

Siguió a las mujeres hasta un gran despacho donde lo esperaba un hombre bastante apuesto que se levantó al verlo y le dio la mano con cordialidad.

—Señor Black, estaba deseando conocerlo.

—Usted es el señor Sammael, ¿no?

—Llámeme Sammael, aquí no usamos apellidos.

No dejaba de sorprenderle lo distintos que parecían ser esos vampiros.

—No recuerdo haber oído su nombre.

—Sólo llevo un año en Manhattan y he preferido no llamar la atención durante ese tiempo —le dijo Sammael—. Vida y Angela eran Protegidas de Raoul. Supongo que tampoco las conocía.

—Nosotras sí que habíamos oído hablar de usted —repuso Angela.

—Por eso he querido conocerlo —le dijo Sammael—. Necesitamos a alguien con su talento para conseguir nuestro objetivo, la paz. ¿Conoce la historia de los Strigoi, Dorian? Llevamos miles de años compartiendo este planeta con los humanos, puede incluso que tuviéramos antepasados en común, nunca podremos saberlo.

—¿Qué tiene eso que ver conmigo?

—Los miembros de Pax creemos que es nuestra responsabilidad vivir en paz con la humanidad.

Dorian sabía que «*pax*» significaba «paz» en latín, una idea completamente extraña para los Strigoi.

—Supongo que tendrá muchas preguntas, así que empezaré hablándole de la base de nuestras creencias —le dijo Sammael—. Los Strigoi, desde el principio de los tiempos, se dieron cuenta de que no podían matar humanos de manera injustificada o estarían abocados a su propia destrucción. Ha sido algo que se ha venido haciendo con fines prácticos, no como consecuencia de un sistema moral. Nuestros líderes llevan demasiado tiempo menospreciando a los humanos.

—Hay muchísimos más humanos que vampiros —repuso Dorian.

—Sí, pero fíjese en lo que está pasando ahora mismo en Nueva York. Las guerras de poder dentro del clan están provocando la muerte de humanos inocentes. Las autoridades no parecen ser aún conscientes de hasta qué punto se ha incrementado la violencia, pero no tardarán en advertir que algo extraño está pasando, y esa situación pone a nuestra raza en peligro —continuó Sammael—. Sólo podemos salvarnos si ponemos fin a esta guerra y aceptamos una nueva manera de hacer las cosas. Hablo del camino de la humildad, la compasión y la paz.

Vio que parecía hablar con sinceridad y emoción, algo poco común en un Strigoi.

—Sé que son conceptos extraños para usted y que trabajó durante años en un ambiente de violencia, pero no tiene por qué ser así, amigo mío. Sé que ha perdido a alguien importante, un humano que ha resultado víctima de la brutalidad de los Strigoi.

—¿Cómo ha sabido de ella? —preguntó, suspicaz.

—Vigilamos a todos los Strigoi de Manhattan que no pertenecen a ningún grupo. Ahora que no hay un líder claro, muchos viven aislados. Vimos que desarrollaba cierta amistad con la señorita Murphy y nos interesó, nos pareció que su actitud era cercana a nuestra filosofía.

—¿Sabía que la señorita Murphy estaba en peligro y no hizo nada?

—No. De haberlo sabido, habríamos intervenido, se lo aseguro.

Le costaba creer que alguien tan pacífico como él pudiera hacer nada contra un Strigoi asesino.

—Imagino que le cuesta aceptar lo que le estoy contando, pero le aseguro que tenemos muchos seguidores —le dijo Sammael—. Más de un centenar de vampiros viven en este edificio.

Imaginó que podía ser verdad lo que le estaba contando. Eran muchos los que se habían quedado fuera de las dos facciones más importantes, y algunos se habrían sentido atraídos por un grupo que parecía fomentar la armonía en vez de la violencia. Tenía claro que Sammael había conseguido ganarse el respeto de sus seguidores. Era un líder distinto.

—¿Es usted entonces el que controla esta...? ¿Esta organización?

—No me gusta hablar de controlar, me parece un término que implica violencia. Prefiero decir que soy el que guía o dirige. También trato de inspirarlos —le dijo Sammael mientras lo miraba a los ojos—. No permita que la señorita Murphy haya muerto en vano, puede ayudarnos a cambiarlo todo.

—¿Cómo?

—Los dos grupos que se enfrentan por el liderazgo del clan están deseando contar con la colaboración de agentes experimentados que refuercen sus ejércitos. Nos hemos aprovechado de esa necesidad en Pax y estamos entrenando a antiguos miembros del clan para que se infiltren en ambas facciones, se ganen la confianza de sus líderes y los convenzan cuando llegue el momento para llegar a unas negociaciones de paz.

—¿Cómo va a convencerlos? —preguntó con incredulidad.

—No somos muchos, pero estamos convencidos de lo que hacemos. Tenemos en mente el mejor de los objetivos, un futuro de paz para nuestra raza y para los humanos.

—¿Qué piensa hacer cuando consigan esa tregua?

—Propondremos una nueva forma de gobierno para los Strigoi de Nueva York, una que no se base en la violencia. Sólo se crearán Protegidos si los humanos elegidos lo consienten y todo el mundo tendrá derecho a opinar. Cuando llegue el momento adecuado, revelaremos nuestra existencia a los humanos y usaremos nuestras particulares habilidades para mejorar el mundo que compartimos con ellos.

Dorian miró a Vida y a Angela. Observaban a Sammael ensimismadas, como si fuera un dios.

—¿Cuándo desarrolló esta filosofía? —le preguntó él.

—Seguimos las enseñanzas de un Strigoi que se llamaba Micah. Era un hombre muy sabio que vivió el siglo pasado. Nosotros no somos como él, no somos perfectos. No ha sido fácil convencer a otros para que nos siguieran, pero hemos perseverado porque sabemos que nuestro camino es el correcto y eso nos ha dado fuerza y valentía. Sé que necesitará reflexionar y que tendrá más preguntas. Mis ayudantes podrán ayudarlo.

Sammael le hizo un gesto a Vida, que salió del despacho.

—Quédese un par de días con nosotros para conocernos mejor y hablar con otros miembros. Me da la impresión de que le cuesta confiar en otros, pero puede elegir la habitación que quiera y no se le pedirá que entregue las armas.

—¿Y si prefiero irme?

—Puede hacerlo, por supuesto. Pero esperamos que no intente vengarse —le dijo Sammael—. Angela le mostrará las habitaciones que tenemos libres. Después le enseñará el centro. Pero debo advertirle que tenemos algunos residentes que no son Strigoi. Algunos humanos se han unido a nosotros y suministran alimento a los Strigoi que no pueden salir al exterior.

—Entonces, no han renunciado por completo a la caza.

—Preferimos pensar que se trata de una medida temporal hasta que encontremos otra manera de alimentarnos. Cuando los humanos ven que no somos sus enemigos, dejan de sentir miedo y repugnancia por nuestro proceso de alimentación.

—Son muy valientes —apuntó Angela—. Aspiramos a ser como ellos.

La mujer lo llevó hasta la zona de dormitorios para que escogiera uno. Después le mostró una gran sala común donde humanos y vampiros conversaban en voz baja. Lo miraron con cordialidad cuando Angela lo presentó. No parecían asustados. Recordó que los humanos que el antiguo clan contrataba para trabajar como sirvientes siempre parecían aterrados.

—Quiero que conozca a alguien —le dijo Angela mientras lo llevaba hasta donde estaba un joven y delgado Strigoi—. Dorian, le presento a Nathaniel. Trabajaba como agente para Karl, el Gran Maestro del clan de Chicago. Cuando Sammael fue a esa ciudad para hablarles de paz, Nathaniel dejó atrás su vida de violencia y crueldad para seguirlo hasta aquí.

—Bienvenido, Dorian —le dijo el tal Nathaniel.

—Seguro que tienen mucho de lo que hablar. Si necesita algo, pídamelo por favor —agregó ella.

—Así que acaba de llegar —murmuró Nathaniel mientras le hacía un gesto para que se sentara—. Supongo que le costará creer lo que Sammael piensa hacer. A mí me pasó igual. Ya había oído hablar de usted, incluso en Chicago. Cuando me convirtieron y Karl me reclutó como uno de sus esbirros, tenía a Dorian Black como modelo a seguir.

—Lo siento por usted —repuso él apartando la vista.

—Entonces no me parecía que mi trabajo fuera reprochable. Traté de mejorar y convertirme en un experto. Hasta que me di cuenta de que existía el bien y el mal y que yo estaba en el lado equivocado.

—Fue entonces cuando Sammael lo convenció, ¿no?

—Ya tenía dudas. Me enamoré de una joven que trabajaba cerca del cuartel general. Tuve la oportunidad de convertirla en mi Protegida, pero finalmente no pude hacerlo. Quería casarme con ella.

—¿Casarse con ella? —repitió con incredulidad mientras pensaba en Gwen.

—He oído que algunos hombres lobo lo han hecho. ¿No sé casó uno con una vampira hace poco?

—Sí.

—Así que no es imposible —repuso Nathaniel—. Lo que sabía era que, si quería estar con ella, tenía que cambiar, no podía seguir trabajando para Karl. Fue entonces cuando oí hablar de Pax y supe que podía usar mis habilidades para algo más que para hacer daño. Llevo algunas semanas aquí metido, esperando a empezar mi misión.

—¿Va a empezar a trabajar para una de las dos facciones enfrentadas?

—Sí, voy a ir a la de Christof. Ya hay algunos infiltrados. Son antiguos esbirros como nosotros. Queremos que haya una veintena en cada grupo, pero lo importante es que se trate de agentes bien preparados, de calidad, para que puedan ascender y convertirse en la mano derecha de los líderes cuanto antes.

—¿Y qué pasa con el trabajo que tendrá que hacer para Christof hasta que consiga su confianza?

—Haremos lo necesario para conseguir el objetivo final. Podría ayudarnos mucho, Dorian. Cualquiera de las dos facciones mataría por tenerlo en sus filas.

Había estado a punto de asesinar a Kyril y ese hombre acababa de pedirle que se uniera a una de las facciones para trabajar para esos líderes a los que tanto odiaba. No quería volver al pasado, a esa vida de la que había huido. Pero era la oportunidad de conseguir una paz duradera y lograr que se hiciera justicia. Esa justicia por la que Gwen había luchado y entregado su propia vida.

—Sé que ha perdido mucho —le dijo Nathaniel—. Pero no se trata de venganza. Si no puede superar ese odio, no podrá trabajar para la causa común.

Recordó cómo Gwen le había dicho que creía que aún tenía la oportunidad de redimir sus errores. Ella había muerto pensando que él no estaba dispuesto a ayudarla, y acababa de presentársele la oportunidad de crear un mundo en paz, un mundo en el que Gwen no habría muerto. No podía devolverle la vida, pero creía que Gwen habría apoyado firmemente la causa de Pax. Decidió que uniéndose a ese grupo podría honrar su memoria.

—Mañana les daré una contestación —le prometió mientras se levantaba.

—No podemos pedirle más —repuso Nathaniel.

—Entonces, ha accedido a colaborar.

Angela asintió con la cabeza.

—Tomó la decisión esta tarde —le dijo la joven—. Creo que nos será muy útil.

—No lo dudo —repuso Sammael—. Puede retirarse, hermana Angela. Asegúrese de que la estancia de Dorian siga siendo agradable. Creo que podremos comenzar a prepararlo muy pronto.

—Sí, hermano Sammael —contestó ella, y salió del despacho.

Se sentía muy afortunado. Creía que el Señor había contestado a sus plegarias.

Había castigado a los soldados enviados para secuestrar a Gwen Murphy. Le había parecido inexcusable su incompetencia y había ordenado a otro destacamento más cualificado la misión de comprobar si de verdad había perecido la joven durante el primer intento de secuestro.

Todo parecía indicar que había muerto, pero no estaba seguro. Si seguía con vida, quizá tuviera en su poder el libro. Y, si su muerte había sido un engaño, cabía la posibilidad de que siguiera en contacto con el hombre con el que había pasado tanto tiempo, Dorian Black.

—¡No aguanto más! No puedo pasarme otro día en esta cama.

—Resultaste gravemente herida, Gwen —le dijo Mitch mientras la tapaba con una manta—. No esperarás curarte tan rápidamente.

—¿A qué llamas tú «rápidamente»? Llevo dos meses en Nueva Jersey. ¡Dos meses!

—A lo mejor no recuerdas cómo estabas cuando te llevaron al hospital, pero yo sí. Estabas cubierta de sangre y tenías un enorme agujero en el hombro.

—Estás exagerando —repuso ella mientras movía el brazo.

Aún le dolía el músculo y creía que tenía que ejercitarlo más. Sospechaba que Mitch había tenido a alguien vigilando su apartamento durante semanas y que seguiría tratándola como si estuviera convaleciente aunque ya se encontrara bien. Mitch temía que volviera a Nueva York en cuanto estuviera mejor, y tenía razones para pensarlo. No estaba dispuesta a que ningún matón la asustara, sobre todo cuando sabía que estaba cerca de descubrir la verdad.

Además, tenía que encontrar a Dorian. No quería ni pensar en lo que podría llegar a hacer si se había creído que estaba muerta.

—Preferiría estar sola, por favor —le pidió a Mitch.

—Por supuesto, necesitas descansar.

Mitch se levantó, recolocó uno de los adornos del árbol de Navidad y salió de la habitación.

Miró por la ventana en cuanto se quedó sola. El cielo estaba muy oscuro y había nevado la noche anterior.

Había estado recuperándose allí, a salvo de los que la habían atacado, desde que Mitch consiguiera que el periódico publicara la falsa noticia de su muerte. El señor Spellman y Mitch pensaban que Kyril había ordenado el ataque, pero ella no estaba tan segura.

Mitch se había mostrado muy protector con ella y empezaba a sentir que estaba prisionera. Entendía que estuviera preocupado. Su vida había corrido peligro durante los primeros días. Después, cuando mejoró y pudieron sacarla del hospital, Mitch le había prohibido que tratara de hablar con nadie de Nueva York. Llevaba semanas en ese piso y él la visitaba tres veces por semana. No podía permitir que la retuviera allí, los médicos ya le habían dado el alta y tenía que encontrar la manera de salir de su confinamiento.

Pero no sabía si Spellman querría tenerla de nuevo en el periódico. Podía seguir investigando por su cuenta, pero antes quería encontrar a Dorian y explicarle lo que había pasado.

No había podido dejar de pensar en él. Había estado a punto de morir y esa experiencia le había dado la habilidad de verlo todo más claramente. Sabía, por ejemplo, que lo que sentía por él era real. No sólo lo amaba, también lo deseaba. Había soñado con él durante esas semanas y había tenido las fantasías más vívidas y sensuales de su vida.

Se dio la vuelta y trató de ignorar el calor que sentía entre los muslos cada vez que pensaba en Dorian. No sabía cómo hacerle entender lo que sentía, y temía que él no la correspondiera.

Cerró los ojos. No era una cobarde y creía que, si había sobrevivido a la bala de un asesino, también podría superar aquello. Había llegado el momento de romper definitivamente con Mitch. Había sido un buen amigo y ella esperaba que siguiera siéndolo, pero tenía que decirle que no lo amaba. Y también tenía que salir de allí y volver a Manhattan.

No estaba dispuesta a verse como una víctima y pensaba descubrir la verdad, costara lo que costara.

Capítulo Nueve

Dorian les hizo un gesto a sus hombres mientras escuchaba en el callejón. Los esbirros de Christof eran muy buenos y no era fácil engañarlos, pero él también lo era.

Había una rivalidad especial entre Pietro, el lugarteniente de Christof, y él, desde la última vez que lucharon las dos facciones y Dorian consiguió la victoria para su grupo.

Le había venido muy bien luchar. Faltaban aún algunos días para la luna nueva, pero ya empezaba a sentir los síntomas. Le vendría bien para hacerles frente a sus enemigos. Después, cuando se fuera la luna, se ocultaría durante unos días.

No necesitaba esa locura para hacer su trabajo, ya fuera para Kyril o para Pax. No le había costado adaptarse a su antiguo empleo y, como le había asegurado Romana, le había bastado con ir al hotel de Kyril para conseguir que lo reclutara. Éste no había querido saber nada sobre lo que Dorian había hecho desde la muerte de Raoul e ignoraba su participación en ese hecho.

No dejaba de observar el callejón. Esperaba ver en cualquier momento las sombras que había estado esperando. Sus hombres lo miraban con atención, esperando que les diera una orden. Su experiencia le había proporcionado un rápido ascenso y se había convertido en lugarteniente de Kyril, puesto al que muchos aspiraban. El jefe de la facción le había ofrecido incluso la oportunidad de conseguirle una Protegida.

Los encuentros con miembros de Pax eran breves y distanciados por motivos de seguridad, pero sabía que estaban haciendo muchos progresos en ambas facciones. Aún no sabía quiénes eran los infiltrados en el grupo de Kyril, no iban a darle esa información hasta que llegara el momento de actuar, pero sabía que el desenlace estaba cerca. Era cuestión de unas pocas semanas más.

Y ese día él podría por fin vengar la muerte de Gwen.

—Dorian —susurró Melchior.

Levantó una mano para que se callara. Ya se acercaban al callejón los hombres de Christof con metralletas en la mano. Un informador les había hecho creer que allí podrían encontrar a Dorian Black y a algunos de sus hombres mientras se reunían con la gente de Carmine De Luca, uno de los más importantes gánsters de Nueva York. Sabía que Pietro no dejaría pasar la oportunidad de acabar con él.

Dorian le hizo un gesto a Melchior y a los otros para que se prepararan y salió al callejón mientras fingía estar charlando con otra persona.

—De acuerdo, hasta el próximo jueves a las nueve —comentó en voz alta—. Kyril lo estará esperando.

Se preparó para el ataque, que no tardó en llegar. Alguien se le echó encima desde detrás, pero se agachó mientras le agarraba el brazo y consiguió tirarlo al suelo. Escuchó cómo se rompía un hueso y el Strigoi gemía.

Los hombres de Dorian atacaron sin que los de Pietro tuvieran tiempo de disparar. Phineas, Vasily y Melchior luchaban cuerpo a cuerpo con tres de los sicarios de Pietro. Alguien disparó a Melchior en la frente y el Strigoi cayó al suelo. Dorian se echó sobre el pistolero y le retorció el brazo para dispararle en la cabeza con su propio arma.

Pietro lo esperaba en medio de la reyerta. Dorian fue hacia él, pero echó a correr y salió del callejón. No podía olvidar los ojos de Melchior cayendo al suelo y supo que tenía que encontrar a Pietro y hacer que pagara por esa muerte. Pero pensó que quizá estuviera intentando provocarlo para que se alejara de sus hombres, cabía la posibilidad de que le hubiera preparado una emboscada en algún otro sitio. Aun sabiendo que podía ser así, no le importó.

Salió a la calle y se dio cuenta de que había estado en lo cierto. Pietro y media docena de sicarios lo esperaban armados hasta los dientes.

—No sabía si conseguiría engañarlo —le dijo Pietro con una sonrisa—. Pero veo que es verdad lo que he oído. Dicen que ya no actúa de manera racional, que ahora es una especie de bestia salvaje y sin cerebro.

—¿No somos así todos los Strigoi? —repuso él.

—Tenía reputación de ser un sicario frío y calculador. ¿Qué le ha pasado?

—Nada que sea de su incumbencia, Pietro.

—Tengo curiosidad. ¿Está así desde que murió Raoul?

Se estremeció al recordar al anterior Gran Maestro. Raoul lo había rescatado del matadero y lo había convertido en lo que era. Pero después Dorian fue viendo cómo era en realidad y acabó tomando una decisión que había cambiado para siempre su vida y la de todos los Strigoi de Manhattan.

—Sí, supongo que debería haber muerto con él.

—Si lo que quiere es morir, lo ayudaré encantado. Es una pena que haya decidido ayudar a Kyril. Él es como Raoul. Si no lo detenemos, acabará con todos.

—¿Cree acaso que Christof sería mejor?

—Una bestia como usted no podría entender la diferencia.

—Pero está dispuesto a acabar con todos los seguidores de Kyril para que Christof llegue al poder.

—No hay otra manera de conseguirlo —repuso Pietro mientras miraba a uno de sus hombres—. Mátalo deprisa y deja aquí su cuerpo para que sirva de advertencia.

El sicario esperó a que se fueran Pietro y los otros. Después lo apuntó con su metralleta.

—Yo preferiría hacer que muriera poco a poco, pero tengo que obedecer las órdenes...

Mientras lo apuntaba y se preparaba para disparar, un taxi pasó por la calle y paró en la siguiente manzana. Salió una joven del coche sin ser consciente de lo que pasaba cerca de allí. Dorian se quedó sin aliento al ver que era Gwen y perdió las décimas de segundo que necesitaba para tomar una decisión.

Se echó a un lado para evitar que las balas le dieran en la cabeza, pero le atravesaron el pecho. Cayó de rodillas, el dolor era insoportable. Oyó que se le acercaba el sicario y sintió la metralleta en su sien.

—¡No!

El grito distrajo al hombre. Dorian aprovechó para agarrar sus piernas y hacerlo caer. Forcejearon por hacerse con la metralleta, que no dejaba de disparar al aire. Consiguió quitársela y lo golpeó en la cara con fuerza hasta dejarlo inconsciente.

—¡Dorian!

Gwen corrió hacia él.

—¡Dios mío! ¡Te han...! ¡Estás...!

No podía creer que estuviera viva.

—Te han disparado —exclamó Gwen mientras se sentaba en el suelo y tomaba su cabeza entre los brazos—. Esta vez tengo que conseguir que te vea un médico.

Se levantó como pudo, la sangre empapaba su camisa y el abrigo.

—Pensé que estabas muerta —le dijo—. ¿Qué haces aquí?

—Eso no importa —repuso ella mientras lo sujetaba y miraba a su alrededor—. ¡Ya se ha ido el taxi!

No oía ruido en el callejón, así que imaginó que se habrían ido ya los hombres de Pietro. Esperaba que hubieran ganado los suyos y que no hubieran muerto muchos.

—Tenemos que irnos —susurró él.

—Pero no puedes andar con esas heridas.

—No son tan... No son tan serias como parecen —repuso con una sonrisa triste.

Vio que a Gwen se le llenaban los ojos de lágrimas.

—Vamos a mi habitación en el hotel entonces —le dijo ella—. Sé algo de primeros auxilios, pero si las balas te han dado en algún órgano importante...

—Sólo necesito descansar. ¿Adónde vamos?

Gwen lo guió, cruzaron la calle y pudieron por fin conseguir que un taxi se detuviera. El conductor no parecía muy convencido, pero ella le dio una buena propina y los llevó tan deprisa como pudo al hotel.

—Le daré diez dólares más si me ayuda a subirlo a mi habitación —le dijo Gwen al taxista.

Lo llevaron entre los dos al ascensor fingiendo que estaba borracho. No podía ver con claridad y el dolor lo dominaba. Consiguieron con dificultad llevarlo hasta la habitación de Gwen y el taxista lo dejó en el sofá.

Gwen corrió al baño en cuanto se quedaron solos

y volvió con un montón de toallas. Se arrodilló a su lado, le quitó el abrigo y la camisa. No pudo contener una exclamación al ver las feas heridas que tenía en el pecho. Supo lo que estaría pensando, que nadie podía estar vivo con heridas así. Una bala había rozado su corazón y tenía los pulmones llenos de fluidos.

—No puedo ayudarte —susurró desconsolada—. Tiene que verte un médico, no hay más remedio.

Dorian tomó una de las toallas y se la colocó sobre la peor de las heridas.

—Necesito más toallas y sábanas —le dijo él.

Gwen se levantó, deshizo la cama y comenzó a hacer tiras con las sábanas. Después vendó con ellas su torso. Cuando terminó, humedeció una toalla para limpiarle la sangre de la cara, el cuello y el estómago.

—Si aún tienes balas dentro, podrías sufrir una infección —le dijo ella.

—La mayoría me atravesaron.

—Pero hay que limpiar bien esas heridas. Puede que necesites cirugía. No puedes seguir siendo tan testarudo, voy a llamar a una ambulancia —le anunció mientras se levantaba.

Pero él la agarró por la muñeca para evitarlo.

—No es necesario, Gwen. No voy a morir.

Ella trató de zafarse, pero no la soltó hasta que se rindió y se sentó de nuevo en el suelo.

—¿Por qué debería creerte?

—Espera y lo verás.

—Si te pones peor, si veo que...

Le tapó la boca con la mano, era increíble volver a tocarla y ver que estaba viva. Estaba deseando saborear de nuevo su sangre.

—Duérmete —le pidió—. Cuando despiertes, verás que no hay de qué preocuparse.

—No, tú eres el que tienes que descansar y yo voy a estar vigilándote sin descanso.

—Siempre me salvas la vida... —murmuró adormilado.

—Alguien tiene que hacerlo —repuso ella mientras trataba de levantarlo del sofá.

La ayudó a llevarlo a la cama. Era increíble sentir sus pechos contra el torso desnudo. Su cuerpo, a pesar de lo malherido que estaba, reaccionó al sentirla tan cerca.

Cuando llegó a la cama, trató de permanecer despierto, tenía muchas preguntas para ella, pero el sueño lo venció.

Despertó con Gwen acurrucada a su lado y su cabeza en el hombro. Se acercó más a ella y le acarició la espalda. Sin despertarse, Gwen abrazó su cintura.

Ya no sentía dolor ni emanaba sangre de las heridas. Se había curado y Gwen iba a poder ver enseguida que no había explicación humana para lo que había pasado. Iba a hacerle muchas preguntas y no se veía preparado para contestarlas. La vida le había dado otra oportunidad y esa vez tenía a Gwen a su lado. No iba a arriesgarse a perderla con la verdad. Era demasiado pronto.

—¿Dorian? —gimió ella abriendo lo ojos.

—Aquí estoy, Gwen. Y estoy bien.

Gwen se incorporó de golpe y lo miró de cerca, fijándose bien en las vendas de su torso.

—¿No te duele?

—No —repuso mientras se incorporaba en la cama—. Quítame las vendas.

Lo miró como si se hubiera vuelto loco, pero hizo lo que le pedía.

—¡Dios mío! —exclamó mientras tocaba las marcas rojas que le quedaban en la piel—. No es posible. ¡No es posible! —agregó al ver que las heridas habían desaparecido.

—Ya te dije que no iba a morirme, pero ahora no puedo explicártelo. No hay tiempo.

—¿Quién demonios era ese tipo que trató de matarte? ¿Y qué...?

—Ten paciencia —la interrumpió él—. ¿Qué te pasó a ti? Leí que habías muerto, ¿por qué no me dijiste la verdad?

—No podía —repuso Gwen apartando la vista—. Me dispararon. Estuve a punto de morir, pero Mitch me llevó al hospital. Temíamos que los asesinos lo intentaran de nuevo, así que fingimos mi muerte y me escondí en Nueva Jersey hasta que me recuperé del todo.

—¿Quién te disparó? —preguntó él con el corazón en un puño.

—No lo sé. Fueron unos hombres con abrigos negros y bufandas rojas.

Eran los colores de Kyril, la prueba que le faltaba.

—Los provocaste —la acusó él—. Seguiste con la historia de los asesinatos, ¿verdad?

—Nunca prometí dejar ese asunto.

—¿Qué hacías en ese barrio?

—Lo mismo podría preguntarte yo —repuso Gwen—. Había quedado con un informador que iba a hablarme de una reyerta entre los hombres de Kyril y los de Christof. Y parece que era verdad.

—Pues te metiste en medio de la reyerta...

—Tú también.

—¿Cuánto tiempo hace que volviste de Nueva Jersey?

—Una semana. Te he estado buscando, Dorian. Ni Walter sabía dónde encontrarte.

—Gwen...

—No te dije nada antes de irme y he pasado todo este tiempo preocupada por ti, pensando en qué estarías haciendo, adónde habrías ido...

—Gwen, no tenías por qué preocuparte, no he estado en peligro.

—¿No? ¿No te acaban de disparar en el pecho? ¿No es eso estar en peligro?

Dorian decidió que no podía seguir mintiendo. Ella merecía al menos saber parte de la verdad.

—Son gajes del oficio.

—Estás con ellos, ¿verdad? —susurró, dolida—. Has vuelto a trabajar para una banda. No debí decirte lo que te dije aquella noche en el periódico.

Sabía que la había decepcionado y deseaba contarle para quién estaba de verdad trabajando, pero le habían hecho jurar que no hablaría de Pax con nadie. Además, creía que ella no podría entender que el fin justificara los medios.

—Me uní a la banda de Kyril para descubrir si era él quien te había matado.

—¿Por qué? ¿Para matarlo?

—Sí.

—No, Dorian —repuso ella—. No quiero que mates por mí.

—Tengo otras razones.

—¿Razones que pueden justificar tanta violencia?

—No soy un buen hombre, Gwen. Nunca lo he sido.

—No me lo creo.

Se levantó y la tomó por los brazos para que se pusiera también en pie.

—Tienes que irte de la ciudad. No será para siempre. Tarde o temprano, las bandas firmarán una tregua y acabarán olvidándose de ti y de tus pesquisas.

—Pero no puedo irme, no lo haré...

—Gwen, nunca le he pedido nada a nadie, pero te lo pido a ti. Tienes que irte y salvarte.

—¿Y si te pidiera yo que vinieras conmigo? —repuso Gwen.

Se quedaron en silencio. Había jurado lealtad a Pax, pero si tenía que elegir entre la organización o Gwen... Le levantó la cara para mirarla a los ojos.

—Me... Me importas mucho. Cuando pensé que habías muerto...

—No, por favor —lo interrumpió Gwen—. No digas nada más.

Y no dijo nada más. Agachó la cabeza y la besó. Gwen se quedó inmóvil, como si no supiera cómo reaccionar. Dorian profundizó en el beso, acariciando sus suaves labios con la lengua, y ella respondió por fin, abrazándolo y acercándole su delicado cuerpo. Podía sentir su rápido pulso y el aroma que le indicaba que también estaba excitada.

Sabía que debía detenerse, que tenía que salir de esa habitación, pero Gwen no lo soltó. Lo besó en el hombro, mostrándole su largo y suave cuello. Le bastó con ver ese pedazo de piel para que su apetito aumentara y su boca produjo la sustancia química que anestesiaba a los humanos antes del mordisco y les daba una agradable sensación de placer.

La besó allí y Gwen se estremeció. Mordió con cuidado, hasta conseguir que se relajara por completo, y la llevó así hasta la cama. Se tumbó a su lado y la volvió a morderla. No era la primera vez que probaba su sangre, pero esa vez estaba sintiendo algo distinto y no pudo evitar excitarse mientras lo hacía. Era normal para un humano tener ese tipo de reacción, pero no lo era para un Strigoi. Nunca había sentido esa euforia, nunca había experimentado esa sensación de unión con una Donante.

Deseaba unirse a ella en todos los sentidos, no sólo con su sangre, también con sus cuerpos. Sentía la necesidad de transformarla, de transmitirle la sustancia química que la convertiría en alguien como él, pero sabía que no tenía derecho. Ni a beber su sangre, ni a tener su cuerpo, ni a determinar su futuro.

La soltó y se apartó. Se quedó mirando el techo. Iba a tener que encontrar la manera de salvarla sin destruirla para siempre. Se incorporó para levantarse cuando Gwen lo tocó.

—No te vayas —susurró ella.

No podía creer que se hubiera despertado ya, pero vio en sus ojos adormilados que aún seguía embriagada, eran los efectos del mordisco. A pesar de su estado de ensoñación, parecía haberse quebrado algo dentro de ella y se mostraba como una mujer desinhibida.

—Dorian, llevo tanto tiempo esperando...

Sabía que no podía hacerlo, que debía apartarse de ella antes de que perdiera por completo el control, pero Gwen acariciaba su brazo y su torso, no dejaba que se fuera.

—Hazme el amor —le susurró ella—. Te deseo, Dorian. Quiero sentirte dentro de mí.

Capítulo Diez

Dorian sabía que debía irse de allí. Eran muy escasos los humanos que permanecían conscientes mientras un vampiro se alimentaba de ellos, la mayoría estaban demasiado asustados y luchaban contra sus captores.

Sabía que debía irse, pero la abrazó, tomó su cara entre las manos y la besó de nuevo. Sus lenguas se enredaron en un apasionado juego y Gwen no se inmutó cuando se colocó sobre ella. Se limitó a separar las piernas y a levantar los brazos por encima de su cabeza. No pudo rechazar tal invitación. Besó su boca con ternura y fue bajando hasta su cuello. Encontró los pequeños botones de su blusa y fue desabrochándolos uno a uno. Debajo llevaba un sostén de encaje con finos tirantes, sabía que no le costaría nada arrancarlo. Y el tejido era tan transparente que no escondía sus pequeños y firmes pechos. Gwen gimió cuando comenzó a besar uno de sus erectos pezones, humedeciendo el satén hasta hacerlo más transparente aún. Ella lo agarró por los hombros con fuerza, hundiendo las uñas en su piel.

Le bajó la prenda y acarició sus pechos, dedicándoles toda la atención que le pedían. Gwen arqueó la espalda, acercándose aún más a él.

Pero no era suficiente, seguía habiendo demasiada ropa entre los dos. Le quitó la falda y la tiró al suelo. La mujer que tenía delante era más bella y atractiva de lo que podía haber imaginado, pero había también algo virginal en ella. Sólo llevaba puesta la ropa interior, las medias con el liguero y los zapatos de tacón. No había visto nada más erótico en toda su vida.

Con manos torpes y temblorosas, le desenganchó el ligero y terminó de desnudarla. Se le fueron los ojos a los rizos cobrizos que cubrían su feminidad. La agarró por las caderas hasta colocarlas al borde de la cama. Se arrodilló entonces en el suelo y le separó aún más los muslos.

Notó cómo Gwen comenzaba a respirar más rápidamente en cuanto rozó su clítoris con el pulgar. Lo acarició lentamente, sin dejar de observar el rostro de esa mujer. Gwen echó hacia atrás la cabeza y comenzó a gemir sin control. Sin dejar de mirarla, deslizó un dedo en su interior, que era aún firme y estrecho. Se dio cuenta de que no había estado nunca con un hombre.

—Dios mío, Dorian —gimió ella—. No puedo... No puedo soportarlo...

Dorian apartó la mano y la acarició con la boca. Deslizó la lengua sobre sus íntimos labios, explorando y saboreándola al mismo tiempo. Notó cómo se tensaba el cuerpo de Gwen cuando alcanzó el clítoris con la punta de su lengua. Fue incrementando el ritmo de sus caricias hasta notar que Gwen estaba a punto de perder el control.

Ninguno de los dos aguantaba más. Sabía que no debía seguir, que tenía muchas razones para no hacer lo que estaba haciendo. Pero el deseo lo controlaba y la llegada de las noches de luna nueva comenzaban a afectar su capacidad para razonar.

Se levantó y se quitó deprisa los pantalones. Se colocó de nuevo entre sus piernas, nunca había estado tan preparado para aquello, nunca se había sentido así.

—Ahora —le rogó Gwen—. Hazlo ya...

Agarró su redondo y firme trasero y Gwen le rodeó la cintura con las piernas. Ya podía rozar la húmeda entrada con su erecto miembro. Supo que ya no había vuelta atrás, nada podría detenerlo. Estaba deseando estar dentro de ella y darle placer hasta que Gwen gritara su nombre.

Pero se detuvo, paralizado, durante un segundo, y se quedó sin aliento al oír golpes en la puerta.

—¿Gwen? ¡Gwen, abre la puerta! Sé que estás ahí.

Se apartó deprisa. Se sentía desorientado y furioso. Gwen parecía tan confusa como él y se sentó deprisa en la cama. Miró a su alrededor sin entender qué pasaba.

—¡Abre! —gritó un hombre sin dejar de dar golpes—. ¿Quién está ahí contigo?

Vio cómo Gwen buscaba su ropa interior, pero no pudo ponérsela, él la había destrozado. Corrió al baño y salió con una toalla rodeando su bello cuerpo.

—¿Qué haces así? ¿Por qué estás...? —murmuró confusa al verlo desnudo—. Es Mitch. ¡Escóndete!

Dorian tomó furioso una de las mantas y fue hacia la ventana. Ya era de noche. Se cubrió con la manta y se metió entre los pesados cortinones y el frío cristal.

—Espera un poco, Mitch —contestó Gwen con voz temblorosa—. No estoy en condiciones.

Mitch farfulló algo que Dorian no entendió y Gwen pasó unos cinco minutos recogiendo las vendas ensangrentadas, su camisa y todo lo que pudiera denunciar su presencia allí. Y tenía además que vestirse.

—¡Gwen! ¿Qué esta pasando? Te he oído hablar con alguien, ¿quién es? —preguntó Mitch cuando por fin lo dejó entrar.

—No digas tonterías, nadie sabe que estoy aquí, sólo tú.

—¿Has dormido mal?

—Sí, la verdad es que sí.

—¿Dónde están las sábanas?

—Estaban sucias y le pedí a la camarera que las cambiara.

—¿Tienes todo lo que necesitas?

—Por supuesto, Mitch. Sabes que no necesito lujos.

—Podría conseguirte una habitación mucho mejor.

—No quiero que tengas que pagarme nada. Y yo he ahorrado lo suficiente para poder pagarme esta habitación durante unas cuantas semanas.

—¿Por qué no dejas que te ayude?

—Ya hemos hablado de ello —repuso Gwen—. Eres un buen amigo...

—¿Un amigo? —repitió con sarcasmo—. Vaya, qué suerte tengo. Creía que eras distinta a las demás, Gwen. Siempre pensé que eras una mujer sincera, pero veo que me equivocaba.

Se quedaron en silencio y Dorian imaginó que estarían mirándose a los ojos.

—Si no te importa, tengo que ducharme. Necesito despejarme antes de salir.

—Iré contigo.

—Es mejor si salgo sola y no llamo la atención.

—Veo que estás deseando librarte de mí, pero no lo vas a conseguir, Gwen.

—De acuerdo, Mitch. Pero ¿puedes al menos darme un poco de tiempo?

—Quiero que me llames cada hora —dijo Mitch.

Después Dorian oyó la puerta y salió de su escondite.

—Se ha ido —le dijo ella ruborizándose—. Creo que será mejor que tú también te vayas.

—Gwen...

—Lo empecé yo, ¿verdad? La verdad es que apenas lo recuerdo. Lo siento mucho. No sé cómo ha podido ocurrir...

—No tienes de qué disculparte.

—Tengo mucho en lo que pensar, me gustaría estar sola —murmuró Gwen sin mirarlo a la cara.

—No me iré muy lejos —le prometió él.

—No tengo miedo, tengo más guardianes de los que necesito.

Se puso la camisa y la chaqueta nuevas que Gwen le había comprado mientras estuvo inconsciente en el hotel. Se vistió y salió del cuarto muy confuso.

Una parte de él pensaba que debería haberse quedado a su lado. Podría haberla mordido de nuevo para que se durmiera hasta que consiguiera dar con una solución.

Pero no estaba seguro de poder controlarse si volvía a morderla. Creía que sólo secuestrándola podría evitar que siguiera con la investigación. La otra opción que tenía era acabar con los que pretendían matarla.

Dejó una nota para Gwen en recepción y le pidió al conserje que se la entregara veinticuatro horas más tarde.

Salió del hotel y vagó por las calles, buscando el cobijo de los oscuros callejones.

Durante un tiempo, había recordado lo que era no estar solo, pero iba a tener que olvidar todo aquello por el bien de la única persona que había llegado a importarle.

En cuanto a Pax, decidió que iban a tener que lograr su cruzada sin su ayuda.

Mitch vio cómo salía del hotel el tipo que había trabajado como conserje del periódico y decidió seguirlo. Tal y como había imaginado, Gwen le había mentido. Había alguien más en la habitación cuando fue a verla.

Estaba convencido de que Gwen tenía una relación con Black, una que había iniciado antes de que el hombre comenzara a trabajar para *El Centinela*.

Gwen estaba siendo una inconsciente. Ni siquiera había desconfiado al ver que Black desaparecía días antes de que alguien tratara de matarla.

A él nunca le había gustado ese tipo. Había salido de la nada y había conseguido conquistar a Gwen. Pero a pesar de que lo había investigado, Mitch no había conseguido desenterrar nada importante sobre ese hombre. Era como un fantasma.

Estaba convencido de que no podía ser una coincidencia y que el intento de asesinato que había sufrido Gwen tenía algo que ver con ese tipo.

Una parte de él le decía que se olvidara de Gwen, ella se había buscado esos problemas. Pero aún la amaba y quería protegerla. Tenía que evitar que le pasara nada malo, aunque para ello tuviera que secuestrarla. Y también iba a tener que deshacerse de Dorian Black.

Se detuvo de repente a la entrada de un callejón. Había estado tan ensimismado en sus pensamientos que lo había perdido de vista. No sabía si se había metido allí.

Oyó algo entonces que le llamó la atención. Encendió la linterna y dio unos pasos hacia la oscuridad. Vio una sombra moverse y después otra más. Le pareció ver a una pareja abrazándose. Estuvo a punto de irse, pero vio entonces que una de las figuras parecía desmayada y no se movía.

—¿Qué demonios está haciendo? —gritó—. ¡Suéltela!

La más grande de las dos siluetas levantó la cabeza. A la tenue luz de la linterna vio dos ojos rojos y unos dientes muy blancos.

Era Black.

Vio cómo enterraba la cara en el cuello de la mujer y, segundos después, salió un líquido rojo y denso. Estaba aterrorizado.

—¡Suéltela! —repitió.

Black dejó a la mujer sobre unas cajas de madera.

—No debería haberme seguido —le dijo Black.

—¡La ha matado!

—¿Eso cree? Mire mejor.

Mitch se acercó a la mujer y se arrodilló a su lado. Aún respiraba, parecía dormida y estaba sonriendo.

—¿Qué es lo que le ha hecho?

—Nada malo, no tardará en despertarse.

—Pero la ha... La ha mordido.

—Muy observador, señor Hogan.

—¿Quién es usted?

—¿De verdad quiere saberlo? —le preguntó Black mientras volvía a mostrarle los dientes.

Vio algo entonces que no había notado antes. Sus colmillos eran más largos de lo habitual y estaban manchados de sangre.

—Gwen tenía razón... —murmuró—. Existe la secta...

—¿De qué secta habla, señor Hogan?

—De unos hombres obsesionados con la sangre. Y usted es uno de ellos —le dijo—. Los cuerpos que encontraron en el muelle... ¿Tuvo algo que ver con esos asesinatos?

—No.

Mitch se dijo que le estaba mintiendo, eran demasiadas coincidencias. Gwen lo había encontrado viviendo cerca del lugar del asesinato y después de lo que acababa de ver...

—Vi cómo bebía su sangre.

—Muy listo, pero no se trata de una secta, sino de un grupo de seres como yo.

—Trabaja para Kyril, ¿verdad?

—¿Por qué cree que es así, señor Hogan?

Mitch se dio cuenta de que estaba hablando más de la cuenta, pero ya no había marcha atrás.

—Sabía que Gwen se estaba acercando a la verdad, la ha estado vigilando. Kyril trató de matarla y usted...

Black se echó a reír.

—Como el resto de los humanos, sólo ve lo que quiere ver —le dijo—. Míreme más de cerca. Quizá no ve nada en la oscuridad, como todos los humanos.

No entendía que se refiriera a los humanos como si no fuera uno de ellos. Recordó entonces lo que sabía de esa secta, hombres que bebían sangre. Recordó las leyendas, las novelas góticas del siglo XIX...

—Vampiros... —susurró con incredulidad—. ¿Quiere hacerme creer que es un vampiro?

—Preferimos el nombre Strigoi. Muchos de los mitos más extendidos son completamente falsos.

Le costaba pensar con claridad, pero recordó entonces que a Black sólo lo había visto de noche.

—¿No está vivo? —le preguntó Mitch—. ¿Es eso lo que intenta decirme?

—Yo nunca he muerto.

—Los vampiros no toleran el sol ni las cruces, duermen en ataúdes durante el día y sólo pueden ser aniquilados clavándoles una estaca en el corazón.

—Sí, los humanos han sido siempre muy creativos.

Observó los ojos de Black. No eran normales. Sus pupilas eran muy pequeñas y un luz roja rodeaba su iris grisáceo. Pero sabía que era imposible e irracional.

—Cree que tuve algo que ver con lo que le pasó a Gwen, pero no fue así. Mi intención es detener a los que le hicieron daño —le dijo Black.

—Después de lo que le ha hecho a esa mujer, ¿quiere hacerme creer que a Gwen no va a hacerle daño? La quiere por su sangre...

—No necesitamos un Donante en concreto, tenemos infinidad a nuestra disposición.

—¿Donantes? ¿Me habla de donantes de sangre? ¿Cuántos tipos como usted hay?

—Siempre hemos existido —repuso Black con tranquilidad.

—¿Dónde?¿Cómo viven?

—No creo que quiera oír las respuestas, señor Hogan.

Oyó un gemido procedente de la mujer, que parecía estar despertándose.

—Como puede ver, la joven está bien. Deberíamos hablar en algún otro sitio.

Le gustó la idea, prefería estar en un sitio más concurrido.

—¿Adónde vamos?

—Ya imagino lo que quiere, señor Hogan. Pero debe saber que, si lo deseara, podría silenciarlo antes de que pudiera escapar.

—¿Me está amenazando?

—Somos los Strigoi los que nos sentimos amenazados. Normalmente, por humanos.

—¿Así que reconoce que han matado a las personas que descubren lo que son? Gwen...

No pudo terminar de hablar. Las poderosas manos de Black lo agarraron por el cuello.

—Podría matarlo, pero creo que puedo confiar en su sentido común —lo avisó el hombre.

—Aléjese de ella, no permitiré que... No...

Apenas podía respirar y lo veía todo borroso.

—Poco me importa lo que piense de mí, lo que sé es que solo no podrá protegerla —le dijo Black—. Ha descubierto algo que podría costarle la vida. Debe volver al trabajo y no decir nada de lo que ha visto. Si lo hace, pensarán que se ha vuelto loco, como le pasó a Eamon Murphy.

—A mí... A mí me creerían.

—Lo dudo mucho —repuso Black mientras lo soltaba de repente—. Como ha adivinado, algunos Strigoi tratan de aniquilar a los humanos que han descubierto que existen. Puede que yo consiga detenerlos, pero usted sólo conseguiría poner a Gwen en grave peligro.

—La amo —confesó Mitch desde el suelo.

—¿La ama o desea convertirla en su esclava?

Mitch estaba deseando darle un puñetazo en la cara, pero sabía que era mejor no intentarlo.

—Si se aleja de ella, no diré nada de lo que sé —le prometió.

—No acepto el trato, señor Hogan. O mantiene la boca cerrada o sus días están contados.

Con dificultad, se levantó del suelo.

—Si piensa que puede seguir matando a la gente y no pagar por ello, se equivoca...

Pero Black ya no estaba allí, había desaparecido sin que se diera cuenta ni oyera nada.

Lo primero que sintió fue alivio, estaba vivo. Pero ese sentimiento se transformó pronto en furia y odio. Se acercó a donde estaba la joven.

—¿Está bien? —le preguntó.

—¿Qué ha pasado? —repuso confundida.

—¿No se acuerda de nada?

—Recuerdo un tipo muy apuesto... Me dio un billete de diez dólares, pero no sé qué pasó... —le dijo—. ¿Quieres divertirte tú un poco, cariño? —añadió con una pícara sonrisa.

—No, gracias. Pero puedo acompañarte a tu casa.

—Te lo agradezco, pero tengo que trabajar —le dijo mientras se levantaba e iba hacia la calle.

La siguió y miró a su alrededor. Se preguntó si habría más vampiros como Black recorriendo esa zona de la ciudad de noche.

Estremecido, aceleró el paso hasta encontrar un taxi que lo llevara al hotel de Gwen.

Mitch entró con paso decidido en la habitación de Gwen. Estaba muy serio.

—¿Estás sola? —le preguntó.

Gwen no había esperado que volviera tan pronto. Sólo había pasado una hora desde que se fuera Dorian y aún no se había recuperado. Estaba nerviosa y cansada.

—¿Qué haces aquí otra vez, Mitch? Ni siquiera has dejado que te llame yo.

—Estuvo aquí antes contigo, ¿verdad? —repuso mientras miraba tras las cortinas.

—¿Cómo?

—No me mientas, Gwen. Lo seguí cuando salió del hotel.

No podía creerlo. Le dolía haber tenido que engañarlo y que él lo descubriera antes de que pudiera contarle la verdad, pero también le molestaba que se atreviera a interferir de esa manera en su vida. Fue la ira la que habló.

—¡Ya basta, Mitch! No tienes derecho a controlarme así, nunca lo has tenido.

Mitch tiró el sombrero y se quitó el abrigo.

—¿Por qué no te preguntas qué tipo de control ejerce Dorian sobre ti? ¡Te iría mucho mejor si lo hicieras!

—Sé que te debo una explicación, Mitch. Pero no voy a...

—¿No se te ha ocurrido nunca que podría tener algo que ver con el ataque que sufriste?

Gwen abrió la boca para protestar, pero no lo hizo. Imaginó que Mitch había investigado el pasado de Dorian y descubierto que había sido un asesino a sueldo.

—Pienses lo que pienses de él, no lo conoces. No eches a perder lo que tenemos, Mitch. No hay necesidad de sentir celos...

—¿Celos? —repitió Mitch mientras se acercaba furioso a ella—. ¿Celos de una criatura que ni siquiera es humana?

—¿Qué?

—Ya me has oído. ¿Acaso no te has dado cuenta de que evita la luz del sol?

—¿Y qué tiene eso nada que ver con lo que estamos hablando? Tiene un problema en la piel y...

—¿Ha bebido tu sangre?

Sus palabras le parecieron tan absurdas que creyó haberlo entendido mal.

—Creo que será mejor que te sientes —le pidió—. Llevas demasiadas semanas muy preocupado por mí y sin dormir demasiado. Debería haberte convencido para que...

—Lo vi, Gwen. Lo vi con una prostituta en un callejón, y ¿sabes lo que estaba haciendo?

Se le hizo un nudo en la garganta al oír aquello.

—Supongo que no tardarás en decírmelo.

—Tenía su boca enterrada en el cuello de la mujer, pero no estaba besándola. Vi sangre cuando se apartó, en la piel de la joven y en los dientes de Black.

—¿Estás intentando decirme que...?

—Estaba bebiendo su sangre —la interrumpió Mitch de nuevo—. Y ella no trataba de defenderse, era como si no se diera cuenta. Fue el propio Black el que me lo reconoció.

Comenzó a sentir una fuerte jaqueca y podía oír los latidos de su corazón en los oídos. El ruido era ensordecedor y sintió que se mareaba. Fue a sentarse en la cama.

No podía creerlo, pero sabía que Mitch no era un mentiroso. Recordó cuántas preguntas le había hecho Dorian acerca de su investigación y de la información que su padre había conseguido recabar. Se acordó también de comentarios sobre ciertos elementos malvados que llenaban las calles de esa ciudad y que no se detendrían ante nada. Por fin entendía sus palabras.

—No puedo creerlo, no puedo —murmuró mientras se ponía en pie.

—La secta existe, pero no es como tu padre pensaba.

—Dorian es un buen hombre, es...

—Tu padre estuvo a punto de descubrir la verdad. Hay criaturas en la ciudad a las que les atrae la sangre de los demás. Pero no son humanos, Gwen. Y no son buenos.

—Sabes que lo que estás diciendo no es posible.

—Los vampiros existen, Gwen. Aunque Black me dijo que prefieren hacerse llamar Strigoi.

Se quedó sin aliento al oírlo. Recordó que Dorian había usado esa palabra durante su conversación con Romana y que también se había referido entonces al resto de las personas como «humanos».

Quería decirle a Mitch que se fuera y la dejara tranquila, pero le pidió que le contara lo que sabía. Le contó todo lo que le había llamado la atención en la apariencia y comportamiento de Dorian. También le repitió la conversación que habían tenido.

—Me dijo que había otros como él y admitió que los que descubren la verdad corren un grave peligro. Me dejó muy claro que me mataría si contaba lo que había visto —le dijo Mitch—. Me aseguró que él no tenía nada que ver con los asesinatos del muelle, pero no sé si creerlo.

Era demasiada información, no conseguía digerirla. Lo más doloroso era aceptar que Dorian no era humano. Lo que Mitch le decía tenía sentido, las piezas encajaban. Entendió entonces por qué no podía darle el sol, por qué era tan rápido y cómo había conseguido curarse tan pronto.

Dorian había estado trabajando para Kyril. Se preguntó si él también sería un vampiro. Se sentía conmocionada y devastada, pero sacó fuerzas para seguir adelante.

—Me habría dado cuenta si me hubiera querido hacer daño, lo habría sabido —le dijo a Mitch.

—¿Estás segura, Gwen?

No podía decirle por qué lo sabía con tanta seguridad. Después de todo, Dorian la había engañado muchas veces, pero tenía una prueba más fuerte que nada que le decía que estaba en lo cierto. Esa prueba era el amor que sentía por él.

—Puede que te haya amenazado con matarte, pero sé que no lo habría hecho. Pondría la mano en el fuego por él.

Esperaba que Mitch protestara y le llevara la contraria, pero no hizo nada.

—Entonces, veo que no hay nada más que pueda hacer.

—Te agradezco que me lo hayas contado, pero no puedo hacer nada hasta que hable con él.

—¿Qué dices, Gwen? Nunca conseguirás lo que quieres, no con una criatura como ésa.

—Estoy dispuesta a intentarlo —le dijo mientras le ofrecía la mano—. Todo lo que te pido es que sigamos siendo amigos, si aún estás dispuesto a serlo.

—Siempre tendrás mi amistad, Gwen —le prometió Mitch sin mirarla a la cara—. Siempre.

—Ten mucho cuidado, Mitch. No vuelvas a acercarte a Dorian y te prometo que no te hará daño —le pidió—. Prométeme tú que no le contarás esto a nadie más.

—No puedes pretender que finja que no ha pasado nada y que no sé nada, Gwen.

—Entonces, no digas nada hasta que al menos tengamos más pruebas.

—Pero, Gwen, ¿y si te equivocas? ¿Y si Dorian no es como piensas? —le preguntó justo antes de abrir la puerta y salir de la habitación.

Cuando se quedó sola, se levantó de la cama y fue hasta el baño con piernas temblorosas. Se mojó la cara. No terminaba de creerse que los vampiros existieran de verdad. Pensó en su padre y en lo que él habría dicho al descubrirlo.

Después de lo que acababa de saber y de lo que había estado haciendo con Dorian en esa misma habitación unas horas antes, le inquietaba tener que volver a verlo. Pero necesitaba llegar a la verdad, aunque eso supusiera perder para siempre a Dorian Black.

Capítulo Once

Dorian saludó con la cabeza a los pistoleros de Kyril que vigilaban la entrada del hotel. Subió a la suite del jefe y un guardia lo dejó pasar.

—¡Dorian! —lo saludó Kyril al verlo en la puerta—. Me alegra ver que sigue vivo tras encontrarse con los pistoleros de Christof. He oído que acabó con al menos tres de sus mejores hombres.

—Me alegra ser útil.

—Tengo curiosidad, Dorian —le dijo Kyril poniéndose en pie—. ¿Hace cuánto tiempo que conoce a Gwen Murphy?

La pregunta le sorprendió tanto que le costó fingir frialdad.

—Veo que el nombre le suena de algo —añadió Kyril.

—Por supuesto —le dijo él—. Romana me preguntó qué sabía sobre la investigación de la reportera. Entonces no tenía mucha información, pero Romana me dijo que otro periodista, Hewitt, estaba investigando los asesinatos del muelle.

—Romana no es demasiado discreta —repuso Kyril—. La verdad es que Hewitt no es un problema.

—¿Y la señorita Murphy?

—Está siendo más problemática de lo que pensamos en un principio. ¿Cómo la conoció?

Decidió que no debía negar lo evidente, lo que deseaba saber era cómo había descubierto que se trataban y Kyril si sabía que seguía viva.

—No hay mucho que decir. Tras la muerte de Raoul, estuve viviendo cerca del río...

—Es verdad, desapareció en el momento de mayor caos. Javier, que estuvo trabajando para mí, me lo comentó en más de una ocasión. Él también era un agente experimentado, pero le costaba mantener la cabeza fría. Desapareció hace unos meses, ¿no lo vería en ese periodo de tiempo?

—No vi a ningún Strigoi durante esos meses viviendo en el muelle —repuso él.

—Pero sí vio a algunos humanos —añadió Kyril—. Continúe contándome, por favor.

—La conocí en el muelle. Había quedado con alguien cerca de allí y, al verme, me tomó por un vagabundo que necesitaba ayuda para salir adelante.

—Por eso le consiguió un trabajo como conserje en *El Centinela*, ¿verdad?

—Acepté el trabajo para poder ganar algo de dinero y sobrevivir.

—Pero podía haber ganado mucho más trabajando para mí. O incluso para Christof.

—No tenía muy claro con qué facción debía aliarme.

—Pero ahora lo tiene claro —agregó Kyril.

—Por supuesto.

—Entonces, ¿su amistad con la señorita Murphy es poco importante?

—Así es.

—¿Cómo explica entonces que ella apareciera en medio de la reyerta con los hombres de Christof cuando uno de ellos estuvo a punto de ejecutarlo?

Entendió por fin qué había provocado el interrogatorio. Alguien lo había visto con Gwen.

—No se me ocurrió cuestionar qué hacía allí, estaba demasiado malherido para pensar en nada.

—Pero aceptó su ayuda.

—Habría sido muy mala idea quedarme en la acera.

—¿Por qué tengo la sensación de que no me está contando toda la verdad, Dorian? Cuando Romana me contó que se lo había encontrado en el periódico, me dijo que usted quiso saber si estábamos vigilando a alguien más o sólo a Hewitt.

—Fue una pregunta sin más.

—¿De verdad? Me cuesta creerlo. Entonces, estaba tan interesado en reclutarlo que no me preocupó qué tipo de relación pudiera tener con esa mujer, pero ahora... ¿Por qué apareció ella en el lugar de la reyerta de manera tan oportuna? Esta vez, dígame la verdad.

—Alguien la avisó de lo que estaba pasando allí.

—Muy bien —repuso Kyril algo más satisfecho—. ¿Sabía que la señorita Murphy desapareció durante algún tiempo poco después de que usted hablara con Romana?

—Los periódicos la dieron por muerta.

—¿Y qué hizo cuando leyó tan trágica noticia?

—Nada.

—¿Nada? Fue entonces cuando decidió abandonar su trabajo como conserje y unirse a mí.

—Acabé cansándome de barrer y fregar suelos.

—Entonces, ¿me asegura que la supuesta muerte de esa mujer no tuvo nada que ver con el hecho de que decidiera repentinamente unirse a mi causa?

—No es tan importante para mí como sugiere, Kyril —repuso él—. No era mi Protegida.

—¿No sabía que había sobrevivido el ataque?

—No.

—¿Tenía alguna idea sobre quién intentó matarla?

—La verdad es que ni siquiera pensé en ello.

—¿No le importaba? —preguntó con incredulidad Kyril—. Esa mujer le ayudó, le encontró un trabajo...

—Es humana —repuso a modo de explicación.

—¿Y ella nunca sospechó de su naturaleza, Dorian? ¿Nunca le preguntó nada sobre vampiros?

—¿Por qué iba a hacerlo?

—Algo o alguien hizo que investigara con más ganas los asesinatos del muelle —le dijo Kyril—. Y ocurrió justo después de que le diera ese empleo en el periódico.

—¿Está insinuando que yo tuve algo que ver con esas investigaciones? —preguntó mientras se levantaba de la silla.

Dos de los pistoleros de Kyril lo empujaron para que se sentara de nuevo.

—Le recomiendo que modere su tono —le advirtió el jefe—. El caso es que conoce a Gwen Murphy, que está viva y que parece interesada en continuar con esa amistad que usted considera banal y poco importante. Y eso a pesar del riesgo que entraña para ella. ¿De qué hablaron después de la reyerta?

—Gwen Murphy quería saber por qué me había visto envuelto en esa reyerta entre bandas.

—¿No sabía que había trabajado como pistolero ni de su conexión con Raoul?

—No, pero conseguí darle una excusa para convencerla de que había sido una coincidencia.

—¿Y lo creyó?

—Es una mujer y humana, puede que se haya quedado prendada de mí.

—¿Ha bebido su sangre?

—Sólo para alimentarme.

—¿No le ha tentado la idea de convertirla?

—No.

—¿Estuvo a su lado mientras se curaban sus heridas?

—No, conseguí que se fuera y me escondí hasta recuperarme.

—Sin contactar con sus superiores.

Dorian agachó la cabeza en señal de sumisión.

—No estaba en condiciones de hacer nada...

—Veo que hasta los pistoleros más experimentados cometen errores —le dijo Kyril con más amabilidad—. Así que dejó que se fuera, ¿no le preocupó lo que le pudiera pasarle a esa joven?

—No quiero interferir en su vida.

—¿La habría detenido de saber que se acercaba a la verdad? Está claro que alguien la vio como una amenaza, aunque usted no se diera cuenta.

Kyril hablaba como si no hubiera sido él quien ordenó el asesinato de Gwen.

—De haber sabido que esa mujer suponía una amenaza, se lo habría comunicado y habría hecho lo necesario para garantizar la seguridad —le aseguró.

—Excelente —repuso Kyril—. Entonces, su próxima misión será fácil. Como me ha asegurado que esa mujer no significa nada para usted, quiero que termine lo que los otros asesinos no pudieron terminar.

—¿Quiere que la silencie? —preguntó con aparente frialdad.

—Usted elige el método, pero que sea discreto, por favor.

—¿Y Hewitt? ¿También será eliminado?

—De él ya nos ocuparemos. Aún está lejos de la verdad. La señorita Murphy, en cambio, se acerca peligrosamente.

—Es una pena que no trabajara aún para usted cuando lo intentaron la primera vez.

—No fuimos nosotros los que fallamos, pero el problema sigue vivo y es una amenaza para todos los Strigoi, sean del grupo que sean. Christof no lo consiguió, pero nosotros sí lo haremos.

Dorian no entendía nada. Recordó que Romana le había asegurado que no tenían nada que ver con los asesinatos del muelle. Entonces no la creyó, pero eso había cambiado.

—Queda libre de otras misiones hasta que complete la que acabo de indicarle —le dijo Kyril poniéndose en pie—. Pero hágalo rápidamente —añadió—. Ahora, puede retirarse.

Dorian se levantó y fue despacio hacia la puerta. Cuando se quedó por fin solo en un pasillo, expulsó de golpe todo el aire que había estado conteniendo y se apoyó en la pared.

Había decidido trabajar para Kyril para asesinarlo a él y a sus colaboradores, pero acababa de darse cuenta de que no había sido el culpable del intento de asesinato de Gwen. Sabía que no estaría segura en Nueva York hasta que eliminara a los que la amenazaban, pero las cosas se complicaban cada vez más, sobre todo cuando Kyril parecía haber encontrado también razones para acabar con la vida de esa mujer.

Se había quedado sin alternativa. Sabía que a Kyril no iba a gustarle lo que iba a hacer para quitarse a Gwen de en medio, pero cualquier opción era mejor que su muerte.

Bajó deprisa las escaleras, no tenía tiempo que perder y sabía que no iba a poder convencer a Gwen para que renunciara voluntariamente a su libertad.

Y una voz en la cabeza le recordaba que así iba a ser suya para siempre.

Estaba a punto de amanecer cuando salió del hotel. Esperaría a que se hiciera de noche para ir a verla. Y, si intentaba escapar, la seguiría.

Cuando terminara con ella, Gwen no podría volver a escapar de su lado.

Mitch llamó a la puerta del sucio apartamento. Se preguntó si estaría en el lugar adecuado.

El hombre que abrió la puerta, con el pelo blanco y despeinado y gruesas gafas, era tal y como se lo había imaginado.

—¿El señor Hogan? —preguntó el anciano mientras le ofrecía la mano—. Me alegra que se pusiera en contacto conmigo. Pase, por favor.

El piso estaba muy desordenado y lleno de cosas. El doctor Perkowski tiró al suelo los papeles que cubrían una silla y se la ofreció. Después se fue a la cocina para preparar un té.

Se distrajo examinando los libros y artículos que llenaban cada superficie. Todos hablaban de leyendas, vampiros y temas similares.

—Cuando era joven, soñaba con que se reconocieran mis investigaciones como contribución científica —le dijo Perkowski entrando en el salón con una bandeja—. Viajé por todos los países con leyendas sobre vampiros, entrevisté a cientos de personas... Tenía muchas pruebas, pero se rieron de mí.

El anciano colocó la bandeja en otra silla y se sentó en el suelo para servirle.

—Fue muy poco preciso por teléfono —le dijo mientras le ofrecía una taza—. ¿Acaso se ha encontrado con un vampiro, señor Hogan?

Le sorprendió la pregunta. No había sido fácil dar con un experto en la materia, pero vio que estaba en el lugar adecuado.

—Tengo razones par creer que existen criaturas no humanas en la ciudad —le dijo.

—Sabía que sólo era cuestión de tiempo. No todos los hombres están ciegos —le dijo Perkowski con satisfacción—. Usted es periodista, ¿verdad?

—Sí, trabajo para *El Centinela*.

—¿Y descubrió la verdad mientras investigaba algún otro tema?

—Algo así.

—¿Quiere descubrirle a la Humanidad la existencia de esa otra raza?

—Lo dice como si creyera que tengo pruebas de lo que digo.

—Si es tan buen periodista como he oído, las encontrará —repuso el anciano—. Tiene que conseguir hacer lo que yo no pude, señor Hogan.

—Puede que a mí tampoco me hagan caso.

—Pero quizá consiga atraer su atención sobre el tema. En este mundo moderno, puede que a esas criaturas les esté costando más esconderse. Pero, bueno, empecemos por el principio. ¿Cómo descubrió que los humanos no estamos solos en este mundo?

Mitch le dijo que los asesinatos del muelle le habían llamado mucho la atención y que, siguiendo una pista, se había encontrado con Dorian Black en un callejón. No mencionó en ningún momento a Gwen.

—Me extraña que pudiera verlo, suelen tener mucho cuidado. Es una suerte que siga vivo.

—¿Por qué cree que no me atacó?

—Es difícil saberlo. ¿Sintió en algún momento que perdía la conciencia?

—¿Está sugiriendo que quizá me hipnotizara?

—Los vampiros son capaces de vencer la voluntad de los humanos. Así someten a sus presas para poder alimentarse sin que recuerden después lo que ha pasado.

—No intentó nada así conmigo —repuso Mitch con incomodidad.

—Como le he dicho, ha tenido suerte. Aunque, por otro lado, puede que tuviera alguna razón para permitir que se fuera con vida.

—¿A qué se refiere?

—Es muy probable que los asesinatos de los que me habla los cometieran vampiros y puede que estén intentando no llamar demasiado la atención durante un tiempo. Aun así, no los subestime. Son muy peligrosos —le advirtió Perkowski con manos temblorosas—. Y se han vuelto cada vez más temerarios.

—Sé que son peligrosos, pero éste no mató a su víctima. La mujer estaba bien. ¿Es eso normal?

—Era sólo un niño cuando vi de lo que son capaces, pero no necesitan matar para alimentarse. Han tenido que adaptarse al aumento de la población mundial y la sociedad moderna. No pueden matar indiscriminadamente en una gran ciudad como Nueva York. Eso sería su perdición. Si la gente supiera que existen criaturas que los usan para alimentarse, se organizarían para acabar con ellos y conseguir su extinción.

—Y eso es lo que espera que ocurra, ¿verdad?

—Así es —admitió el anciano—. ¿Y a usted? ¿Le interesa la historia como periodista o es algo personal?

—Bueno, soy reportero y me interesa el tema, pero también deseo su extinción.

—Entonces, tiene que estar bien preparado para saber cómo reaccionar. ¿Sabe a qué son vulnerables los vampiros y cómo destruirlos?

—¿No escribió Bram Stoker una novela sobre ese tema?

—Ese Stoker era sólo un charlatán de feria —repuso Perkowski mientras le entregaba lo que él había escrito—. Tome, lo ayudará a resolver todas sus dudas. Sólo hay dos maneras de matarlos: con un tiro certero en la cabeza o en el cerebro.

—¿Y el segundo método?

—No soportan estar expuestos al sol durante mucho tiempo. Como puede imaginar, no es fácil matarlos. Yo nunca he tenido que hacerlo.

—¿Y lo de la cruz? ¿Es posible defenderse de ellos enseñándoles una?

—Las leyendas dicen que ha de ser un crucifijo, pero yo creo que esos métodos no funcionan. Además, el asesinato de un vampiro puede atraer la atención de otros que vivan en la ciudad.

—¿Me presta el libro?

—Por supuesto. Y manténgame informado, por favor —le dijo el hombre—. Me encantaría poder acompañarlo en su búsqueda, pero me falta la energía necesaria.

—No se preocupe. De todos modos, es algo que tengo que hacer solo.

—Entonces, sólo puedo pedirle una vez más que tenga mucho cuidado.

Mitch se levantó y se despidió del anciano.

—Muchas gracias por todo, doctor Perkowski.

—No hay de qué, ha sido un placer. Y una cosa más,

cualquier persona a la que haya mordido un vampiro puede convertirse en uno de ellos si el vampiro así lo desea. Si eso ocurre, la unión entre ambos es casi irrompible. Lo llaman el lazo de sangre.

Mitch se quedó sin respiración al escuchar aquella última advertencia.

—¿Qué?

—¿Cómo cree si no que se reproducen los vampiros y consiguen aumentar su especie? Si no fuera por su poder para convertir a humanos, su raza ya se habría extinguido.

El anciano le entregó entonces una ampolla.

—Esto puede serle de ayuda para romper ese lazo —le dijo—. Lléveselo, por si lo necesita.

Se despidió angustiado y bajó deprisa las escaleras hasta la calle. Comenzó a hojear el libro del profesor Perkowski mientras el taxi lo llevaba a la redacción del periódico.

Hewitt se le acercó al verlo entrar.

—Hogan, me alegra verlo por fin. Pensé que nos había dejado por alguna revista femenina.

No estaba de humor para sus bromas. Dejó el libro en su mesa y lo fulminó con la mirada.

—Sabe muy bien dónde he estado. Gwen...

—Tranquilo. ¿Qué es lo que pasa? ¿Lo ha estado tratando mal?

—No se atreva a hablar mal de ella.

—Es ella la que se ha buscado los problemas. Creo que Spellman está pensando en despedirla.

—Y seguro que usted no tiene nada que ver, ¿verdad?

—Sería mejor para todos que se dedicara a ocupaciones más femeninas, como el ganchillo.

Abrió la boca para protestar, pero se dio cuenta de

que, cuando pensaba en Gwen como su esposa, también tenía la misma imagen en la cabeza. Después de saber que Dorian Black había estado en su habitación de hotel, ya no tenía tan claro que deseara compartir su vida con ella.

Pero recordó entonces lo que le había dicho Perkowski. No era culpa de Gwen. El viejo profesor le había asegurado que los vampiros conseguían manipular la voluntad de sus víctimas.

Probablemente Black estaba controlando a Gwen como si fuera una marioneta. Mitch decidió que tenía que cortar esos hilos para siempre.

Salió del periódico con la intención de comprar la mejor pistola que pudiera encontrar.

Capítulo Doce

Gwen supo quién llamaba antes de abrir la puerta. El corazón comenzó a latirle con fuerza al verlo. Dorian tenía el mismo aspecto de siempre, pero todo había cambiado. Sabía la verdad.

—¿Estás bien? —le preguntó él.

—Claro, ¿por qué no iba a estarlo?

Dorian no contestó, parecía nervioso.

—Gwen, tengo que decirte algo.

Nerviosa, fue a sentarse en una silla. A pesar de todo, sabía que él nunca le haría daño. Y sus sentimientos no habían cambiado, seguía queriéndolo.

—Lo sé.

—¿Cómo?

—Vino Mitch a verme anoche, después de que te fueras.

Notó entonces el círculo rojo que rodeaba sus pupilas y sus largos incisivos. Eran detalles que había pasado por alto durante meses. No había querido admitir que Dorian era distinto.

—Debería haberme imaginado que vendría a hablar contigo. Supongo que te aconsejó que te alejaras de mí.

—¿Qué esperabas? —repuso ella—. Estaba conmocionado y asustado. ¿Cómo no iba a estarlo después de lo que vio? —añadió con una sonrisa triste—. Es curioso. Supongo que yo también debería tenerte miedo, ¿verdad?

—No, tú no. Nunca...

—Espero que eso sea una promesa.

Podía percibir lo tenso que estaba Dorian.

—¿Qué te dijo Mitch?

—Me contó lo que vio —contestó ella—. Que usaste a una mujer para alimentarte y que después ella salió del callejón como si nada hubiera pasado y sin acordarse de que la hubieras mordido.

—Me sorprende que no te dijera que la había matado o algo así.

—Mitch siempre ha sido sincero conmigo.

Dorian frunció el ceño, no parecía gustarle que defendiera al otro hombre.

—No puedes confiar en él —le advirtió.

—Es curioso que me lo pidas tú, cuando has estado engañándome desde que nos conocimos.

—¿Qué crees que habrías hecho si te hubiera contado lo que soy?

—No lo sé. A lo mejor habría tratado de entenderlo, Dorian. ¿Formas parte de una secta?

—No —repuso él mientras se pasaba las manos por el pelo—. Los de mi especie hemos vivido en este mundo desde el principio de los tiempos.

—¿Y habéis conseguido mantenerlo en secreto todo este tiempo?

—No siempre.

La miraba con tanta intensidad que no pudo evitar

recordar lo que había pasado en aquella habitación, y en aquella cama, el día anterior.

—¿Crees que Hogan le contará lo que sabe a otros periodistas y lo publicarán?

—Le dije que nadie iba a creerlo —repuso ella.

—Tú sí lo creíste.

—Porque todo empezó a tener sentido cuando me contó que eras un... ¿Cómo os llamáis?

—Strigoi.

—Sí, eso es, Strigoi —asintió mientras se levantaba e iba hacia él—. ¿Te importa si me acerco?

—¿Qué es lo que esperas ver en mí ahora que lo sabes? No he cambiado.

Recordó de nuevo el momento de pasión que habían compartido, pero no podía pensar en eso.

—No lo sé —confesó—. Supongo que no tienes escamas, pinchos ni nada parecido...

—No.

Colocó la mano en su torso. Su corazón latía con fuerza.

—Las leyendas dicen que en realidad estáis muertos.

—Sí, hablan de algo así como «muertos vivientes», ¿no?

—A mí me parece que estás vivo.

—Es que es así.

—Entonces, no tienes que dormir en un ataúd por las noches.

Dorian colocó la mano sobre la de ella.

—Preferimos las camas, igual que los humanos.

—Tus ojos también parecen normales. ¿Te importaría enseñarme los dientes?

—Como quieras.

No podía creer que se le hubiera pasado por alto un detalle tan obvio como el de sus colmillos.

—No parecen muy afilados —comentó.

—Pero funcionan bien.

—¿De verdad muerdes a la gente y bebes su sangre?

—¿No es eso lo que te contó Hogan?

—Sí, pero es un poco difícil de imaginar.

—¿En qué más estás pensando, Gwen?

—¿Es verdad que vivís eternamente?

—No, también morimos.

Se dio cuenta de que le resultaba más duro imaginarlo muerto que aceptar que no fuera humano.

—¿Cuántos años tienes?

—Soy mayor que tú.

—Sí, pero ¿cuántos años tienes?

—Sesenta y tres.

—¿Eso es todo?

—Pareces desilusionada.

—Si voy a tener a un hombre extraño en mi vida, habría preferido que fuera mucho más exótico.

—Puede que prefieras a otro Strigoi. Algunos llevan vivos desde los tiempos de las Cruzadas.

—¿Y todos sufren esos días de mal humor?

—No, somos distintos, igual que los humanos —repuso él.

—Pero no eres el único Strigoi de Nueva York.

—No.

—¿Cuántos hay?

Gwen sabía que Dorian no quería responderle, pero no pensaba dejar que se saliera con la suya, tenía muchas preguntas para él.

—Son Strigoi los que han querido asesinarme, ¿no?

Dorian tomó su cara entre las manos.

—Gwen, Gwen...

Se estremeció al sentir su piel, pero no podía dejar que la distrajera.

—Me dijiste que trabajaste para la banda de Raoul. ¿Sabía él lo que eras?

—Sí. Él también lo era.

—¿Y Kyril?

—También.

No podía creerlo. Se dio cuenta de que había estado ciega y Dorian acababa de abrirle los ojos.

—¡Dios mío! —susurró con incredulidad—. Entonces, ¿todas esas bandas de...?

—La mayoría son Strigoi —repuso Dorian apartándose de ella—. Formábamos un clan, pero toda la organización se resquebrajó tras la muerte de Raoul.

—Esos tipos controlaban gran parte de los negocios de la ciudad...

—Eso no va a cambiar.

Dorian la miró y Gwen vio que sus ojos brillaban con aquella intensa luz roja que había ignorado hasta ese día. No podía creerlo. Dorian era un vampiro y un ejecutor, no se le ocurría nada más terrorífico.

—Las dos bandas que luchan para controlar el territorio que era de Raoul... ¿Son todos vampiros? —preguntó con voz temblorosa.

—Sí —repuso él apartando la vista—. No te engañé cuando te dije que creía que los asesinatos del muelle habían sido cometidos por la banda de Kyril.

—Pero ¿por qué asesinó a esos hombres? ¿Hay humanos involucrados en esa lucha de vampiros?

—Las víctimas también eran Strigoi.

Recordó entonces los informes del forense que había leído cuando empezó a investigar los asesinatos. No mencionaban nada extraño sobre sus cuerpos, pero la piel de los cadáveres presentaba horribles quemaduras.

—¿Eran miembros de la banda de Christof?

—No lo sé. No estaba trabajando para ninguno de los dos rivales entonces.

—¿Es normal para los vampiros que hagan algo así a modo de represalia?

—Es una crueldad innecesaria.

—También es una crueldad innecesaria asesinar a los que puedan revelar vuestra existencia, ¿no?

Dorian se quedó callado, pero se dio cuenta de que sus palabras habían conseguido traspasar su coraza.

—En las anotaciones que dejó mi padre encontré información sobre un par de asesinatos similares que ocurrieron hace unos años —le dijo ella—. Alguien los investigaría entonces. Me pregunto cuántos policías o periodistas morirían para proteger los secretos de los asesinos. Mitch me dijo que a lo mejor estás aquí porque te han encargado que me vigiles y les cuentes luego todo lo que voy descubriendo.

Su reacción fue tan rápida como inesperada. Dorian la agarró con fuerza por los hombros y la miró directamente a los ojos.

—Nadie me ha enviado —replicó con firmeza—. Abandoné el clan cuando Raoul murió. Y estaba listo también para morir cuando me encontraste. Tú has sido el motivo...

Se le quebró la voz y la soltó como si temiera no poder controlar sus actos y hacerle daño.

Temblorosa, se sentó de nuevo.

Dorian parecía metido en su propio mundo y muy lejos de ella. Recordó entonces todas las conversaciones que habían tenido desde que él la sacara del río. Todo encajaba.

—Los vampiros necesitan la sangre de los humanos para sobrevivir, pero no tienen por qué matar, ¿verdad?

Él negó con la cabeza.

—Querías hacérmelo a mí cuando estuve en el almacén del muelle, ¿verdad? Por eso intentaste que me fuera, ¿no? Pero no habría dolido...

—Ni siquiera lo habrías sabido.

Sintió en ese momento tanto amor por él que se le llenaron los ojos de lágrimas.

—Entonces, ¿por qué no lo hiciste?

—Porque...

—¿Porque al morderme me habría convertido en alguien como tú?

—Eso sólo es parte de la leyenda. El vampiro tiene que querer convertir a una persona para que ocurra, no basta con alimentarse de ella.

—¿Cómo te ocurrió a ti?

Dorian comenzó a hablarle de su infancia en los suburbios, de sus problemas con las bandas y de cómo Raoul lo rescató cuando estaba a punto de morir. Hablaba con seguridad y desapego.

—Ahora sé por qué eras tan leal a Raoul —le dijo cuando terminó—. Sentías que se lo debías todo.

—Sí.

Se acercó a él, estaba deseando abrazarlo.

—¿Fue duro aceptar lo que te había pasado y en lo que te habías convertido?

—No —repuso mirándola por fin a los ojos—. Fue como irme a dormir y despertar en un nuevo mundo.

A ella no le parecía tan positivo. No cuando ese nuevo mundo suponía vivir de noche, tener que beber la sangre de otros para subsistir, estar apartado de la sociedad y ver cómo la gente moría alrededor mientras se seguía viviendo.

Pero, por otro lado, los vampiros eran más rápidos y fuertes que las personas. Podían curarse milagrosamente y vivir durante siglos.

Pensó en todo lo que podría llegar a ver, en todas las experiencias que podría tener y la tentación de convertirse en una de ellos la dejó muda. Podría tener un futuro junto a Dorian...

Una voz en su interior la devolvió a la realidad. Había vampiros muy crueles y sanguinarios.

Trataba de convencerse de que Dorian no era así, pero había llegado a amenazar a Mitch, había trabajado como sicario para los mafiosos más violentos.

No sabía si estaba siendo una ingenua al confiar tanto en él.

—Puedes morder a alguien sin convertirlo, ¿verdad?

Dorian apartó la vista.

—Sí.

—Quiero que me muerdas.

—¿Estás segura? —le preguntó sin mirarla aún.

—Quiero saber lo que se siente —le dijo con una media sonrisa—. Ninguna periodista de verdad echaría a perder una oportunidad como ésta.

Dorian tuvo que controlarse para no salir corriendo. Era un cobarde, pero sabía que ya no tenía más opciones. Gwen sólo podría salir de esa habitación si dejaba de ser humana. Además, ella no tendría por qué saberlo hasta después de la transformación.

Le acababa de pedir que la mordiera creyendo que no lo había hecho nunca. Él no le dijo que se equivocaba. Le pareció una mentira muy pequeña comparada con lo que estaba a punto de hacerle. La miró, fijándose en su cándida expresión. Sabía que su cara cambiaría para siempre, dejaría de ser tan dulce.

—Como desees —repuso.

—¿Qué tengo que hacer?

—Relájate, nada más —contestó mientras se acercaba.

—Estoy lista.

Él también lo estaba y en más de un sentido. Los pantalones no podían hacer nada por ocultar su excitación y su boca no paraba de salivar. Él estaba a punto de saborear una vez más el paraíso y ella... Para ella sería el fin de su vida tal y como la había conocido hasta entonces.

Colocó las manos en sus delicados hombros y la besó en los labios. Cuando Gwen empezó a devolverle el beso, se apartó y fue bajando por su cuello mientras retiraba la blusa a un lado. Notó cómo se le aceleraba el pulso. No habría podido apartarse de ella aunque lo hubiera querido.

—No tengas miedo —susurró.

La mordió deprisa mientras lamía su piel para que no le doliera. Gwen se relajó entre sus brazos. Murmuraba palabras cariñosas, pero parecía medio dormida, como el día anterior.

Le bastó con pensarlo para que cambiara la composición química de su saliva y comenzara la transformación. Notó que algo estaba pasando antes incluso de terminar de beber su sangre. El cuerpo de Gwen temblaba de manera irregular y suave, pero los movimientos fueron cada vez a más. La tomó entonces en sus brazos y la llevó hasta la cama.

Apartó las mantas y colocó la almohada bajo su cabeza para que estuviera cómoda. Había dejado de moverse y respiraba suave y rítmicamente. Sabía que no tardaría en parecer que había dejado de respirar.

Colocó una silla al lado de su cama y se sentó. Algunos humanos sufrían mucho durante la conversión e incluso podían llegar a morir. Llevaba sesenta y tres años sin rezar, pero en ese instante dirigió todos sus pensamientos al Cielo, ofreciendo su propia vida a cambio de la de ella. No podía dejar que muriera. Aún sabiendo que Gwen podría despertarse y odiarlo durante el resto de sus días, no quería que muriera.

Pasó horas velándola, hasta la mañana siguiente. Era ya cerca del mediodía cuando se levantó y fue al baño para echarse agua en la cara. Cuando volvió a su lado, vio que Gwen había cambiado de postura. Tenía los brazos por encima de la cabeza y las sábanas enredadas a sus pies. La tocó y vio que estaba ardiendo. Tuvo una fiebre altísima durante horas, que no bajaba a pesar de sus cuidados y las compresas de agua fría que le colocaba continuamente en la frente.

Angustiado, no pudo suprimir un gemido. Tenía los ojos secos, pero le ardían por culpa de todas las lágrimas que no era capaz de derramar. La abrazó con ternura mientras rezaba para que se curara.

Por fin, cuando ya se hacía de noche, comenzó a bajarle la temperatura y se durmió profundamente. Había pasado por fin la primera crisis. Dorian se levantó y dio unas cuantas vueltas por la habitación. Estaba desesperado. Tenía ganas de tirar cosas, destrozar muebles y arañar el papel de las paredes.

La tocó de nuevo y vio que estaba helada. Salió al pasillo y, cuando vio a una empleada del servicio de habitaciones del hotel, le ordenó que les llevara más mantas. La joven salió corriendo muy asustada.

Cuando consiguió por fin las mantas, la tapó bien y se tumbó a su lado para darle calor.

—¿Dorian? —murmuró Gwen con voz adormilada—. No me digas que me he quedado dormida y me he perdido lo mejor.

Se estiró como un gato y bostezó.

—Si esto es lo que se siente tras ser mordida, deberías morderme cada noche. He dormido como un bebé. ¿Cuánto tiempo ha pasado? —le preguntó—. No puede ser aún de noche.

Le rompía el corazón decirle la verdad cuando parecía tan feliz y relajada. Prefirió que fuera descubriendo ella misma los cambios, de manera gradual.

—¿Es café lo que huelo? —le preguntó con una sonrisa—. ¡Qué bien! ¿Dónde está?

Pero no estaba allí. Estaba oliendo el desayuno de algún huésped en otra habitación del hotel.

—¿Qué quieres tomar? Llamaré al servicio de habitaciones para que te lo traigan.

—No te preocupes. Tengo hambre, pero no me apetece comer. Es muy raro... —le dijo mientras trataba de incorporarse y se tumbaba otra vez—. Estoy un poco mareada, ¿es normal?

—Deberías seguir tumbada un rato.

—Pero no quiero —le dijo ella—. La verdad es que nunca me he sentido tan viva. Es como si el aire fuera distinto y los colores me parecen más vibrantes. Ya no me duele el hombro... ¿Has pensado en patentar tus mordiscos como cura para todo?

Intentó levantarse de nuevo y lo logró. Dorian la observó mientras daba vueltas sobre sí misma con los brazos en cruz. Después se detuvo de repente, parecía muy mareada.

—Tienes que descansar un poco más.

—Me duele el estómago. ¿Habrá ido algo mal?

—No —repuso él mientras tocaba su frente.

Estaba fría, pero era una temperatura normal para un Strigoi. El dolor de estómago era la primera señal de hambre, de la necesidad que tendría pronto de beber sangre. Iba a tener que decírselo y acompañarla para que encontrara un Donante antes de que amaneciera.

—Muy bien, me tumbaré de nuevo.

La tapó con una sábana y se tumbó a su lado. Estaba tan ensimismado que tardó en oír la puerta.

Mitch entró en la habitación con una mano metida en el bolsillo de la chaqueta y la otra dirigida hacia él de manera amenazadora.

—¡Usted! —exclamó Hogan al verlo allí—. ¿Dónde está...?

Miró a su alrededor y vio cómo se quedaba blanco al ver a Gwen en la cama.

—¿Qué le ha hecho? ¡La ha matado! —gritó mientras sacaba la otra mano y lo apuntaba con una pistola.

—Le aseguro que está viva.

Mitch fue hacia la cama, pero le bloqueó el paso. Se giró entonces hacia él y le colocó el arma en la sien.

—Ahora ya sé lo que es y cómo matarlo. Me bastará con colarle una bala en el cerebro.

—No es fácil. Pero, si tiene suerte y lo consigue, lo acusarían de asesinato.

—¿Por matar a una criatura como usted? —replicó Mitch con odio—. Le estaría haciendo un favor al mundo.

—¿Mitch?

La voz de Gwen distrajo al periodista.

—No pasa nada, Gwen —le dijo Mitch sin dejar de observar a Dorian—. Ahora estás a salvo.

—Claro que sí —repuso ella poniéndose en pie—. Ya te he dicho que iba a hablar con él. Ha sido muy honesto y me ha dicho la verdad, no hay nada que temer.

—¿Es eso lo que crees? —preguntó Mitch riendo con amargura—. ¿A qué no sabes lo que quiere hacer contigo?

—¿De qué hablas?

—Te ha mordido, ¿verdad?

—¿Te parece que me ha hecho daño? —le preguntó Gwen.

—¿Se va a dar cuenta? —le preguntó Mitch a Dorian—. ¿Se dará cuenta de que la has convertido?

—Sal de la habitación, Gwen —le ordenó Dorian.

—No —protestó ella—. Baja la pistola, Mitch.

—No puedo —repuso Mitch con voz agónica—. No sabes de qué es capaz este tipo. Él...

Dorian giró sobre sí mismo y golpeó con fuerza la mano de Mitch que sostenía la pistola. Hogan reaccionó más deprisa de lo que habría esperado. Se tiró al suelo, rodó sobre la alfombra y se levantó de nuevo apuntando directamente al corazón del vampiro.

El sonido del disparo retumbó en las cuatro paredes y la bala atravesó un torso que aún no se había curado del todo. Dorian se tambaleó y se abalanzó sobre Mitch con un grito animal. Éste trató de apartarse, pero chocó con la pared al tratar de evitar el ataque de una Gwen enloquecida que parecía querer acabar con él.

Fueron sólo unos segundos. Mitch quedó tendido en el suelo, inerte y retorcido. Gwen también estaba en el suelo, intentando recobrar el aliento. Había sangre en sus dedos y levantó lentamente las manos sin poder creer lo que veía.

—¡Dios mío! Lo he matado —susurró desconcertada.

Capítulo Trece

Dorian se levantó y fue hasta donde estaba Gwen. La levantó del suelo y la abrazó. Después la llevó hasta la cama para que se sentara.

—Quédate aquí —le pidió mientras iba a ver a Mitch.

Tenía la cara llena de arañazos y parecía haberse golpeado la cabeza durante la pelea, pero aún respiraba y no había otras heridas en su cuerpo.

—Se pondrá bien —le dijo volviendo a la cama con ella—. No lo has matado, Gwen.

Parecía hipnotizada, fuera de sí, seguía mirándose las manos ensangrentadas.

—¿Qué es lo que he hecho? ¿Qué me ha pasado?

Él lo sabía muy bien. Gwen había sentido en su cuerpo la ira de Dorian cuando Mitch lo atacó. Y, tras el disparo, también ella había percibido parte de su dolor. La unión entre los dos se hacía cada vez más intensa.

Vio que aún era de noche, pero no quedaba mucho para que amaneciera.

—Tenemos que irnos. Habrán oído el disparo y alguien habrá avisado ya a la policía.

—¡Dios mío! ¡Mitch te disparó! ¿Estás...?

—Me recuperaré —repuso él mientras sacaba la maleta de Gwen—. ¿Tienes un vestido largo de noche?

—¿Qué?

—Si lo tienes, mételo en la maleta. Y también un abrigo, un sombrero, guantes...

—¿No deberíamos quedarnos para explicarle a la policía...?

—¿Y que vean que me han disparado en el pecho y no estoy muerto?

—Pero...

—Alguien encontrará a Mitch enseguida, no te preocupes —le dijo—. ¿Te inscribiste en el hotel con tu nombre verdadero?

Gwen negó con la cabeza.

—Entonces, tardarán algún tiempo en descubrir que estabas aquí cuando sonó el disparo.

—Pero puede que Mitch decida hablar. A lo mejor piensa que no tiene nada que perder y...

—Estarás a salvo y escondida antes de que pueda decirles a las autoridades lo que sabe.

Gwen se levantó y se puso a buscar entre su ropa lo que le había pedido. Él se acercó a la puerta, pero nadie se había atrevido aún a acercarse.

—Estoy lista —le anunció Gwen poco después con voz temblorosa—. ¿Adónde vamos?

—A un lugar seguro —repuso mientras tomaba su maleta y salían de la habitación.

Bajaron por la escalera de servicio hasta un callejón.

—¡Cuánta luz! —exclamó ella al salir a la calle—. ¿Ya ha salido el sol?

—No, aún no.

—Creo que voy a vomitar —gimió Gwen.

—Aguanta un poco más —le pidió mientras la sujetaba con fuerza.

Dorian comenzó a buscar una víctima adecuada. No era un buen barrio y a esas horas sólo había repartidores y delincuentes en las calles. Sabía que Gwen iba a necesitar bastante sangre y era importante que encontrara un Donante fuerte y saludable.

No tardó en ver a un joven robusto que caminaba delante de ellos. Dejó a Gwen en un portal y le pidió que lo esperara allí.

Se acercó al hombre y consiguió relajarlo con un leve mordisco. No había testigos y pudo llevarlo de vuelta al portal donde había dejado a Gwen.

—¿Quién es este tipo? No lo... —preguntó confusa.

No hubo nada sutil en la transformación que dominó entonces a Gwen. Ya no estaba débil, sino atenta y alerta a todo. Se acercó instintivamente al hombre y abrió la boca.

—Bebe —susurró Dorian—. Bebe y te pondrás bien.

Gwen dudó un segundo. Había algo dentro de ella que aún era humano, pero la necesidad y los instintos eran demasiado fuertes para negarlos. Agarró al hombre por los hombros y se acercó a su cuello. Seguía allí la marca que había dejado Dorian con su mordisco. Gwen lamió la sangre para saborearla y sus ojos se cerraron. Parecía completamente extasiada.

El hombre inclinó hacia atrás la cabeza, exponiendo más aún su cuello. Gwen hincó sus colmillos en la carne y el tipo se estremeció de placer. Era algo que les pasaba a todos los Donantes, era una especie de contrapartida por entregarles sin saberlo su sangre. Unos minutos después, el hombre comenzó a balancearse y Dorian se dio cuenta de que no podía darle más.

—Ya basta —le dijo a Gwen mientras la apartaba.

Tenía los labios teñidos de rojo, y Dorian no pudo controlarse, la besó. Dejaron al hombre descansando en el suelo y se alejaron de allí. Seguramente, Gwen no era aún consciente de lo que estaba pasando.

Caminaron hasta llegar a una calle más concurrida, donde tomaron un taxi. Gwen fue poco a poco recuperando la memoria. Dorian vio cómo se tocaba los labios y los colmillos. Parecía muy confundida, pero acabó recordando lo que había hecho y no pudo ahogar un grito.

—¿Está bien, señorita? —le preguntó el taxista.

—Sí, no pasa nada —repuso Dorian con firmeza.

—¿Qué es lo que he hecho? —susurró Gwen—. ¿En qué me he convertido?

Estaba deseando abrazarla, pero trató de darle espacio.

—Tuve que hacerlo —le dijo—. Era la única manera de salvarte...

—¿Qué? —repuso desconcertada.

Pero Gwen ya lo sabía, la respuesta estaba en su interior. Podía ver y oír mucho mejor que antes. Sabía que su cuerpo estaba llenándose de fuerza y vitalidad gracias a la sangre que acababa de beber. Estuvo callada hasta que llegaron frente al hotel de Kyril.

Entraron en el vestíbulo. Los guardias los observaron con interés, pero los dejaron pasar. Tampoco le dijo nada el chico del ascensor, pero ni siquiera lo miró a la cara.

Llegaron al tercer piso y Dorian la llevó hacia su habitación. Pero Gwen se detuvo de repente, se apoyó en la pared y comenzó a llorar.

—¡Me has convertido!

—Sí —repuso él—. Tuve que hacerlo. Me ordenaron que te eliminara.

Era un territorio peligroso. Dorian miró a su alrededor y la llevó hasta la habitación.

—¿Por qué lo has hecho? —preguntó Gwen en cuanto entraron en la lujosa suite.

—Me mandaron que te asesinara.

—Entonces, ¡has estado vigilándome todo el tiempo! —repuso furiosa.

—No, Gwen. Te dije la verdad. Empecé a trabajar para Kyril cuando creí que habías muerto. Y me mandó que te matara cuando supo que seguías viva.

—Entonces, fuiste a verlo de nuevo.

—Sí. Me dirigía al cuartel general de Kyril cuando Mitch me encontró.

—¿Ibas a matar a Kyril para vengar mi muerte?

—No pude hacerlo, pero...

—Imaginé que los que quisieron matarme lo intentarían de nuevo, pero no puedo creer que te lo ordenaran a ti. ¿Saben entonces que nos conocemos?

—Alguien se lo dijo a Kyril cuando me ayudaste tras el tiroteo con los hombres de Christof.

—¿Dónde estoy ahora? ¿Eran sicarios esos hombres que había en el vestíbulo? ¿Está aquí acaso el cuartel general de Kyril?

—Le hice creer que, aunque te conocía, no me importabas nada. Sabía que, si me negaba a matarte o fallaba a propósito, se limitaría a enviar a otro asesino —le dijo él—. La verdad es que ahora tengo mis dudas. No creo que fuera él quien intentara matarte la primera vez.

—Debo de ser muy importante para tener tantos enemigos —comentó Gwen con sarcasmo, y le dio la espalda.

—Podría haber matado a Kyril, pero otros lo habrían sustituido en su puesto y a mí me habrían matado. Estarías sola. Tenía que encontrar una solución más permanente.

—¿Quieres hacerme creer que me has salvado?

—Kyril quería eliminarte —repuso él muy cansado—, pero ya no eres una amenaza para él.

—Así que lo has hecho para que no pueda seguir haciendo mi trabajo, ¿verdad? Supongo que no será fácil convencer a Spellman para que me cambie el horario y trabajar sólo de noche.

—Eres una mujer inteligente y puede que aun así encuentres la forma de seguir trabajando...

—¿Me estás diciendo que cabe la posibilidad de que a Kyril no le satisfaga lo que has hecho para quitarme de en medio? Entonces, ¿por qué lo has hecho? No comprendo...

—Cuando un vampiro convierte a un humano, se crea una unión entre los dos, una especie de lazo que sólo se rompe cuando muere el creador, el Maestro.

—Entonces, ¿vamos a tener que estar juntos para siempre?

—Una separación prolongada podría ser difícil.

—Pero hay algo más que no me estás contando, ¿verdad?

Sabía que era mejor mostrárselo que explicárselo.

—Date la vuelta y mírame —le ordenó él con firmeza.

Gwen se giró como si fuera una marioneta y él manejara los hilos.

—Ve a la cama y siéntate allí —le pidió.

—¡No quiero...!

Pero Gwen no terminó de hablar al sentir que sus músculos la llevaban a la cama.

—Ahora lo entiendes, ¿verdad?

—¡Me has obligado a...! ¡Tienes poder sobre mí!

—Sí.

—Entonces, ¿puedes conseguir que haga lo que quieras?

—Casi todo, hay algunas excepciones.

Gwen parecía desconcertada. No podía dejar de temblar.

—Nunca pensé que podría verte como alguien malvado, pero viendo lo que me has hecho... ¿Cómo justificas esto? Me has convertido en tu esclava. ¿Es éste el futuro que me espera?

Su acusación le afectó mucho. No se sentía tan mal desde la muerte de Raoul.

—Aunque ahora mismo no lo entiendas, lo he hecho por algo.

—¡Seguro que sí! Será mejor que me ordenes que me calle, Dorian, o vas a tener que oír lo que pienso de ti.

Dorian apartó la vista. Sabía muy bien lo que Gwen pensaba.

—No espero que me perdones, pero tendrás que obedecerme hasta que pase el peligro.

—Sí, mi amo —repuso con ironía.

Fue desesperado hasta la ventana. Tuvo la tentación de abrir las cortinas y dejar que el sol lo matara. Pero no podía arrepentirse de lo que había hecho, no había tiempo para ello.

—Dentro de un rato iremos a hablar con Kyril —le dijo con seguridad y frialdad—. Hablarás sólo cuando te lo ordene o si él te pregunta algo. Y no harás nada que pueda poner en peligro tu vida,

—¿Qué vida? Por tu culpa, ya no tengo...

—Cuando todo esto termine, tendrás tanta libertad como pueda ofrecerte. Pero, si no consigo convencer a Kyril, no tendrás nada.

Alguien llamó entonces a la puerta. Era uno de los guardaespaldas de Kyril.

—Dorian, Kyril quiere hablar con usted —le dijo el hombre.

—Iré en cinco minutos —repuso él.

—Es su primera Protegida, ¿verdad? —comentó el tipo mirando a Gwen—. No está nada mal... Y debe de estar mejor aún sin ropa.

Dorian cerró la puerta para evitar la tentación de romperle el cuello.

—¿Metiste un vestido de noche en la maleta como te dije?

Gwen, con gesto desafiante, no abrió la boca.

—Contéstame —le ordenó.

—Sí —repuso ella de mala gana.

—Póntelo —le pidió—. Péinate y arréglate.

—¿Para Kyril? ¿Acaso me vas a entregar a él?

—No. Pero quiero que admire tu belleza y entienda así por qué te he convertido.

Gwen tomó su maleta y se encerró en el cuarto de baño con un portazo. Trató de calmarse mientras esperaba.

Unos diez minutos después, salió con un bello vestido de color azul que dibujaba sus curvas. Se había recogido el pelo en un moño y pintado los labios con carmín.

Estaba preciosa.

—¿Qué le parece, mi amo? ¿Estoy lista para ser subastada? —preguntó.

—No des la nota —repuso él—. Recuerda que tu vida está en manos de Kyril.

Salieron juntos de la suite. Gwen iba agarrada a su brazo por el pasillo del hotel, y Dorian podía sentir que su cuerpo estaba en tensión.

—La ha convertido —dijo Taharial.

Sammael se quedó sin aliento. No podía creerlo.

—¿Cómo es posible? —le preguntó al joven—. ¡Lo ha echado todo a perder, hermano Taharial!

Taharial agachó la cabeza con arrepentimiento. Iba a tener que echarlo de su ejército.

El joven le explicó cómo uno de los agentes de Pax, que acababa de ser ascendido dentro de la organización de Kyril, había oído una conversación entre Dorian y él. Así habían podido descubrir que Gwen seguía viva.

—Nuestro agente nos ha dicho que Kyril negó tener nada que ver con el primer intento de asesinato de la señorita Murphy.

—¿Qué dijo Dorian al saberlo? —le preguntó Sammael.

—No reaccionó de ninguna manera. Kyril quiso saber qué sentía por la joven y Black negó que hubiera nada entre ellos. Fue entonces cuando le ordenó que la eliminara.

—Pero Black no obedeció.

—No, señor. Cuando tuve esta información, envié a dos de nuestros mejores hombres para que lo siguieran. Lo vieron entrar en un hotel y descubrieron que allí se alojaba la señorita Murphy.

—Entonces, supongo que fue en ese hotel donde la convirtió —murmuró Sammael—. ¿Por qué no intervinieron nuestros agentes?

—Al parecer, había demasiada gente en el hotel para que intentaran nada.

—¡Incompetentes!

—Por lo visto, después de que Dorian pasara un día entero en la habitación, los visitó otro humano.

—¿Quién?

—Mitch Hogan.

Sabía que era uno de los compañeros de Gwen en *El Centinela*.

—¿Y qué hacía allí?

Taharial le explicó que sus guardias habían oído un

disparo y que después Black y Gwen abandonaron deprisa el hotel.

—Los agentes entraron entonces en la habitación. Creen que Hogan trató de matar a Dorian y éste se defendió. Pero el periodista seguía vivo.

Sammael se dio cuenta de que había cometido un error al pensar que Hogan no era una amenaza. No sabía si habría intentado matar a Black por celos o porque sabía qué era.

—Siguieron después a Black hasta un callejón al lado del hotel y vieron cómo le enseñaba a Murphy a alimentarse. Después la llevó al cuartel general de Kyril —le explicó Taharial.

—¿Por qué cree que hizo algo así?

—Nuestro agente infiltrado allí intentará descubrirlo, señor.

—Avíselo enseguida. Debe impedir que Kyril le haga daño a la joven. Tenemos que traerla a Pax.

—Sí, señor.

—Y que dos agentes sigan a Hogan. Puede que nos sea útil... Ya puede retirarse.

En cuanto se quedó solo, Sammael tomó un abrecartas y golpeó la mesa con tanta fuerza que se partió en dos.

Gwen se sentía como si estuviera dentro de un sueño. Sabía que debía obedecer a Dorian y no le molestaba hacerlo. Si no se resistía, todo era fácil. Casi demasiado fácil.

Era consciente en todo momento de la presencia de Dorian, como si estuviera dentro de él. Le había explicado que había un lazo muy fuerte entre ellos, un vínculo casi irrompible, y no le costó creerlo. Se dio cuenta de que estaba atada para siempre al hombre del que había creído que estaba enamorada. Un hombre que se había convertido en un monstruo.

Llegaron a las habitaciones de Kyril y dos guardianes los acompañaron, probablemente también vampiros. Una bella mujer morena los saludó brevemente y se fue.

Kyril los esperaba sentado en un salón. Aunque hablaban a menudo en el periódico de la guerra entre bandas, nadie había visto nunca a ese hombre.

Gwen entendió al instante por qué tenía tanto poder y por qué Dorian lo consideraba tan peligroso. Parecía la encarnación del mal. Todo su ser transmitía esa sensación. Era esbelto y apuesto, con aspecto aristocrático y fríos ojos azules.

—Dorian, veo que no siguió mis órdenes —le dijo al verlos entrar—. Me ha decepcionado.

—Me ordenó que neutralizara a la señorita Murphy y eso es lo que he hecho.

—A mí no me parece que la haya eliminado...

—Quería que la silenciara, y le prometo que no volverá a ser una amenaza.

Kyril la observó con una extraña mezcla de desprecio y admiración.

—¿Es eso cierto, señorita Murphy?

—Supongo que le molestaría mucho que no pereciera cuando intentó acabar conmigo hace algunas semanas —replicó furiosa.

Dorian tiró con fuerza de su brazo.

—Domina tu lengua y contesta con educación a nuestro señor —le ordenó.

—Perdón —farfulló de mala gana—. No volveré a ser un problema.

Kyril parecía molesto.

—No me gusta que haya interpretado mis órdenes a su manera, Dorian —le dijo.

—Usted mismo me recordó hace unos días que me había ganado el derecho a crear a mi propia Protegida, mi señor —repuso Dorian.

—Y usted me aseguró que no tenía ningún interés especial en esta mujer.

Nunca había visto a Dorian tan nervioso. Siempre le había parecido un hombre seguro, pero en ese instante temió que no supiera cómo rebatir las acusaciones de Kyril.

—Cuando intenté matarla, me di cuenta de que ya se había creado cierta conexión entre los dos.

—Veo que no puedo confiar en usted —le dijo Kyril.

—Pido perdón por mi debilidad —le suplicó Dorian agachando la cabeza.

Era increíble verlo tan sumiso.

—Estoy acostumbrado a que se me obedezca siempre —murmuró Kyril con tono amenazante—. Pero es uno de mis mejores agentes y seré compasivo esta vez —añadió mientras se acercaba a ella y le levantaba la cara—. Es mucho más bella de lo que me habían dicho. Puede que haga valer mis derechos como señor.

Notó que Dorian se contraía al oírlo.

—Mi señor, me honra su interés, pero un acto así enturbiaría el lazo de sangre entre mi Protegida y yo —le dijo Dorian.

—Conozco bien las consecuencias. Sé que los dos sufrirían —repuso Kyril.

Sin previo aviso, Kyril la abrazó y la besó, mordiéndole el labio superior y lamiendo después su sangre. Pero Dorian la apartó entonces de su lado.

—Kyril, no será suya —exclamó Dorian.

Gwen vio cómo se transformaba el rostro de Kyril.

—¿Me está desafiando?

—No deseo ser el nuevo Gran Maestro del clan —repuso Dorian—. Pero es mi Protegida. La ley y las costumbres me amparan, son muy claras en ese tema.

—La ley... —repitió Kyril—. Hubo un tiempo en el que no se cuestionaban los deseos del Gran Maestro.

—Pero fue un tiempo de caos —repuso Dorian—. Si queremos que renazca el clan con más fuerza que nunca, tendrá que haber orden.

Los dos vampiros se miraron a los ojos. Gwen se estremeció al verlos así.

«No lo hagas, no merece la pena que arriesgues tu vida», le dijo a Dorian sin palabras.

—La mantendré bien vigilada —repuso Dorian poco después inclinando de nuevo la cabeza—. No causará problemas.

—Ya veremos —dijo Kyril mientras le sonreía a ella—. Ahora es una de los nuestros, le deseo mucha felicidad en su nueva vida.

Les hizo un gesto para que se fueran y Dorian la sacó deprisa de allí.

Volvieron a la habitación donde habían estado antes. Dorian parecía fuera de sí y comenzó a dar vueltas por el cuarto.

Alguien llamó entonces a la puerta, Dorian salió a hablar con un hombre y desaparecieron los dos. Todas las emociones que Gwen había estado conteniendo la dominaron de repente.

Fue corriendo a la ventana. Era de día, pero supo que tenía que escapar. Se puso unos pantalones y una blusa. Se cubrió después con el abrigo y los guantes. Encontró un viejo sombrero de hombre en el armario y también se lo puso para protegerse del sol.

Abrió la puerta y vio que nadie vigilaba la suite. Salió corriendo hasta las escaleras y las bajó tan deprisa como pudo. Nadie la detuvo en el vestíbulo. Echó a correr nada más llegar a la calle y no se detuvo hasta que se quedó sin aliento.

Podía sentir el calor del sol a través de las capas de ropa y se ajustó mejor el sombrero. Ni siquiera sabía dónde estaba. Vio entonces la torre de una iglesia y decidió que sabía adónde tenía que ir.

Paró un taxi y le pidió que la llevara a la iglesia de San Alberto.

Se detuvo antes de entrar. Estaba muerta de miedo. Se agarró a la cruz de plata que llevaba colgada del cuello y se quedó sin respiración. Había recordado de repente lo que decían las leyendas, pero no pasó nada. Los símbolos religiosos no parecían ser una amenaza.

Entró en el templo y se le fue la vista al gran crucifijo que colgaba sobre el altar. Nada parecía haber cambiado, no le asustaba ese símbolo, ni estar allí. Se sentó en uno de los bancos y agachó la cabeza, pero no recordó ninguna oración. Se sentía bloqueada.

Y también había empezado a dolerle el cuerpo, como si le costara respirar y estuviera quedándose sin aliento. No lo entendió, no había desobedecido a Dorian, pero recordó entonces lo que le había dicho. El lazo de sangre era tan fuerte que los dos sufrían cuando estaban separados.

Se sentía perdida. No podía desobedecerlo ni apartarse de él.

—¿Está usted bien?

La voz la sobresaltó. Levantó la cabeza. Podía sentir el calor que desprendía el cuerpo de ese hombre e incluso percibía el aroma de su sangre. Era un feligrés de esa parroquia.

Se sentía fuera de lugar, como si ése ya no fuera su mundo.

—Estoy bien, gracias.

—Es Gwen Murphy, ¿verdad? ¿Quiere hablar con el padre Sullivan?

—No —replicó poniéndose en pie—. Tengo que... He de irme.

Salió corriendo de la iglesia y se encontró con Dorian esperándola en la calle.

—Has sido una inconsciente, Gwen —le dijo él—. Vámonos.

No le preguntó cómo la había encontrado, ya nada le sorprendía.

—¿Te asusta este sitio, Dorian?

—No, ¿por qué iba a asustarme?

—Entonces, eso también es un mito... —murmuró ella—. ¿Te ha dolido estar separado de mí?

—No ha sido agradable —confesó Dorian.

Había conseguido enfadarlo, pero ya no podía dar marcha atrás.

—¿Y ahora qué? ¿De vuelta al cuartel general como fieles siervos de Kyril?

—No, no podemos.

—¿Por qué? ¿Ha decidido Kyril castigarte después de todo?

—Me han dicho que ha decidido matarnos a los dos —repuso Dorian.

Capítulo Catorce

Gwen se detuvo al oírlo. Estaba atónita.

—¡Espera! ¿Quién te lo ha dicho?

—Eso no importa —repuso Dorian—. Me equivoqué al llevarte frente a Kyril.

—Entonces, ¿me estás diciendo...? ¿Quieres decir que me has convertido para nada?

Estaba furiosa, tenía ganas de abofetearlo.

—Esta vez no voy a perdonarte.

—No lo esperaba —repuso Dorian mientras seguía andando.

—¿Es verdad lo que dijiste? ¿La muerte es lo único que rompería el lazo de sangre?

—No puedo dejar que te vayas —contestó él sin detenerse ni soltarla.

—Entonces, si quisieras podrías dejarme ir, ¿verdad? Nadie tiene por qué morir.

Tiró de ella de repente y se metieron en un portal.

—Mientras sigas en peligro, deberíamos intentar llevarnos bien —le dijo él.

—¡Maldito seas! ¿Y si prefiero morir antes que vivir encadenada a ti?

—No tienes alternativa —repuso Dorian mientras tomaba sus manos—. No permitiré que te quites la vida, ¿entiendes?

Sabía que el suicidio era un pecado mortal. Y, aunque esas reglas ya no fueran para alguien como ella, podía sentir el instinto de supervivencia como una fuerza tangible, tan real como su necesidad de beber sangre.

—Hay algo más que deberías saber —le dijo Dorian—. Tu antiguo compañero, Randolph Hewitt, ha muerto. Los periódicos hablan de un accidente. Fue atropellado cerca de su oficina.

—¿Crees que ha sido Kyril?

—No lo sé, pero no me parecería inteligente por su parte. La policía va a investigar el asunto.

—Si en el periódico sospechan que no fue un accidente, no pararán hasta encontrar a los asesinos.

—¿Igual que hicieron con tu muerte? —le preguntó Dorian con cinismo.

—Es distinto, sabían que estaba viva. Tengo que llamar a Mitch y asegurarme de que está bien.

—No, no puedes.

—¡Maldito seas! Mitch es mi amigo —repuso furiosa—. No abandono a mis amigos, tengo que decirle que tenga cuidado.

—Es mejor que no le des pie o tratará de encontrarte.

—¿Después de lo que le hice? Por muy enamorado que estuviera, seguro que se le ha pasado.

—No subestimes a los humanos —repuso Dorian sin dejar de andar—. Escucha, Gwen. Vamos a un sitio donde podremos escondernos. Será mejor que no hables y me obedezcas, al menos hasta que nos instalemos.

—¿De qué sitio hablas?

—Además de trabajar para Kyril, he estado colaborando con una organización de Strigoi que tiene como objetivo restablecer la paz entre los distintos grupos. Mi misión era seguir con Kyril hasta que me avisaran los de esta organización. Hay otros infiltrados en las bandas para, llegado el momento, actuar contra los dos líderes.

Se le olvidó lo enfadada que estaba. Le ocurría cada vez que se le presentaba una buena historia.

—¿Qué quieres decir? ¿De qué organización hablas?

—Se hacen llamar «Pax».

—Eso es «paz» en latín, ¿no? ¿Y son también vampiros?

Sin aminorar la marcha, Dorian le resumió lo que sabía de ese grupo y lo que había acordado con ellos.

—Quieren salvar vidas y terminar con este interminable baño de sangre. Cuando creí que estabas muerta, decidí ayudarlos para detener a los que pensaba que eran culpables de tu asesinato.

—Y te ofreciste para trabajar como sicario de Kyril —murmuró ella—. ¿Por qué no me lo has contado hasta ahora? ¿Por qué me hiciste creer que tu objetivo era matar a Kyril y vengar mi muerte?

—Ya tenías demasiada información, no quería complicar más las cosas.

—Pero, si crees que Kyril va a por nosotros, ¿no se enfadarán los de Pax al ver que estás dirigiendo a los hombres de Kyril hacia ellos?

—Tomaré todas las precauciones necesarias para asegurarme de que no nos siguen.

Dorian no habló más. Estaba concentrado en sus movimientos. Fueron en dirección al río. Ella lo seguía mientras reflexionaba sobre lo que acababa de decirle. Le costaba creer que un grupo de vampiros tuvieran tan buenas intenciones, pero Dorian parecía haberlos creído.

Llegaron algún tiempo después a la calle South. Estaban frente a un edificio de cuatro plantas. Vio algunos camiones descargando cajas y a gente entrando y saliendo del edificio.

—Es el cuartel general de Pax —susurró Dorian.

Entraron del brazo y fingiendo despreocupación. Dorian habló con un guardia en el vestíbulo y siguieron después por un amplio pasillo. En una sala de espera los recibió una bella mujer.

—Tengo que hablar con Sammael —le anunció Dorian a la joven.

—Por supuesto, acompáñenme —les pidió la recepcionista.

Los llevó a una pequeña salita y los dejó allí.

—Qué inteligentes... —comentó Gwen—. Los vampiros de Pax no se esconden. Parece una empresa de importaciones.

Dorian asintió, pero parecía demasiado preocupado para charlar con ella.

—¿Qué ocurre? ¿No confían en ti? ¿O acaso...?

Gwen se cayó al ver que se abría la puerta y entraba una mujer rubia y atractiva.

—¡Dorian! No lo esperábamos tan pronto. ¿Quién es ella?

—Angela, le presento a Gwen Murphy —anunció Dorian.

—Conoce bien las reglas, Dorian. ¿Por qué no nos ha...?

—Debo hablar con Sammael inmediatamente —la interrumpió él.

—¿Qué ocurre?

La mujer la miró con el ceño fruncido. Después fulminó a Dorian con la mirada.

—¿Qué es lo que ha hecho?

—He de hablar con Sammael.

—Ahora está ocupado, puede informarme a mí.

—No sabía que Sammael le hubiera dado esa tarea —repuso Dorian con suspicacia.

—Me han ascendido —le dijo Angela—. Venga conmigo. Ella puede esperar aquí.

—No. Gwen es de confianza.

—Dorian...

—No pienso dejarla sola —insistió Dorian.

—Muy bien, ahora vuelvo.

Gwen miró a Dorian en cuanto se quedaron solos.

—Estás metido en un gran lío, ¿verdad? —le preguntó—. No sólo con Kyril, también con esta gente.

—Su filosofía se basa en la salvación de vidas. No me recriminarán que te haya salvado a ti.

—¿Por qué iban a hacerlo? ¿Quiénes son, Dorian?

No pudo contestar. Volvió Angela con la recepcionista y les pidió que las acompañaran.

Dorian caminaba al lado de Angela y la otra mujer iba detrás con ella.

—Es usted Gwen Murphy, ¿verdad? Yo soy Vida —le dijo la joven con una agradable sonrisa.

—Encantada —repuso ella—. ¿Sabe adónde vamos?

—A ver al hermano Sammael, por supuesto. ¿Le guardo el abrigo?

Se quitó el sombrero y el abrigo y se los entregó. La joven la observó con atención.

—Es usted muy guapa —le dijo—. No sabíamos que Dorian fuera a hacerse con una Protegida. Va en contra de las normas, ¿sabe?

Entraron entonces en un gran despacho. Un hombre con el pelo algo canoso y mirada fría los recibió.

—Bienvenida, señorita Murphy —le dijo él mientras ofrecía su mano—. Me llamo Sammael.

—Encantada —repuso ella saludándolo.

Le pidió que se sentara. Pero Dorian, Angela y Vida se quedaron en pie como si fueran soldados.

—Le sorprenderá que hayamos oído hablar de usted, señorita Murphy. La conocimos cuando comenzamos a observar a Dorian, ya que teníamos la intención de reclutarlo para nuestra causa. No suele ocurrir a menudo que criaturas como nosotros tengan relaciones platónicas con humanos.

—Yo, en cambio, desconocía que existiera Pax hasta hoy mismo —repuso ella.

—Eso tengo entendido. Es una lástima que tengamos que conocernos en estas circunstancias.

—Hice lo que tenía que hacer para salvar la vida de la señorita Murphy —se defendió Dorian.

—Sí, después de que resucitara de su fingida muerte —repuso Sammael mientras la observaba con intensidad—. Dorian decidió unirse a nosotros porque pensaba que una de las dos bandas de vampiros la había asesinado para evitar que continuara con su investigación en el diario. Pero estaba viva y escondida, ¿no es así?

—Sí —repuso ella con nerviosismo.

—Es una lástima que decidiera volver a la ciudad a pesar del peligro que corría su vida.

—¿Por qué le preocupa tanto mi seguridad, señor Sammael? —le preguntó—. Sé que su organización se dedica a conseguir la paz, pero yo soy sólo... Yo era sólo una mujer, una insignificante humana.

—Ninguna vida es insignificante para nosotros, señorita Murphy —le dijo—. Sabe muy bien que ha incumplido una de nuestras normas más importantes —agregó mirando a Dorian.

—Era necesario.

—Eso manifiesta usted —repuso Sammael—. Señorita Murphy, he de preguntarle algunas cosas para poder esclarecer la situación. ¿Cuándo supo que existían los vampiros?

—Hace tres días, más o menos —contestó ella con nerviosismo.

—¿Fue Dorian quien se lo comunicó?

—Lo habría descubierto yo misma si él no me lo hubiera dicho.

—¿Habla de la investigación que llevaba a cabo para descifrar los asesinatos del muelle?

No sabía qué decir ni cuánto sabían de ella.

—Le aseguro que no habríamos interferido en su vida si no nos hubiéramos visto obligados —le explicó Sammael.

—Lo entiendo.

—¿Seguro que lo entiende? —preguntó Sammael suspirando—. Quiero que quede muy claro. Creemos que convertir a alguien en contra de su voluntad es una forma de violencia. Por eso les prohibimos a nuestros Strigoi que transformen a nadie sin nuestro permiso. ¿Sabía usted lo que iba a ocurrirle?

—Bueno... Tenía una idea aproximada, sí —contestó ella.

—¿Y estuvo de acuerdo? ¿Entendía las consecuencias y le dio permiso para que la convirtiera?

Gwen sintió un pesar en el pecho y supo que no era sólo angustia lo que sentía, también podía percibir el miedo de Dorian. Sabía que le bastaría con decir la verdad para que lo castigaran como a una especie de criminal. Recordó que le había robado la vida, pero sabía que no podía entregarlo. Estaba claro que Sammael quería la cabeza de Dorian a cualquier precio.

—Ni Dorian ni yo teníamos alternativa —respondió—. Kyril iba a matarme y pensamos que era la única manera de salvarme. Así Kyril dejaría de verme como una amenaza.

Se sintió aliviada y supo que Dorian también.

—Pero, si están ahora aquí, es porque su plan no ha funcionado —le dijo Sammael a Dorian.

—Es verdad. Parece que Kyril pretende matarnos a los dos. Por eso decidimos venir a Pax, pero tuvimos mucho cuidado de que nadie nos siguiera.

—Ha cometido un grave error, y que los siguieran o no es el menor de nuestros problemas.

—Soy consciente de que mi misión ha fracasado y que ahora no podremos actuar contra Kyril.

—Así es. Su ausencia en esa facción supone el retraso de todos nuestros planes.

—Es todo culpa mía —intervino Gwen poniéndose en pie—. Si me hubiera quedado lejos de Nueva York, Kyril habría seguido creyendo que estaba muerta.

—No, soy yo el culpable —protestó Dorian—. Estoy dispuesto a pagar por mis errores, pero Gwen debe permanecer a salvo.

—El sínodo decidirá el curso a seguir —les anunció Sammael—. Vida, acompañe a Dorian y a la señorita Murphy. Asegúrese de que tienen lo necesario para pasar la noche. Avise después a los miembros del sínodo. Nos reuniremos a las tres.

Sammael miró entonces a Dorian.

—Puede que el sínodo considere que sus poco ortodoxas acciones sean comprensibles en sus circunstancias —le dijo—. Y usted, señorita Murphy, siento que haya sufrido. Es la única inocente en esta historia.

—Gracias —repuso ella.

—No hemos olvidado que fuimos humanos —le aseguró Sammael mientras se ponía en pie para dar por terminada la reunión—. Si necesita cualquier cosa, hágaselo saber a Angela, por favor.

—Debe alimentarse pronto —le dijo Dorian.

—Nos encargaremos de ello —repuso Sammael mientras le hacía un gesto a Vida.

La joven tomó la mano de Gwen y la sacó del despacho.

—No tenga miedo. Está a salvo, entre amigos. Y, lo que le ha pasado nos ha pasado a todos.

—Habla usted como si no le gustara ser vampira —repuso Gwen.

—¿Y le sorprende? ¿Acaso le alegra tener que alimentarse de sangre humana o que todos piensen que es un monstruo? —le preguntó Vida.

—Parece que no es algo que le preocupe a Kyril ni a los de su banda.

—No tienen valores. Los Strigoi han vivido creyéndose superiores a otras criaturas y nosotros estamos intentando recuperar los valores morales —le dijo la joven—. Le dijo al hermano Sammael que permitió que Dorian la convirtiera, pero veo que no es verdad.

—No...

—Micah, el fundador de Pax, nos enseñó que el perdón es una de las virtudes más importantes. Él se dio cuenta de que los vampiros no podían seguir viviendo como si fueran una raza superior...

—¡Vida! —la llamó Sammael yendo tras ellas—. Acompañe a la señorita Murphy a una habitación.

La joven no volvió a hablar del tema.

—Tenemos varias libres. ¿Prefiere compartir habitación o una individual?

Le costó entender que le ofrecía la posibilidad de dormir con Dorian.

—Seguirán estando cerca. Sólo se sufre cuando la separación es mayor —le explicó Vida.

—Una individual, gracias.

Estaba deseando estar sin Dorian, aunque sólo fueran unas horas al día.

—Recuerde que ya no está sola. Puede hablar conmigo cuando quiera —le dijo Vida mientras abría la puerta de un sencillo dormitorio—. Uno de nuestros humanos vendrá pronto.

Estudió con detenimiento el cuarto en cuanto se quedó sola. Había pocos muebles y estaba pintada de oscuro. No podía creer que su vida hubiera cambiado tanto en tan poco tiempo.

«Aquí estoy, una vampira más entre muchos otros vampiros», pensó mientras se quitaba los guantes.

La presión que había estado sintiendo en el pecho explotó en forma de carcajadas. Se echó en la cama y rió hasta no poder más. Por fin era consciente del gran cambio en su vida. Se había convertido en un monstruo y no era fácil asimilarlo. Había estado tan furiosa con Dorian que ese sentimiento la había ayudado a seguir adelante durante aquellas complicadas circunstancias.

Pero la ira ya no era suficiente, se estaba quedando sin fuerzas y tenía miedo. Su cuerpo había cambiado, era mucho más sensible. Le molestaba la tela de la blusa, la fría cruz que colgaba de su cuello y el estruendoso ruido que procedía de cada rincón de aquel edificio.

Nadie podía salvarla ni devolverle lo que había perdido. Tampoco podía huir. Ni de Dorian ni de lo que era. Su vida había cambiado y ya nunca podría satisfacer su apetito con una simple ensalada o un filete. De vez en cuando, tendría que salir a cazar para conseguir la sangre que necesitaba para seguir con vida.

Dio vueltas sobre el colchón. Cada vez se notaba más débil. Tan débil como una damisela del siglo XIX, pensando en Dorian y preguntándose por qué no estaría a su lado. Lo había insultado y maldecido, pero no podía dejar de pensar en él. Dorian la había convertido en el ser que era y se sentía abandonada.

Desesperada, fue a la ventana y la arañó con las uñas. Tomó la silla y la levantó por encima de su cabeza. Pensó en romper el cristal y tirarse por la ventana. Se imaginó cayendo, pero no pudo hacerlo. Recordó las palabras de Dorian. Le había prometido que no dejaría que se suicidara.

Tiró la silla y cayó de rodillas al suelo. Lloró desconsolada, pero no tenía lágrimas.

Alguien llamó entonces a su puerta y pudo oler el aroma a sangre humana.

—Pase.

Entró un agradable joven con una gran sonrisa en la cara.

—Hola, señorita Murphy —le dijo—. Soy Jim.

Gwen se puso en pie muy despacio. Tenía tanta hambre que tuvo que controlarse para no atacarlo.

—Encantada, Jim. ¿Cómo está?

—Sé que es nueva, no se preocupe. No lleva muchos días así, ¿verdad? Supongo que se sentirá rara y confusa —le dijo—. Espero poder ayudarla. Mientras esté aquí, no necesitará salir a cazar.

—¿Cómo? ¿Quiere decir que...? ¿Me está ofreciendo...?

—Así es. Me he unido a la causa de Pax y la mejor manera en la que los humanos podemos ayudar es permitiendo que nuestros Strigoi sigan con vida. Sé que lleva poco tiempo aquí, pero pronto empezarán a educarla con las enseñanzas de Micah —le dijo Jim—. Fue un vampiro que se dio cuenta de que las personas y los vampiros podían vivir en paz. Él fundó Pax. Yo sólo soy aún un Novicio, así que aún hay muchas cosas que no sé. Aprenderé más cuando consiga llegar al nivel de Iniciado. Hasta entonces me basta con creer que el futuro puede ser mejor.

Ella también soñaba con un futuro en paz y con un mundo en el que no tuviera que esconderse y pudiera perdonar a Dorian de todo corazón.

—Podemos sentarnos o hacerlo de pie, como le sea más cómodo —le dijo Jim.

—Dios mío, esto es una locura —repuso sonrojándose.

—Lo que es una locura es cómo se alimentan los vampiros que viven fuera, usando a los humanos como si fueran animales. Pero, bueno, mejor no pensar en eso.

Dejó que Jim la llevara a la cama y se sentaron juntos.

—Casi todos los Strigoi prefieren el cuello, pero algunos optan por las muñecas. Como quiera...

—Pero ¿y si lo transformo en vampiro? —preguntó con miedo.

—No puede ocurrir. Es una habilidad que requiere tiempo. Esté tranquila, Gwen...

El hambre pudo con ella y no se lo pensó más. Agarró sus brazos y lo mordió en el cuello. Perdió la noción del tiempo. Era increíble beber su sangre. Le abrió la camisa para lamer la que caía por su torso y él la abrazó mientras le dedicaba cariñosas palabras.

Vio entonces que Dorian estaba en la habitación. Los miraba como si no hubiera visto nunca nada parecido. Ella se incorporó y apartó a Jim.

—Veo que no necesitas ayuda —le dijo Dorian.

Jim se levantó y salió deprisa del dormitorio.

—Supongo que también tú has estado muy ocupado

—le dijo Gwen sin querer que supiera cuánto lo había echado de menos.

—¿Está todo bien? ¿Estás cómoda aquí? —le preguntó—. Yo estoy en la habitación de al lado.

—Todo está bien —repuso ella.

—Habría preferido que te alojaras conmigo.

—¿Temes no tenerme todo el tiempo controlada?

Conversaban como lo habían hecho muchas otras veces. Le sorprendió que todo fuera tan normal entre ellos. Era como si Dorian hubiera cortado el lazo que los unía.

—¿No será que estás celoso? —le preguntó ella.

No podía creer que le hubiera preguntado algo así. Le estaba dejando claro que aún le importaba lo que sintiera y que quizá pudiera conservar las emociones que había tenido como humana.

—Te aconsejo que no te encariñes con la gente de Pax, puede que no estemos aquí mucho tiempo.

—¿Cómo podría ocurrir algo así cuando estoy atada a ti? —repuso ella.

—Intentaré que nuestra unión no sea muy molesta para ti —le dijo Dorian algo dolido.

Fue hacia él, pero se detuvo. Deseaba que le diera una razón para dejar de odiarlo. Quería que le diera la libertad de elegir voluntariamente quedarse a su lado.

Pero no quería tener que pedirle nada y Dorian no abrió la boca. Salió del cuarto y ella se quedó donde estaba. Se sentía desesperanzada y se acordó entonces de su padre; necesitaba asirse a algo para no perder del todo la cabeza.

Sabía que si Eamon Murphy hubiera podido adivinar lo que le iba a ocurrir a ella, habría quemado sus apuntes y sus artículos. Pero también sabía que, de haber sabido que su hija se había convertido en vampira, habría seguido queriéndola como siempre y no le habría dado la espalda. Eamon la habría animado a seguir y le habría recordado que tenía que ser fuerte.

No podía llorar, parecía haber perdido esa capacidad, pero podía encontrar algo en su interior por lo que seguir luchando, algo de verdad importante.

Se levantó decidida, se lavó la cara y se peinó. No había guardias en el pasillo. Se detuvo frente a la puerta de Dorian. Estaba entreabierta y pudo escuchar las voces de Angela y Dorian.

—Sé que el hermano Sammael le encontrará un puesto dentro de Pax —le decía ella—. No tiene que irse.

—No. Debo irme y Sammael lo sabe. El propio Tegon me dijo que Kyril quiere matarnos. No dejará de buscarnos hasta dar con nosotros y no puedo arriesgarme a que descubra Pax.

—Ninguna de las dos facciones ha sospechado nunca nada —le recordó Angela.

—Sí, pero...

Le extrañó que se quedaran callados de repente. Abrió un poco más la puerta y vio que Angela estaba besando a Dorian y que él se lo permitía.

Capítulo Quince

Conmocionada y furiosa, Gwen regresó a su cuarto. No le extrañaba que Dorian se pudiera sentir atraído por Angela. Era hermosa y no dependían el uno del otro. Esa mujer no era su responsabilidad ni lo acusaba de nada.

Se sentó en la cama muy confusa. Recordó el primer beso. Fue en su habitación del hotel después de que un pistolero de Christof disparara a Dorian. Sintió una ola de calor por todo su cuerpo al recordarlo. Se tumbó en la cama y cerró los ojos. Ese beso había sido maravilloso y no se parecía a nada que hubiera vivido antes. Apenas recordaba esa noche, todo había sucedido como en un sueño, pero le daba la impresión de que había habido más, mucho más. Caricias, deseo y un placer inconcebible.

Incluso recordaba haberle pedido ella misma que le hiciera el amor. No podía creerlo, pero la evidencia había sido irrefutable. Cuando Mitch llamó a la puerta, se percató de que estaba casi desnuda. Era difícil de creer que hubiera decidido entregarle tan fácilmente su virginidad.

Había querido besarlo casi desde el principio, pero

no era propio de ella entregarse tan fácilmente, había esperado que fuera Dorian el que diera el primer paso.

Pero, por mucho que se concentrara, no recordaba con nitidez lo ocurrido esa noche. Fuera lo que fuera que ocurriera entre los dos, Dorian no parecía haberle dado mucha importancia y ni siquiera le había hablado de ello cuando fue al hotel al día siguiente.

Ella, en cambio, no podía dejar de sentir el mismo deseo. La sangre de Jim había conseguido despertar su cuerpo con sensaciones eróticas y fantasías. El rostro de Dorian cuando la había visto con el joven le había dejado muy claro que la quería sólo para él, pero cuando había ido a verlo con la intención de conseguir lo que llevaba tiempo deseando, se lo había encontrado besando a Angela.

Estaba muy confusa. Sabía que le importaba a Dorian. Desde que supo que la había convertido, había estado acusándolo sin pensar en lo que él había tenido que sacrificar para tratar de protegerla. Angustiada, cerró los ojos. Había sido una estúpida y una egoísta.

Se levantó, fue al baño y se miró en el espejo. Sabía que tenía que aprender a controlar sus emociones para no meterse en más problemas. No podía cambiar lo que le había pasado, pero tampoco podía seguir culpando a Dorian por tratar de salvarla.

Había llegado el momento de empezar a pensar con la cabeza. Decidió que lo primero que tenía que hacer era llamar a Mitch. Necesitaba asegurarse de que estaba bien. Salió de nuevo al pasillo. No oyó nada en el cuarto de Dorian ni en ningún otro sitio. Fue abriendo puertas y esperando encontrar lo que necesitaba.

Dio por fin con una oficina en la que había un teléfono. Cerró por dentro y llamó al periódico.

—¿Mitch? —susurró cuando lo conectaron con él—. Soy yo. ¿Estás bien?

—¿Dónde estás? Gwen, ¿qué...?

—Lo siento tanto, Mitch... No era yo misma, no quise hacerte daño y...

—Tranquilízate. Estoy bien —le aseguró Mitch—. ¿Cómo estás tú?

—Bueno... Podría estar mejor.

—¿Sabes lo que te ha hecho?

—Sí, Mitch. Y sé que trataste de advertirme, pero era demasiado tarde.

—¡Ese maldito canalla!

—¿Podrías hacerme un favor? Dile a Spellman que dimito. Puedes darle cualquier excusa que quieras, no me importa. Le enviaré una carta en cuanto pueda.

—¿Dónde estás, Gwen? ¿Te encuentras en peligro?

—No, Mitch. Y Dorian nunca me haría daño. Está tratando de protegerme.

—Eso dice...

Le parecieron oír pasos en el pasillo.

—Tienes que escapar, Gwen. Dime dónde estás y...

—No, no es posible.

—¡Maldita sea, Gwen! ¿Te has resignado a vivir así?

—Mi condición no es reversible, Mitch.

—Mira, conozco a un especialista en vampiros. Parece que Black te tiene controlada de alguna manera. Pero, si se puede romper ese vínculo, lo descubriré.

—Es demasiado peligroso, Mitch.

—¿Para mí o para él? Ese hombre es un monstruo, Gwen. Lleva años matando a gente...

—Déjalo ya, Mitch. Yo me he metido en este lío.

—Pero quiero ayudarte, aún te quiero.

Se quedó sin aliento al escuchar sus palabras.

—No podemos seguir hablando, alguien podría encontrarme.

—Dime dónde estás.

—No sé cuánto tiempo voy a estar aquí.

—¿Dónde podemos encontrarnos entonces?

—No lo sé, intentaré llamarte.

—Eso no es suficiente —protestó él—. A lo mejor no quieres separarte de él, a lo mejor aún lo amas.

Oyó la puerta del despacho y colgó el auricular con cuidado. Era Angela.

—¡Señorita Murphy!

—Hola, ¿me estaba buscando? —preguntó con una inocente sonrisa.

—La verdad es que sí. ¿Es su habitación demasiado pequeña y agobiante?

—Siento haber salido sin permiso, pero quería saber más sobre Pax. Tengo mucha curiosidad sobre esta organización —le dijo ella.

—Es normal, pero preferiría que se quedara en su habitación.

—Entiendo —repuso—. ¿Han tomado alguna decisión ya sobre Dorian y sobre mí?

—El sínodo está aún reunido. Lo sabremos muy pronto —le dijo Angela mientras la acompañaba de vuelta a su dormitorio—. La informaré en cuanto el hermano Sammael me comunique su decisión.

—Gracias, muchas gracias.

La mujer pareció dudar un segundo. Después entró con ella en el cuarto y cerró la puerta.

—Me gustaría darle un consejo, si me lo permite —le dijo, sentándose con ella en la cama—. Sé que Dorian la convirtió para salvarle la vida, pero hay mucho que aún no entiende de nosotros. No ha tenido tiempo...

—Supongo que va a decirme algo que debo saber —adivinó Gwen.

—Así es. ¿Le ha dicho Dorian por qué los vampiros convierten a humanos?

—No, pero supongo que no pueden tener niños y es la única manera de mantener la raza viva.

—Así es, Gwen. Es la única manera que tenemos de sobrevivir. En Pax creemos en una conversión voluntaria para que haya paz entre vampiros y humanos.

—¿Qué tiene eso que ver con Dorian y conmigo?

—¿Le hizo el amor?

Estupefacta, Gwen se levantó de la cama.

—¡Eso no es asunto suyo!

—Tiene que escucharme, por su propio bien, no quiero que sufra de manera innecesaria —le dijo Angela, levantándose también—. Sé que está enamorada de él.

Le costaba aceptar sus palabras, pero no podía negarlo. A pesar de lo que le había hecho, seguía sintiendo lo mismo por él.

—Sí, así es —reconoció.

—¿Y cree que él la ama?

—No lo sé.

Se sentaron de nuevo en la cama.

—Le va a resultar duro oír lo que he de decirle, pero tengo que hacerlo. Todos los Strigoi podemos conseguir que los humanos se enamoren de nosotros. Es una habilidad que forma parte de nuestra naturaleza. No nos atraen todos los humanos, sólo algunos. Pero es algo meramente físico. Es como una obsesión que sólo puede calmarse de una manera —le dijo Angela.

—Me da la impresión de que me habla de cualquier hombre, ya sea vampiro o humano.

—Pero no es así. Dorian sintió que tenía que salvarla. Sé que piensa que lo hizo porque le importa, pero no es así. Lo que deseaba era hacerla suya.

—Pudo convertirme antes y no lo hizo —protestó ella.

—Tiene una voluntad de hierro, estoy segura de que le costó controlarse. Pero ningún Strigoi está de verdad completo hasta que consigue tener Protegidas. No es algo meramente sexual, también es una cuestión de poder. Los humanos sienten el instinto de procrear y los Strigoi necesitamos dominar a otros. Es algo instintivo en nosotros.

—Entonces, ¿cómo es que no han conseguido aún dominar el mundo?

—Porque ha habido maestros como Kyril que han tratado de controlar al resto del clan estableciendo normas sobre cuántos Protegidos podían llegar a haber.

—¿El Maestro de Dorian no le permitió convertir a nadie?

—Así es. Dorian la salvó cuando estaba a punto de ahogarse y creo que eso creó una conexión que ha culminado con su conversión. Dorian ni siquiera contempló otra manera de protegerla de Kyril.

—Imagino que habrá hablado de esto con él.

—No, no ha sido necesario. A veces, cuando un Maestro muere, el Protegido se vuelve loco. Me temo que Dorian es uno de esos Strigoi.

—¿Por qué lo dice?

—Hay ciertos indicios.

—¿Y qué puedo hacer yo? Por mucho que desee estar en mi puesto, no puedo cambiarme con usted —le dijo Gwen—. Pero creo que me está contando esto porque también está enamorada.

—Le aseguro que sólo estoy comentándoselo para que no sufra.

Gwen fue hasta la puerta y la abrió.

—No se preocupe, Angela. Estoy bien y a salvo.

—Eso cree. Pero no estará a salvo mientras esté unida a él —le dijo la mujer—. En Pax, nos dedicamos a estudiar la historia de los Strigoi y puede que haya una manera de romper el lazo de sangre, si eso es lo que desea.

—¿Qué quiere decir?

—Es información que se ha tratado de ocultar porque pondría en peligro el poder de los Maestros sobre sus Protegidos. Pero Micah...

Angela se sobresaltó como si hubiera oído algo en el pasillo.

—Debo irme —le dijo mientras salía deprisa de la habitación.

Gwen trató de calmarse en cuanto se vio sola. Eran demasiadas cosas las que tenía en la cabeza. Lo que le había dicho Angela le habría servido antes de enamorarse de Dorian, pero eran consejos que llegaban demasiado tarde. No podía olvidar que le había hablado de la posibilidad de poder romper el lazo de sangre, pero no estaba segura de querer hacerlo.

Lo que más le había estremecido era pensar que los sentimientos y la atracción que había entre los dos no eran reales. Según Angela, Dorian no podía amar ni sentir nada.

No sabía si podía creerla, pero su corazón le decía que lo que sentía era real.

Algo más relajada, se tumbó en la cama. No podía dormir, pero tampoco parecía necesitarlo.

Se levantó después y se dio un baño. Una criada le trajo algo de comer y se echó de nuevo.

Volvió entonces Angela. Parecía muy nerviosa.

—El sínodo ha decidido —le dijo—. Tengo que sacaros de la ciudad cuanto antes.

—¿Adónde nos llevará?

—Pronto lo sabrá —repuso mientras abría la puerta y le hacía un gesto para que la siguiera.

—¿Dónde está Dorian?

Pero vio entonces que las seguía por el pasillo. No lo había oído. Lo miró a los ojos. Su rostro no expresaba nada, pero sintió que pasaba algo malo.

—¿Estás bien? —le preguntó.

—Sí —mintió él.

—Debemos darnos prisa —les urgió Angela.

Bajaron escaleras, atravesaron puertas y más pasillos hasta llegar a un cuarto lleno de ropa.

—Aquí están sus abrigos y sombreros —les dijo la mujer.

Se cubrieron completamente. También con gafas oscuras y bufandas.

—¿Adónde vamos? —preguntó Dorian.

—Se encontrarán con alguien que los ayudará a salir de Nueva York —repuso Angela—. Estarán a salvo, se lo prometo.

Gwen no pudo evitar sentir celos al ver que Dorian y Angela se miraban a los ojos, pero no podía pensar en eso. Salieron a la calle por un pasadizo. Hacía frío y se estremeció.

—Estás enferma —susurró Dorian—. ¿No te has alimentado?

—No soy yo quien está enfermo —repuso ella.

Dorian frunció el ceño, pero no se dijeron nada más. Angela los llevó de callejón en callejón hacia el oeste, evitando que nadie los viera. Empezaban a pensar que estaban dando vueltas sin más cuando Angela se detuvo.

—Nuestro contacto aparecerá en cualquier momento —les dijo—. Quédense aquí, ahora vuelvo.

—No —repuso Dorian.

—No pasa nada, no hay peligro.

Angela se esfumó. Dorian no dejaba de sudar, tenía escalofríos y tuvo que apoyarse en la pared.

—¿Qué es lo que te pasa? —le preguntó Gwen—. ¿Te has alimentado?

—Sí, estoy bien.

—No es verdad.

—¡Te he dicho que estoy bien!

Se sobresaltó al escuchar su tono. Parecía que intentaba controlarse para que ella no tuviera que sufrir sus emociones. Recordó entonces que de vez en cuando tenía crisis. Walter solía decir que estaba de mal humor durante días y que parecía que estaba en otro mundo, en una especie de agujero negro. Se preguntó si estaría pasándole entonces.

Estaba a punto de preguntarle de nuevo cuando Dorian se separó de la pared, parecía estar muy alerta, como si hubiera percibido que pasaba algo.

—Esto no me gusta —susurró.

Se dio cuenta de que tenía razón. Un fétido olor llenaba el callejón, el aire era irrespirable.

—Vámonos —le dijo ella—. Angela...

Aparecieron de repente dos siluetas con las metralletas apuntando hacia ellos. Dorian los atacó y acabaron en el suelo. Comenzó a golpear con furia el rostro de uno de los pistoleros, pero un tercero apareció de entre las sombras para atacarlo por detrás. Dorian se giró con increíble velocidad y le arrebató el arma. Golpeaba a diestro y siniestro como un loco. Consiguió hacerse con dos armas. Gwen podía oír huesos rompiéndose en medio de la pelea.

—Gwen, ¡huye! ¡Corre! —le gritó Dorian.

Pero ella se le acercó y le quitó una de las armas para tirarla al suelo.

—Angela nos ha traicionado —repuso.

Dorian gruñó y lanzó la metralleta contra la pared. Se dio cuenta de que había perdido el control. Atacaba fuera de sí.

—Dorian, tenemos que irnos, déjalo ya.

Se acercó a ella con el puño en alto y Gwen dio un paso atrás. No vio a un cuarto pistolero que le disparó por la espalda. Alguien se colocó entre Dorian y el sicario y cayó a sus pies.

Era Angela, que se llevó casi todos los disparos.

—No os... No os traicioné —gimió la mujer.

La sangre salía a borbotones de su pecho.

—¡No! No, no... —gritaba Dorian.

—Salvaos —les pidió Angela—. Gwen...

—Aquí estoy —le dijo ella acercándose a la moribunda.

—No te mentía... Hay una manera... El lazo... Encuentra el libro...

Angela suspiró y cerró los ojos. Dorian la dejó en el suelo con cuidado. Miró entonces a Gwen con ojos de loco, la tomó en brazos y salió de allí corriendo. La llevaba a una velocidad desconcertante. Los edificios que pasaban sólo eran manchas borrosas.

La dejó después en un sitio más tranquilo y desapareció. Cuando pudo recuperarse un poco, Gwen se levantó. Era una especie de almacén. No sabía dónde estaba Dorian ni qué debía hacer. Recordó entonces todo lo que había visto en el callejón. No se había limitado a matar a esos hombres, los había destrozado. No podía quitarse esa imagen de la cabeza.

El propio Dorian le había avisado que no era buena idea acercarse a él durante esos periodos de locura transitoria. Por eso la había tratado de alejar desde el principio.

Y creía que por eso había tratado de quitarse la vida, porque creía que nunca iba a poder curarse, pero pensó que quizá hubiera una manera de evitar esos episodios o de reducir sus síntomas.

Se sentó en el suelo y esperó. No podía hacer otra

cosa. Sabía que no la había abandonado, el lazo que tenían no lo habría permitido.

Pasaron las horas. Fue una noche muy fría y tuvo que arroparse bien con el abrigo.

Y por fin llegó el amanecer. Y Dorian...

—Gwen...

Su voz parecía desgarrada y más ronca que de costumbre, pero le pareció que había recuperado la cordura. También había mucho dolor en su mirada.

—¿Estás bien?

—Ya ha pasado todo —repuso Dorian.

Supo que le estaba diciendo la verdad.

—¿Qué ocurrió?

—¿No lo recuerdas?

—Algo, pero no todo.

Saber que ni siquiera recordaba lo que había pasado le dio nueva esperanza.

—Aparecieron unos hombres y nos atacaron —le dijo ella con prudencia.

—¿A cuántos maté? —preguntó Dorian con dolor en su voz.

—No lo sé, pero ellos mataron a Angela.

—¿Dijo algo antes de morir?

—Sí, dijo que ella no nos había traicionado, pero los hombres de Kyril debieron de descubrir dónde estábamos de alguna manera...

—Angela me salvó la vida.

—Es verdad, lo siento —repuso Gwen—. Sé que te importaba mucho.

Parecía muy apenado. Había perdido a una amiga o quizá a alguien mucho más importante que una amiga. Estaba intentando mantenerla a ella libre del lazo de sangre, igual que había hecho durante su estancia en Pax.

Le parecía que estaba perdido y que no sabía qué hacer. Decidió tomar la iniciativa.

—No podemos permitir que su muerte sea en vano —le dijo—. Puede que los sicarios de Kyril aún nos estén buscando, tenemos que salir de la ciudad.

—¿Cómo? —repuso Dorian mirándola a los ojos.

—Conozco a un piloto que trabaja de vez en cuando para el periódico. Podríamos contratarlo para que nos sacara del Estado.

—Tengo algo de dinero, pero...

—Yo saqué casi todos mis ahorros del banco cuando volví a Nueva York. Tendremos suficiente.

—¿Y adónde sugieres que nos vayamos?

—A México —repuso sin pensárselo demasiado—. Mi padre tenía allí una casa, una pequeña cabaña en medio del desierto. Está en un pueblo cerca de Chihuahua. Allí nadie nos encontraría. Y tú...

Estuvo a punto de decirle que allí él tendría menos ocasiones de hacer daño a nadie cuando sufriera esos terribles estados de locura. Le dio la impresión de que, aunque no llegara a decírselo, Dorian lo había entendido, porque apartó la vista.

—¿Dónde podemos encontrar a ese piloto?

—En Queens, pero tengo que llamarlo.

—Debo informar antes a Sammael de la muerte de Angela.

—No, ahora no —repuso ella—. Si llamas a Pax, intentarán venir a ayudarnos, y no queremos que nadie más resulte herido.

—Pero esos cuerpos... El sol los destruirá.

—No podemos hacer nada.

Dorian asintió con la cabeza. Él la había intentado proteger de sus enemigos. Las cosas habían cambiado y era ella la que tenía que salvarlo y protegerlo de sí mismo, de esa inexplicable violencia que lo dominaba de vez en cuando.

—Vámonos —le dijo ella mientras tomaba su mano.

Un centenar de Strigoi, tanto masculinos como femeninos, escuchaban atentos el sermón de Sammael en el auditorio. Las tres puntas del Triángulo estaban presentes esa mañana. Había Novicios como el joven humano Jim, Iniciados como Vida y también Maestros, que estaban sentados al frente de la sala. Los miembros del sínodo estaban colocados en semicírculo detrás de él, vestidos con túnicas blancas y rojas que cubrían incluso sus cabezas. El resto de la congregación no conocía su identidad.

Los únicos que faltaban eran los guardias, que se preparaban para el ataque. Eran jóvenes que habían sido convertidos con el único fin de luchar en la guerra. No podía dejar que los Novicios e Iniciados los vieran, pues habrían descubierto los verdaderos fines de Pax.

La verdad se descubriría en cuanto pudieran encontrar el libro original. Entonces no tendría problemas para contestar las preguntas más complicadas.

Abrió el libro por una página concreta, aunque hacía tiempo que lo había memorizado todo.

—«No puede haber fin mejor que la paz» —proclamó mientras levantaba en alto el libro—. Ésas fueron las palabras de Micah. ¿Hay algo que no estemos dispuestos a sacrificar para conseguir la paz, hermanos? ¿Nuestro orgullo? ¿Nuestra razón? ¿Nuestras vidas?

Todos asentían con la cabeza, no tenían miedo.

—Es un gran sacrificio, pero es lo que nos pide Micah —les dijo Sammael—. Es el precio de nuestra libertad. Los Strigoi nos hemos alejado del buen camino y ahora tenemos que ganarnos la salvación. Tenemos que...

Se detuvo al ver a un joven entrando en el auditorio y acercándose con paso decidido al estrado. Todos comenzaron a murmurar. El joven le dio un mensaje que le enfureció.

Terminó deprisa el sermón sin pensar mucho en sus palabras y dio por terminada la asamblea. Unos minutos más tarde, se reunía con el sínodo y los jefes de la Guardia.

—La Guardia ha fracasado —anunció—. Taharial, explique qué ha ocurrido.

—No tenemos pruebas de que Black contara con la ayuda de nadie —repuso el joven—. Parece que consiguió repeler el ataque de nuestros hombres él solo. No puedo explicarlo...

No podía creerlo. La parecía imposible que hubiera podido defenderse de los cuatro hombres enviados para seguir a Angela y llevar a Gwen Murphy de vuelta a Pax.

—Entonces, han conseguido escapar —murmuró—. ¿Y Angela?

—La encontraron agonizando, pero creemos que conseguirá sobrevivir.

—Habrá que interrogarla en cuanto pueda hablar. Quiero más hombres vigilando a Mitch Hogan. Hay razones para creer que tiene una relación más estrecha con la señorita Murphy de lo que pensamos en un principio y la joven podría tratar de ponerse en contacto con él.

El resto de los consejeros asintieron con la cabeza. Sammael ordenó a Taharial que se retirara.

—El Señor nos ayudará y la encontraremos. Los traeremos a los dos de vuelta y entonces sí que habrá un sacrificio de verdad —anunció Sammael.

Capítulo Dieciséis

Gwen y Dorian llegaron sin problema al barrio de Queens. Ella suspiró aliviada cuando se vio por fin bajando al metro. Después tomaron un taxi hasta el hangar donde Ray Fowler tenía su oficina.

El campo estaba cubierto con una fina capa de nieve que ya empezaba a derretirse. Había varias avionetas, casi todas recuperadas de la Gran Guerra, y hombres trabajando sin parar. Ray salió a recibirlos con una sonrisa.

—Gwen, ¡no sabes cuánto me alegró ver que seguías viva! —le dijo con afecto.

—No tanto como yo —repuso ella.

Vio que el piloto se fijaba en su extraño y masculino atuendo.

—Bonito, ¿verdad? —repuso ella mientras se tocaba el sombrero—. Es muy útil cuando una no quiere que la reconozcan.

—¿Seguro que estás bien? —preguntó preocupado.

—Sí, Ray. Ya no estoy en peligro.

Se dio cuenta de que Ray sabía que no le estaba diciendo la verdad, pero no le dijo nada.

—No deberías estar sola. ¿Por qué no te ayuda nadie del periódico? ¿Dónde está Mitch?

—Ya te dije que te lo explicaría todo cuando pudiera —le dijo mientras miraba a Dorian—. Ray, te presento a Dorian Black. Dorian, éste es Ray Fowler.

El piloto y Dorian se saludaron con algo de frialdad. Ray parecía haber percibido que se trataba de un hombre peligroso.

—Tendré la avioneta lista en una hora. ¿Os ha seguido alguien?

—No —repuso ella con firmeza—. Si hubiéramos visto que nos seguían, no habríamos venido aquí.

—Por supuesto. ¿Por qué no esperáis en mi oficina y os tomáis un café?

—No sabes cuánto te agradezco lo que estás haciendo —le dijo ella con sinceridad.

—No hay de qué. México será muy agradable en esta época del año. Es justo lo que necesito —repuso Ray—. Venga, voy a prepararos un café.

Gwen lo siguió, pero se detuvo al ver que Dorian no se había movido.

—Podemos confiar en él —le dijo—. Estoy segura.

Dorian asintió y la siguió de mala gana. Ray ya tenía dos tazas listas para ellos cuando llegaron a la oficina.

—Poneos cómodos, os diré cómo van las cosas —les dijo Ray mientras salía de nuevo al hangar.

Hacía frío allí. Gwen se sentó con su taza entre las manos.

—¿No deberíamos avisar a Walter y decirle que nos vamos? —comentó poco después.

—¿Sabe que estás viva? —le preguntó Dorian mientras se quitaba las gafas de sol.

—No. No quería que me relacionaran con él.

—Entonces, no lo has visto desde que volviste a Nueva York, ¿verdad?

—No he podido. ¿Has hablado tú con él desde que empezaste a trabajar para Kyril?

—Sólo para asegurarme de que tenía suficiente dinero para el alquiler y la comida.

—Yo también lo hice mientras estuve en Nueva Jersey. Walter no sabe lo que eres, ¿verdad?

—No.

—¿Crees que está en peligro?

—Estoy seguro de que Kyril sabe que me trataba con él cuando vivía en el muelle, pero no creo que lo considere una amenaza ni que lo utilice para conseguir que me rinda.

—Pero deberíamos hablar con él para decirle que tenga cuidado.

—Sí —repuso Dorian mientras sacaba unos billetes del bolsillo—. Si confías en el piloto, le dejaremos una carta y dinero para que se lo entregue a Walter.

Asintió con la cabeza. Era un alivio ver que Dorian volvía a comportarse con normalidad. Y ella también necesitaba centrarse. Walter no era lo único que tenía pendiente. Quería llamar a Mitch y decirle que estaba bien, pero no podía arriesgarse a que tratara de seguirlos. Decidió esperar a que Dorian y ella estuvieran a salvo en México.

Se levantó de repente, tenía que salir de allí.

—Voy a ver cómo va Ray con los preparativos —le dijo.

—Sé que ha sido muy difícil para ti —susurró Dorian antes de que pudiera salir por la puerta—. Lo que viste anoche ya me había pasado antes.

—Ya... Ya lo imaginaba —repuso ella sin saber qué más decirle.

—Me ocurre una vez al mes, con la luna nueva. Debes estar preparada.

Recordó que había sido una noche especialmente oscura, pero nunca se le habría ocurrido que la reacción de Dorian pudiera tener algo que ver con las fases lunares.

—Pero no tendrás que verme así nunca más.

—¿Qué quieres decir? ¿Puedes controlarlo?

—No —repuso él—. Pero, cuando llegue de nuevo, me mantendré lejos de ti. Puede que tengamos que permanecer en México durante meses, hasta asegurarnos de que Kyril ya no nos sigue.

—No va a pasarse toda la vida tratando de darnos caza —le dijo ella.

Pero no pudieron seguir hablando, Ray los interrumpió.

—Todo listo —les anunció—. ¿Seguro que no queréis comprar comida y otras cosas antes del viaje?

—No queremos arriesgarnos —repuso Gwen—. Pero podemos parar de camino, ¿no?

—De acuerdo —le dijo Ray—. Podéis dejar aquí el sombrero, ya no necesitaréis ir tan cubiertos.

—Bueno, es que el señor Black tiene alergia al sol —explicó ella.

Salieron al hangar y Ray los llevó hasta un avión bastante viejo. Él la ayudó a subir y dejó que Dorian lo hiciera solo. Cuando estuvieron dentro los tres, otro piloto hizo girar la hélice mientras Ray encendía el motor.

No había viajado muchas veces en avión, pero estaba demasiado nerviosa para disfrutar de la experiencia. Dorian no se movió de su asiento, ni siquiera miraba el paisaje por la ventana.

Hicieron varias paradas para repostar. A veces en pistas que no eran más que descampados en medio de la nada. La temperatura fue subiendo gradualmente durante su viaje hacia el suroeste.

Pasaron la primera noche en un hotel de Little Rock, cada uno en su habitación. Gwen aprovechó para hacer algunas compras. Necesitaban algo de ropa y poco más.

A la tarde siguiente, aterrizaron por fin en una pista a las afueras de Chihuahua. Ray, que sabía algo de español, alquiló un coche que los llevó hasta la ciudad. Hacía demasiado calor para llevar abrigos tan largos y gruesos y los lugareños los miraban con curiosidad.

El chófer los llevó esa misma noche hasta el pequeño pueblo de San Luis. El piloto no podía ocultar lo preocupado que estaba con ella y miraba a Dorian con suspicacia de vez en cuando. Éste apenas había hablado durante todo el viaje y ella no podía dejar de pensar en cómo iba a poder vivir en la cabaña de su padre con ese hombre. Era el hombre que amaba, pero también un hombre que se convertía en asesino cada luna nueva.

El trayecto hasta San Luis fue incómodo y largo. La carretera no era más que un descuidado camino en medio del desierto.

Cuando llegaron por fin, se dio cuenta de que apenas podía controlar su apetito. Iban a tener a su disposición a las gentes de San Luis y no estaban demasiado lejos de Chihuahua, así que ni a Dorian ni a ella le faltarían Donantes. Frunció el ceño al darse cuenta de que ya pensaba en los humanos como si sólo fueran una fuente de alimento. Lamentó haber caído tan bajo.

Le costaba entender y aceptar los cambios que había sufrido su cuerpo. Y Dorian era el único que iba a poder ayudarla.

El pueblo de San Luis estaba formado por una veintena de casas de adobe y algunos huertos. Vio hombres vestidos con colores claros y mujeres con mantones en vivos tonos. Todos miraban a los forasteros con gran curiosidad.

Pensó que a lo mejor habían conocido a su padre, pero no podía encariñarse con nadie. No cuando iba a tener que usarlos como alimento.

—He estado en aldeas similares y suelen ser muy hospitalarios con los recién llegados —les dijo Ray con extrañeza—. Pocas veces los he visto así de suspicaces...

Gwen pensó que también esa gente había percibido que Dorian era un tipo peligroso. Decidió cambiar de tema.

—Sólo he estado una vez en la casa. Mi padre me trajo cuando era una niña. Espero que podamos encontrar a alguien que nos muestre el camino —les dijo ella.

Ray los dejó en el coche y se acercó a la taberna. Preguntó a los hombres que estaban sentados a la entrada del establecimiento. Uno de ellos entró y salió poco después con un anciano. Ray y él hablaron unos minutos más.

—Si no he entendido mal, Juan cuidó de la cabaña durante años y parece que tu padre le pagó para que siguiera haciéndolo —les dijo Ray después.

—Mis padres solían venir a menudo antes de que yo naciera —les contó ella—. Siempre me decía que aquí había sido muy feliz.

Le pareció irónico que fuera a vivir con Dorian en una casa en la que había habido tanto amor. Sabía que con él sólo habría tensión e incertidumbre.

El anciano los llevó hasta un establo y sacó de allí un par de burros.

—Dice que uno es para la dama —les explicó Ray haciendo de traductor—. Parece que la casa no está lejos, sólo a un kilómetro y medio de aquí.

—Puedo ir andando —protestó Gwen.

—Acepta el burro, tenéis que intentar causar una buena impresión —le dijo Ray.

De mala gana, montó en uno de los burros. Juan cargó el otro con sacos e iniciaron el último tramo del viaje.

Tardaron unos veinte minutos en recorrer un kilómetro y medio. El camino de entrada estaba lleno de hierbajos y la casa no estaba en buen estado, pero la reconoció enseguida.

El interior no estaba como lo recordaba, y le pareció mucho más pequeña. Había un salón con una chimenea, una cocina y dos dormitorios. Las paredes estaba adornadas con fotos de la zona y el sofá estaba cubierto por una manta artesanal tejida con hilos de vivos colores.

—No está nada mal —murmuró Ray—. ¿Estás segura de que quieres quedarte con ese tipo? —le preguntó cuando Dorian salió del salón.

—Sí, Dorian me ayudó cuando los asesinos trataron de matarme una segunda vez.

—Y hay algo más, ¿verdad?

—Puede que lo haya, pero es mi problema. No te preocupes —repuso ella.

Después de inspeccionar la casa, Dorian se acercó a los dos con el ceño fruncido.

—Está bien —les dijo Dorian—. ¿Cuánto le debemos, señor Fowler?

—Nada —repuso Ray con frialdad—. Lo hice por Gwen. Pero si me entero de que le hace daño...

Gwen se metió deprisa entre los dos hombres para evitar que llegaran a las manos.

—¿Cómo vas a volver al avión? —le preguntó a su amigo.

—El chófer que nos trajo vendrá a buscarme por la

mañana. No me costará encontrar una posada para pasar la noche en la aldea —le dijo Ray—. Me ha comentado Juan que hay lámparas en la casa, mantas en los armarios y algunas latas de comida en la cocina. Habla con él si necesitáis algo más. Y, si no lo tienen en la aldea, irá a Chihuahua a comprar lo que sea.

Sabía que Ray le estaba diciendo cómo podía escapar si lo necesitaba. Lo único que le urgía era un teléfono para poder llamar a Walter y a Mitch en cuanto fuera posible.

—Bueno, será mejor que me vaya.

—Muchas gracias, Ray —repuso ella con un apretado abrazo—. Te debo una.

—No me debes nada, pero cuídate mucho, ¿vale?

Se despidieron y entraron en la casa. Dorian reunió leña y encendió un fuego en la chimenea.

—Siéntate y descansa —le dijo él.

Era la primera orden que le daba desde que salieran de Pax. Sintió algo de esperanza, quizá no estuviera completamente perdido. Sabía que debía de estar sintiendo culpabilidad por sus actos y pena por la muerte de Angela. Se sentó como le había pedido.

—¿Cuánto tiempo podemos estar sin beber sangre? —quiso saber.

—El máximo es una semana, pero no se puede estar tanto tiempo sin sufrir ciertos síntomas.

—Entonces, podemos esperar.

—Sí, pero sólo uno o dos días.

—Yo preferiría...

—No, no esperaremos más —la interrumpió Dorian.

Gwen abrió la boca para protestar, pero sabía que de nada le serviría. No iban a poder estar así siempre, tenía que conseguir que Dorian saliera poco a poco de su caparazón.

—Creo que voy a acostarme.

—No puedes dormir, ¿lo sabías?

—Sí, ya me he dado cuenta —repuso ella—. Hasta mañana.

Dorian la miró un instante mientras salía del salón y Gwen vio en sus ojos algo que pudo por fin reconocer. La deseaba. No sabía si era el monstruo en su interior quien la deseaba o si sería el Dorian que había conseguido robar su corazón.

De un modo u otro, se dio cuenta de que no podía dejarse llevar. Tenía que controlar sus emociones. Dorian no podía saber cuánto lo deseaba ni cuánto lo amaba porque sabía que, si ella perdía el control de sus sentimientos, él perdería el control de sí mismo.

Pero seguía teniendo esperanza. Creía que algún día conseguiría curarlo.

Se metió en el dormitorio más pequeño. Estaba decorado con sencillos y artesanales muebles de madera. Se puso el pijama que había comprado en Little Rock y se metió en la cama. Estaba deseando descansar después de un día tan largo.

Podía oír el crepitar de las llamas desde su cuarto. Escuchó también las pisadas de Dorian en el pasillo. Pero pasó frente a su puerta y siguió de largo.

Capítulo Diecisiete

El invierno era extraño en el desierto mexicano. Unos días eran cálidos y soleados y otros mucho más fríos y borrascosos. Las noches eran siempre frescas, pero los días fueron haciéndose más largos según se acercaba la primavera y eso implicaba tener que pasar más tiempo juntos en la pequeña cabaña.

Para Dorian, todos los días eran parecidos. Pasaba gran parte de la noche en el desierto y regresaba a la casa antes de que amaneciera. Unas veces se encontraba a Gwen preparando el café en la pequeña cocina, otras veces la veía en su cuarto, escribiendo en su diario.

Durante las primeras semanas en México, le había enseñado a Gwen cómo buscar Donantes en San Luis. Al principio, él iba a su lado. Tenía que explicarle cómo liberar la sustancia química que conseguía adormecer al humano para que no recordase después el ataque. Cuando vio que ya sabía hacerlo, dejó que se alimentara ella sola, pero pasaba esas noches angustiado, esperando a que volviera a la casa y rezando para que no hubiera cometido ningún error.

Pero Gwen tenía muy buenos instintos. Dorian sabía que no le gustaba hacerlo y que trataba de aguantar mucho tiempo sin alimentarse. Casi siempre esperaba hasta estar tan débil que era él quien tenía que obligarla a salir.

Por su parte, Dorian trataba de mantener las distancias a pesar del lazo de sangre e intentaba esconder por todos los medios el deseo que lo consumía cada vez que la tocaba.

Ella también había aprendido a fingir. Le hacía creer que no lo odiaba por lo que le había hecho. Pasaban los días tratándose con cierta cordialidad, leyendo en el salón y hablando lo mínimo necesario. Gwen nunca sonreía, era como si hubiera muerto algo dentro de ella.

Sólo se quebrantaba esa relativa paz cuando Gwen decidía hacerle preguntas sobre su pasado. Quería saber por qué tenía esos brotes de locura y cuándo habían empezado. Pero no podía contárselo, no podía hablar sin revelar las emociones que le atormentaban, y todas esas discusiones terminaba igual, con él abandonando la casa durante unas horas.

Llevaban cuatro semanas allí cuando llegó de nuevo la luna nueva. Dorian se fue al desierto para estar lejos de los habitantes de San Luis y de ella. Se escondió allí hasta que el hambre pudo con él. Volvió entonces a la aldea dispuesto a cazar, pero algo se interpuso entre él y el monstruo que lo dominaba, una mujer cuya silueta habría podido reconocer aunque su mente no pudiera hacerlo. Se acercó a ella con la necesidad de matar, pero ella no se movió. Sabía que le estaba hablando, pero no entendía nada, sólo comprendía que el deseo lo dominaba.

La sacó del pueblo para llevarla a un lugar más alejado, donde pudiera hacerla suya sin interferencias de ningún tipo. Pero oyó entonces que le hablaba y las palabras comenzaron a tener sentido.

—No eres tú mismo, Dorian —le decía ella—. Ya casi ha amanecido, aguanta un poco más.

El monstruo gruñó, no quería detenerse. La mordió en el cuello y saboreó su sangre. La besó después con fuerza para no tener que oírla, pero ella siguió hablando.

—Piensa, usa tu mente, tu inteligencia —le ordenaba la mujer—. ¡Lucha!

Se apartó de repente. Libraba una batalla feroz en su interior. Vio que comenzaba a amanecer y echó a correr, dejando a la mujer allí tirada.

Se despertó en la casa con todo el cuerpo dolorido. Gwen estaba sentada en la mecedora, mirando ensimismada la chimenea.

—Ya estás bien —le dijo ella—. Ya ha pasado la noche.

Se le vinieron algunas imágenes a la cabeza. Vio a Gwen tumbada debajo de él, mirándolo sin miedo y tratando de tranquilizarlo.

—Te... Te hice daño.

—No —repuso Gwen—. Te detuviste a tiempo, Dorian. Pudiste controlarte.

Pero Dorian no lo creía posible. Aunque el monstruo había vuelto a su jaula, él sabía lo que había hecho y lo cerca que había estado de utilizar a Gwen sin piedad. Creía que había sido el amanecer lo que había conseguido detenerlo. Era la segunda vez que le pasaba y temía volver a atacarla y no poder parar a tiempo.

Fue hasta la ventana y separó la cortina. Un rayo de

sol iluminó su mano y su brazo. Le agradó sentir ese dolor. Una vez más, tuvo la tentación de salir a la calle sin cubrirse. Su muerte podría liberarla. Le avergonzaba aún más ver con cuanto estoicismo Gwen parecía haber aceptado su cautiverio. Su compasión le resultaba insoportable, sobre todo cuando sabía que la había perdido.

Sabía que Gwen no necesitaría su protección para siempre. Era fuerte y valiente. Se había adaptado a su nueva condición y podría estar a salvo de Kyril sin su ayuda. Estaba dispuesto a morir para liberarla, pero temía que le pasara a ella lo mismo que le había pasado a él. Cuando era una muerte traumática la que cortaba para siempre el lazo entre el Maestro y su Protegido, como le había pasado a él, algunos Strigoi se volvían locos.

La única manera que tenía de salvarla era evitando que Gwen tratara de acercarse a él y ayudarlo cuando lo dominaban sus arrebatos de locura.

Necesitaba conseguir que le tuviera miedo. Creía que era la única manera de protegerla. Si lograba que lo odiara, su muerte no le causaría tanto dolor como para que se volviera loca.

La primera oportunidad la tuvo una semana más tarde, cuando Gwen regresó a casa tras salir a cazar sola. No la había visto tan disgustada desde la muerte de Angela y la última reyerta.

—He cometido un error —le dijo—. Creo que mi Donante se ha dado cuenta de lo que soy...

—¡Estúpida! —la insultó con frialdad—. ¿No has aprendido nada?

—Ha sido un error —repuso ella sin entender su mal humor.

—¿Un error? Aquí estábamos a salvo y puede que lo hayas echado todo a perder.

—¿Qué? No es culpa mía —espetó ella—. Tú me has hecho como soy.

—Ya estás lloriqueando de nuevo. No puedo creer que te dejaran hacer un trabajo de hombres.

Gwen se quedó inmóvil, parecía estar sin palabras. Salió corriendo de la cabaña.

Cuando volvió horas después, ni siquiera lo miró a la cara.

Pasó una semana y todo volvió a la normalidad. Gwen parecía haber olvidado lo ocurrido, y Dorian esperó el momento oportuno para volver a atacarla y minar así poco a poco su lealtad.

Unos días más tarde, se le presentó la ocasión cuando oyó un avión sobrevolando San Luis. A las dos horas, Ray Fowler apareció en la casa con algunas cajas bajo su brazo.

—He venido a ver a Gwen —le dijo el piloto al verlo en la puerta.

—Ha cometido un error —repuso Dorian—. Gwen no quiere verlo.

Ella salió en ese instante de la cabaña.

—¡Ray! —gritó entusiasmada—. ¿Qué haces aquí?

Dorian se colocó entre los dos.

—Eso da igual, se va ahora mismo.

—¡Por supuesto que no! —repuso Ray—. Quería ver cómo estabas. Nadie en el periódico sabía nada de ti, ni siquiera Mitch.

—¿Está bien Mitch? —preguntó Gwen con preocupación.

Dorian agarró al piloto por los brazos.

—¡Váyase o lo mato! —le gritó con furia.

—Suéltalo, Dorian, no pasa nada, Ray no va a hacernos daño —intervino Gwen.

Pero él no le hizo caso y retorció los brazos al piloto

hasta que el hombre cayó al suelo. Gwen se agachó a su lado.

—Lo siento, Ray. No sabe lo que hace.

—Sí que lo sé —repuso Dorian—. Si valoras su vida, convéncelo para que se vaya.

Gwen lo miró sin entender nada, pero se llevó a Ray de allí. Los vio discutir durante largo rato. Al final y de mala gana, Ray recogió sus cosas y se largó.

—¿Por qué? —preguntó Gwen en cuanto se quedaron solos—. ¿Qué te ha hecho Ray para que lo amenaces de esa manera?

—Es un humano —repuso Dorian—. Y te desea.

—¿Ray? —preguntó Gwen riendo—. Nunca...

—Eres mía —la interrumpió él—. No lo olvides.

La tercera oportunidad para apartarla de su lado y conseguir que lo odiara la tuvo unos días más tarde, cuando apareció un grupo de gente frente a su casa. Los hombres sujetaban antorchas y las mujeres les mostraban sus rosarios e imágenes de la Virgen María. Empezaron a tirar piedras a la casa.

Salieron los dos. Gwen parecía perpleja.

—Han venido a por nosotros, ¿verdad? —susurró ella.

—Me dijiste que uno de los aldeanos había adivinado lo que eres —le dijo él con frialdad—. ¿Te sorprende que se lo contara a los demás? Quédate en la casa.

—¿Qué vas a hacer?

—Solucionar el problema que has causado —repuso él—. Hay que detenerlos.

—Pero podemos asustarlos sin que nadie resulte herido.

A pesar de cómo se estaba portando con ella, seguía habiendo esperanza en los ojos de Gwen.

—¿Qué queréis? —les gritó Dorian a los aldeanos.

—¡Vampiro! —gritó uno de los hombres—. ¡Sabemos lo que eres! ¡Fuera de aquí!

—¡Iros y os perdonaré la vida! —repuso Dorian.

La multitud seguía acercándose a la casa. Unos rezaban, otros recitaban cánticos.

—Tenemos que irnos de aquí —le pidió Gwen—. Sígueme, Dorian, por favor.

—Han llegado demasiado lejos —repuso él—. Sólo el miedo podría detenerlos.

—No, Dorian. Esa gente...

Una piedra golpeó a Gwen en la cabeza. Dorian tuvo que sujetarla para que no cayera al suelo. La dejó en los peldaños de la entrada.

—Estoy bien —susurró ella.

Pero él ya no la escuchaba, estaba fuera de sí.

—¡Vais a aprender lo que les pasa a los que osan atacar a un Strigoi! —gritó a la gente.

Se quedaron un segundo en silencio y Dorian aprovechó la ocasión para acercarse a ellos, quitarle la escopeta a un hombre y partirla en dos sin esfuerzo. Agarró después una antorcha y la sujetó frente a él como si fuera una espada. La gente se echó atrás.

—¿Quién quiere ser el primero en morir? —preguntó—. ¿Tú? —añadió mirando a un hombre de mediana edad—. ¿O tú? —dijo mientras se dirigía a una mujer con un crucifijo en la mano.

Tomó la cruz y la levantó para demostrarles que esos símbolos religiosos no le hacían daño. Un joven se alejó de la casa, otros lo siguieron. Fueron apagando las antorchas y nadie habló. Pero Dorian no había terminado aún. Agarró a un joven por el cuello de la camisa y lo levantó en el aire.

—¿Empiezo con éste? —preguntó—. Es fácil matar

a los humanos. Puedo romperles el cuello o arrancarles el corazón del pecho.

Algunos empezaron a llorar, otros gemían. Todos parecían muy asustados.

—¡Tenga piedad! —gritó una mujer.

—¿La misma piedad que nos han mostrado ustedes? —preguntó entonces.

—Es lo único que nos separa de nuestros enemigos, Dorian —le dijo Gwen acercándose a él—. Baja al chico. No puedo permitir que lo mates.

Dorian soltó al chico, que salió corriendo. Alguien gritó algo que consiguió renovar el coraje de sus vecinos. Gwen se acercó a ellos.

—No tienen nada que temer, nos iremos dentro de unos días —les aseguró.

Pero no consiguió el resultado que quería. Un hombre se acercó a Gwen con una pistola en la mano y disparó hacia su cabeza.

Dorian se abalanzó sobre él y la bala rozó el brazo de Gwen, que también se había movido rápidamente para evitar el disparo. Dorian le quitó el arma al joven y lo golpeó con ella en la cara.

—No, Dorian. ¡Déjalo! No quiero que lo hagas por mí. ¡Nunca lo hagas por mí!

El chico no se movió del suelo, no podía dejar de llorar. El líder del grupo intentó animar a los aldeanos, pero ninguno quería intentarlo. Empezaron a alejarse poco a poco.

Dorian tomó a Gwen en brazos y entró en la casa. Las heridas eran poco importantes, pero seguía furioso.

—Podían haberte matado —le dijo.

No quería que Gwen viera hasta qué punto le importaba. Llevaba semanas intentando que lo odiara y no estaba dispuesto a echarlo todo a perder.

—Prefiero morir yo a que muera uno de ellos —repuso ella sin mirarlo a los ojos.

—Prefiero que mueran todos ellos antes de que mueras tú.

No dijo nada más, no podía arriesgarse a que descubriera su juego. Creía que Gwen aceptaría muy pronto que él había caído demasiado bajo para que nadie pudiera salvarlo. Y entonces, cuando Gwen sintiera sólo compasión por él, nada más, podría por fin liberarla.

La casa estaba en silencio cuando Gwen salió de su dormitorio. Se asomó a la puerta sin que le diera el sol. Había aún restos en el jardín de lo ocurrido durante la noche. Vio las antorchas, la escopeta partida en dos y un par de imágenes de santos. Se le encogió el corazón al recordarlo.

Dorian no había matado a nadie, pero había estado a punto de hacerlo. No podía dejar que estuviera de nuevo en esa situación.

Se sentía encarcelada y decidió salir de allí, aunque sólo fuera durante unas horas. El lazo de sangre volvía a ser fuerte entre los dos, pero estaba envenenado por la ira de Dorian. La ira y el fuerte deseo. No podía creer que aún no hubiera intentado acercarse a ella.

Había estado muy distante desde que salieran de Pax. Pensó que, era tal la culpabilidad que sentía, que no conseguía aceptar lo que había hecho.

Había tratado de hacerle ver que podía llegar a curarse, pero no le había valido de nada. Se transformaba cada vez que desaparecía del cielo la luna y el monstruo parecía ser cada vez más fuerte. Tenía que salir de allí y hablar con alguien que no supiera lo que era. Necesitaba recordar que había otros seres en el mundo que no se dejaban dominar por el miedo o la violencia.

Cuando se hizo de noche, se puso una falda de algodón de colores y una blusa blanca. Las había comprado en la aldea. Chihuahua estaba a quince kilómetros de allí, pero no era mucha distancia para una Strigoi. Le resultaba desagradable estar lejos de Dorian, podía sentirlo, pero no se detuvo. El paisaje fue cambiando según se acercaba a la ciudad, que estaba rodeada de granjas y huertos. Le impresionó la imponente presencia de las montañas de Sierra Madre.

Había estado allí un par de veces durante el tiempo que llevaban en México. Dorian había querido que conociera un poco la ciudad para poder cazar también allí.

No tardó en darse cuenta de que era una noche especial. Mucha gente estaba vestida con brillantes colores y máscaras. Las calles estaban adornadas con guirnaldas y flores de papel y había música saliendo de cada casa.

Alguien le explicó que era Carnaval, una fiesta cuyo fin marcaba el inicio de la Cuaresma.

Se distrajo observando la alegría de esas gentes y trató de olvidar durante unos minutos que no era como ellos. Paseó por sus calles y admiró sus bellos edificios coloniales. Nadie la molestó y se le pasó el tiempo volando. La fiesta continuó hasta bien entrada la noche. Se encontró de repente en una plaza donde tocaba una banda de mariachis. Muchas parejas bailaban frente a los músicos. Se le acercó entonces un joven muy atractivo, que le recordó a Rodolfo Valentino.

—¿Baila, señorita? —le preguntó con una sonrisa.

Se lo pensó un momento, y después asintió con la cabeza y comenzaron a bailar.

—¿Cómo se llama, señorita?

—Gwen —repuso ella—. ¿Y usted?

—Ignacio.

Disfrutó del vals que tocaba la banda, hacía mucho

que no se divertía tanto. Llevaba demasiado tiempo sin sonreír y el baile se le hizo muy corto.

Empezó otra pieza e Ignacio no la soltó. Se preguntó si ella lo atraería como mujer o como Strigoi. Pero no le importó, estaba divirtiéndose demasiado para pensar en ello.

Dos bailes más tarde, Ignacio tomó su mano y la llevó a un lado de la plaza. La besó antes de que ella tuviera tiempo de reaccionar.

—Ignacio —protestó apartándose de él—. ¿Qué hace? ¡Si apenas lo conozco!

—Nos conocemos desde el principio de los tiempos —repuso él con una sonrisa.

Trató de besarla de nuevo, con una urgencia que consiguió despertar unos sentimientos que llevaba semanas tratando de ignorar. Su parte Strigoi lo reconocía como presa y como mujer, recordó que no tenía por qué estar sola.

—Venga, no se arrepentirá —le aseguró Ignacio.

Dudó un segundo, quería dejarse llevar. Él agarró con fuerza su brazo, pero cambió de opinión.

—Esta noche no —le dijo—. Pero gracias por el baile.

—Ninguna mujer me ha...

Se detuvo de repente cuando alguien lo agarró por el cuello y lo tiró al suelo.

Era Dorian, había aparecido sin que lo viera llegar. Ignacio se escabulló entre los asistentes.

—Has cometido otro error —le dijo Dorian.

—Lo siento —repuso ella—. Vámonos de aquí, por favor. Haré lo que me digas.

Dorian se quedó mirándola sin moverse. La gente los observaba con temor.

—Estúpido, es usted el que ha cometido un error —espetó Ignacio mientras colocaba una pistola contra la espalda de Dorian.

Capítulo Dieciocho

Gwen se dio cuenta de que todos en la plaza se habían quedado en silencio, nadie se movía.

—Dispáreme si quiere —repuso Dorian con una terrorífica sonrisa—. No voy a morir.

Ignacio se echó a reír, pero Dorian lo miró a los ojos y perdió la sonrisa. Cada vez los rodeaba más gente.

—No merece la pena, váyase —le pidió Gwen a Ignacio—. Iré con usted —le prometió.

—¿Lo ve, payaso? Me prefiere a mí —repuso el mexicano.

Gwen sintió de repente que se nublaban sus sentidos, como si estuviera cayendo en un negro agujero y no pudiera luchar contra ello. Vio cómo Ignacio clavaba el cañón de la pistola en la espalda de Dorian y le quitaba el seguro al arma.

Pero Dorian se volvió con tal rapidez que el hombre no pudo reaccionar. Lo empujó, e Ignacio cayó al suelo. Una mujer se agachó a su lado y comenzó a insultarlos. Después tomó el arma de Ignacio y apuntó a Dorian.

Gwen actuó sin pensar, dejó que la nube negra que la envolvía tomara el control de su cuerpo. Agarró la muñeca de la mujer y la retorció hasta que gritó de dolor y soltó la pistola. Fue entonces ella quien se hizo con el arma y apuntó a Ignacio.

—¡No! —gritó la mujer que había estado atendiéndolo.

Pero ignoró sus súplicas. Odiaba a Ignacio como no había odiado nunca a nadie, pero Dorian no permitió que disparara. Le quitó la pistola y golpeó la cabeza del mexicano con ella.

Gwen volvió de repente a la realidad. Lo veía todo con más claridad. Cerró los ojos, respiró profundamente y miró después a Dorian.

—Ven —le dijo ella mientras agarraba su brazo—. Te deseo, Dorian. Ahora.

No sabía qué le pasaba, pero supo que había llegado el momento de dejarse llevar por lo que sentía y dejar de controlar su deseo. Dorian la miró y se pasó la lengua por los labios como lo haría un depredador ante su presa.

—¿Adónde vamos? —repuso él.

Lo sacó de la plaza con un único propósito en mente, alejarse de allí con él. Atrapada por un deseo que no podía controlar, llevó a Dorian hasta un oscuro y estrecho callejón entre dos edificios. Lo miró entonces a los ojos. Su mirada reflejaba la misma hambre que sentía ella.

Dorian la agarró por la nuca y la besó con desesperación. Sabía que, si no conseguía hacerlo razonar, acabaría por tomarla allí mismo. El problema era que ella también se sentía dominada por el mismo apetito insaciable.

—Aquí no —le dijo—. Encontraremos un hotel y entonces podrás tenerme, Dorian.

Él la miró como si pensara que estaba tratando de engañarlo, pero Gwen supo que podía sentir hasta qué punto lo deseaba.

—Gwen... —gimió Dorian.

Se agachó y pasó la lengua por la curva superior de sus pechos. Ella lo empujó para apartarlo. Tenían que irse de allí o no aguantarían mucho más. Echó a correr y Dorian la siguió.

Las calles estaban llenas de ruido y gente. Era como un laberinto. En los dos primeros hoteles no había habitaciones libres. En el tercero, Dorian entró solo y conversó con el recepcionista hasta conseguir una llave.

La habitación era pequeña y modesta, pero estaba limpia. Dorian la abrazó en cuanto cerraron la puerta y la dejó sobre la cama.

No podía creer que estuviera haciendo algo así, sabía que no estaba bien. Dorian la besó de nuevo, cada vez más apasionadamente.

Se separaron un instante y se miraron a los ojos, los dos jadeantes. Gwen abrió la camisa de Dorian y los botones saltaron por los aires. Él se arrodilló entre sus muslos y le levantó la blusa. No llevaba sostén, y sus pezones pedían a gritos que los acariciaran. Cuando Dorian comenzó a lamerlos, se agarró con fuerza a su pelo y arqueó hacia él su cuerpo.

En algún lugar de su mente, la Gwen civilizada y humana observaba la escena y lo bajo que había caído, pero esa Gwen no tenía poder para controlarla.

Dorian se desabrochó los pantalones y comenzó a bajárselos. La pistola que había llevado enganchada al cinturón cayó encima de ella y las dos Gwen, la humana y la vampira, se volvieron una sola. Se incorporó deprisa en el colchón y se quedó hipnotizada mirando el arma. Recordó cómo había apuntado a Ignacio con esa pistola; había estado preparada para matarlo y lo habría hecho sin remordimientos ni dudas. No podía creerlo.

Sentía que caía poco a poco en el mismo pozo en el que estaba Dorian. Temía convertirse en alguien como él.

—No puedo... —murmuró mientras se levantaba—. No puedo hacer eso.

Dorian se le acercó, sabía que no iba a detenerse por mucho que intentara razonar con él.

Se dio cuenta de que no eran buenos el uno para el otro. Había tratado de curarlo, pero sólo estaba consiguiendo que esa locura le afectara también a ella.

Todo había cambiado desde que salieran de Pax. Dorian había matado por ella y había estado a punto de hacerlo de nuevo. Quizá con su presencia estaba empeorando su condición y Dorian estaba consiguiendo que también ella enloqueciera.

Pero no podía decírselo, sabía que no la creería. Ni siquiera podría entender sus palabras. Al ver que se le acercaba, dispuesto a atacarla, fue a la cama y tomó el arma.

—No te acerques —le dijo mientras lo apuntaba con la pistola.

—Dispárame —repuso Dorian con gesto burlón.

Gwen pensó sólo podría detenerlo si pensaba que ella estaba hablando en serio. Trató de concentrarse y pensó en odio y resentimiento. Llenó su mente de esos sentimientos para que le llegaran a él.

—¿Crees que no te dispararía? ¡Has destruido mi vida! Me has quitado mi trabajo, a mis amigos, hasta la luz del sol. Siempre has sido un asesino, pero esta vez has ido demasiado lejos.

Dorian la miraba inmóvil. Ella se acercó despacio a la puerta y él no trató de evitar que se fuera.

Salió corriendo al pasillo y terminó de vestirse deprisa. Tenía consigo dinero suficiente para hacer lo que tenía en mente.

Puso el seguro a la pistola y se la metió bajo la cinturilla de su falda. Corrió escaleras abajo hasta el vestíbulo y le preguntó al recepcionista dónde había un teléfono.

El hombre la llevó a una oficina tras el mostrador, parecía muy nervioso.

—Por favor, no le diga a nadie que estoy aquí —le pidió mientras le entregaba un puñado de pesos.

—Entiendo —repuso el hombre.

Sabía que Dorian no tardaría en encontrarla, no tenía tiempo que perder. Consiguió hacerle entender a la operadora lo que quería y después de unos minutos la conectaron con el periódico.

—Hogan.

—¿Mitch? Soy Gwen.

—¿Gwen? Apenas puedo oírte. ¿Dónde estás?

—En México.

—Cielo santo, Gwen. ¿Qué ha pasado?

—Escucha, Mitch. No tengo mucho tiempo. Me dijiste que habías encontrado a un experto en vampiros, ¿te acuerdas?

—¡Sí! Si me hubieras llamado antes...

La conexión era muy mala, apenas podía oírlo.

—... averiguado lo que estaba buscando —prosiguió Mitch.

—¿Qué? Mitch, no puedo...

—El profesor Perkowski me ha dado algo que puede romper el lazo de sangre entre vampiros y sus víctimas.

—¡Gracias a Dios! Por eso te llamaba. Tengo que escapar, Mitch. Y pronto.

—Entonces, ¿has recuperado la cordura?

—Tengo que dejar a Dorian.

—¿Ahora te das cuenta? ¿Te ha hecho daño?

—No, estoy bien.

—Dime dónde estás, Gwen, e iré a buscarte.

—No puedes venir, Mitch. Sólo conseguirías empeorar las cosas.

—¿Temes que me haga daño?

—Temo que os hagáis daño los dos.

—Estoy dispuesto a arriesgarme —le aseguró él.

—No puedo permitirlo —le dijo—. ¿Qué te dio el profesor?

—Son unos polvos, creo que se trata de una mezcla de hierbas. No sé...

—¿Qué tengo que hacer?

—Es sencillo. Basta con que mezcles el polvo con agua y te lo bebas.

—Entonces, ¿podrías enviármelo si te doy una dirección?

—No puedes hacerlo sola, Gwen. El lazo de sangre es demasiado fuerte.

—Lo conseguiré, Mitch. Por favor, confía en mí.

—Después de lo que me has hecho... No he sabido nada de ti durante semanas...

—Lo siento, Mitch. Era necesario.

—Claro. Y ahora que puedo serte de utilidad, me llamas otra vez.

—Escucha, Mitch. Te llamo desde un hotel en Chihuahua, México. Voy a darte la dirección para que lo envíes aquí.

—¿Es ahí donde estás, Gwen? ¿En Chihuahua?

—No intentes encontrarme. Iré a verte cuando todo termine.

—¿Para que finjamos que nada ha ocurrido? ¿Crees que Dorian va a dejarte vivir en paz?

—No se me ocurre otra solución, Mitch. Por favor, ayúdame... —le pidió desesperada.

Se cortó la comunicación en ese instante y se quedó muda mirando el auricular. Esperaba haber podido convencerlo para que le enviara ese fármaco y tuviera ocasión de usarlo.

Salió silenciosamente al vestíbulo. Sólo estaba allí el recepcionista.

—¿No ha bajado nadie? —le preguntó ella.

—No, señorita, nadie.

Suspiró aliviada.

Tenía que concentrarse en mantener a Dorian a cierta distancia durante unos días, hasta que Mitch le enviara el paquete. Pero no iba a poder quedarse en Chihuahua. Tendría que volver con él a la cabaña y rezar para que Dorian no encontrara más excusas para matar por ella.

Mitch se quedó muy pensativo tras hablar con Gwen. No podía quitarse su voz de la cabeza. Había intentado hacerle creer que había recuperado la cordura, pero él no estaba tan seguro.

Se levantó y salió del periódico con paso decidido. Necesitaba dar una vuelta para aclararse las ideas. Había pasado casi dos meses sufriendo, sin saber nada de ella y sin poder dejar de imaginar lo que le podría haber pasado.

Pero Gwen parecía haber cambiado de opinión y quería que la ayudara. Aunque le había dolido que le pidiera que no fuera a buscarla a México porque pensaba que Dorian y él podrían hacerse mucho daño, no porque temiera por su vida.

Definitivamente, Gwen había estado enferma desde que conoció a Black, y sólo había una solución. Pero esa solución no tenía nada que ver con ningún fármaco. Acababa de saber que estaba en México probablemente cerca de Chihuahua. Eso le facilitaba mucho la búsqueda. Podía alquilar un avión hasta allí y preguntar a la gente hasta que alguien le indicara dónde vivía la americana pelirroja que estaba buscando.

Y también tenía otra pista pendiente que aún no había investigado. Pete Wilkins, el fotógrafo que contrató para seguir a Gwen meses antes, le había hablado de un anciano que ella había visitado a menudo. Se llamaba Walter Brenner.

Volvió a la redacción e hizo algunas llamadas hasta conseguir la dirección del tal Walter, que estaba viviendo en una residencia de Greenwich Village, y tomó un taxi hasta allí.

—Buenos días —lo saludó cuando la directora le enseñó quién era—. Me llamo Mitch Hogan, soy compañero de la señorita Gwen Murphy. ¿Podría pasar?

—¿De qué se trata, joven?

—No quiero molestarlo, señor Brenner —le aseguró—. Sé que es amigo de la señorita Murphy y estoy muy preocupado por ella.

—¿Está metida en un lío? —preguntó con preocupación el anciano.

—Sí. ¿Sabía que la persigue una banda de mafiosos que ya intentaron matarla una vez?

—No, no tenía ni idea.

Parecía inofensivo, pero le dio la impresión de que no estaba diciéndole la verdad.

—Tengo razones para creer que la han obligado a salir de Nueva York y que está con un hombre extremedamente peligroso y desequilibrado.

—Lo siento, pero no puedo ayudarlo, no sé nada —insistió el hombre.

—Creo que me está mintiendo, señor Brenner.

El anciano se levantó y fue hasta la puerta.

—Será mejor que se vaya.

—Pero ella le importa, ¿verdad? ¿No querría ayudarla si supiera que está en peligro?

—Puede cuidarse sola.

—¿Está seguro? El hombre con el que se ha ido era un sicario. Ha asesinado a inocentes.

—Conozco a Dorian y él nunca...

Se detuvo en mitad de la frase al darse cuenta de que había hablado más de la cuenta.

—¿Conoce a Dorian Black? Y, ¿sabe lo que es?

—No entiendo...

—Dorian Black es un monstruo —le dijo Mitch al ver que el anciano no tenía ni idea—. Ha estado a punto de destruir a Gwen en más de una ocasión. Si quiere salvarla, debe decirme dónde están.

—Si tan malo es, ¿por qué piensa que ese monstruo me llamaría para decirme dónde están?

—Si sabe algo, será mejor que me lo diga ahora mismo —insistió furioso.

—¡Fuera de aquí! —exclamó Brenner.

Mitch se acercó al anciano y le retorció el brazo.

—No tengo tiempo para esto, ¿dónde están?

—No lo sé...

—No me obligue a romperle el brazo. Gwen me importa mucho, vejestorio.

—Dijeron... Me dijeron... Volaron a México.

—¿Quién los llevó?

—No lo sé...

Le retorció el brazo con más fuerza.

—Recibí una carta de un tal Ray...

—¿Ray Fowler?

Dejó al hombre en el suelo y salió de allí. No podía

creer que no se le hubiera ocurrido antes. Recordó que Gwen siempre se había llevado muy bien con el piloto y era lógico que lo hubiera llamado para que la ayudara a salir del país.

Tomó un taxi para volver a su casa. A medio camino, el conductor le dijo que alguien parecía estar siguiéndolos. Vio que se trataba de un coche negro.

—¿Tiene enemigos? —preguntó el taxista con nerviosismo.

—Como todo el mundo...

—No quiero líos. Tengo que pedirle que se baje, señor.

Mitch decidió que lo mejor que podía hacer era hacerles frente a los que lo seguían. Pensó que, aunque quisiera retrasar ese momento, acabarían dando con él.

El taxi se detuvo y bajó con cautela.

Era un barrio tranquilo y residencial. A esas horas, estaba casi vacío.

No tardó en detenerse otro coche a unos metros de donde estaba él. Y se bajó un hombre con un abrigo largo, gafas de sol y sombrero.

—¿Señor Hogan?

—Sí, soy yo.

—No tema, sólo queremos hablar con usted.

—¿Quiénes son?

—¿Ha oído alguna vez eso de «los enemigos de mi enemigos son mis amigos»?

—¿Qué quiere decir con eso? ¿Qué es lo que quiere?

—Se trata de la señorita Murphy y el hombre que la ha secuestrado.

Se le pasó por la cabeza fingir ignorancia, pero se dio cuenta de que era mejor no hacerlo.

—¿Por qué les interesa la señorita Murphy?

—Venga con nosotros, señor Hogan, y lo verá todo mucho más claro.

—¿Y si no me apetece dar una vuelta en coche con ustedes?

—Sería una pena que tuviéramos que obligarlo a hacerlo...

Miró a su alrededor. No había testigos.

—De acuerdo —repuso con resignación.

Entró de mala gana en el coche. El interior también estaba tapizado de negro. Había otro hombre en la parte de atrás y lo sentaron entre los dos tipos.

—Siento haber tenido que abordarlo así —le dijo el hombre que se había quedado en el coche. Después se quitó el sombrero y Mitch vio que se trataba de un tipo apuesto, con pelo canoso y ojos azules—. Me llamo Sammael y es necesario que localicemos a Dorian Black cuando antes.

Capítulo Diecinueve

Mitch ya había imaginado qué era Sammael antes de que abriera la boca. Había una sombra roja en sus ojos y tenía los incisivos más afilados de lo normal.

—Veo que sabe lo que soy —le dijo el vampiro con una amable sonrisa—. No me sorprende. ¿Atacó a Dorian en el hotel porque supo que era un vampiro o sólo por una cuestión de celos?

—No sé de qué me está hablando —repuso él.

—Señor Hogan, no hay razón para mentir. Sabemos que ha sido amigo de la señorita Murphy desde mucho antes de que fuera convertida. Llevamos algún tiempo vigilándolo —le dijo—. Acabamos de saber que ha contactado con usted y estamos deseando saber los detalles de esa conversación.

No podía creer lo que le decía. Fuera quien fuera, estaba muy bien informado.

—No entiendo... —repitió Mitch—. ¿Qué tiene usted que ver con Dorian Black?

—¿Además del hecho de que los dos somos vampiros? —preguntó Sammael entre risas—. Le habrá resultado muy difícil tener una historia tan fabulosa como ésta y no poder escribir sobre ella.

—¿Qué pruebas podría presentar? Además, nunca haría nada que pudiera perjudicar a Gwen.

—Lo creo. Por eso estamos aquí —le dijo el vampiro sin perder la sonrisa—. Creo que deberíamos empezar por el principio.

Mitch se quedó perplejo al oír que tenían una organización secreta, Pax, que trabajaba con el objetivo de imponer la paz entre los vampiros y acabar con la violencia.

—Entonces, ¿hay bandas de vampiros? —preguntó confuso.

—Por supuesto —le dijo Sammael—. Esos tipos ven a los humanos como animales y no los respetan. Pero no todos los Strigoi somos iguales. Nosotros no creemos que somos superiores a los humanos y no apoyamos la conversión de humanos sin su permiso. Una de esas bandas fue la que trató de asesinar a la señorita Murphy.

—Y Black trabajaba para una de esas bandas, ¿verdad? Le tendió una trampa a Gwen...

—No, no creo —le dijo Sammael—. Black trabajaba para nosotros y su tarea consistía en infiltrarse en una banda. Tuvimos que echarlos porque rompió las normas al transformar a Gwen Murphy.

—¿Por qué va en contra de sus normas hacer algo así?

—Nuestros vampiros deben controlar sus instintos y concentrarse en el objetivo final. Su decisión puso en peligro nuestras operaciones y, por su culpa, la señorita Murphy no pudo quedarse a salvo en nuestro centro.

—En otras palabras, Black ha conseguido estropearlo todo.

—Sí, por eso queremos encontrarlo y asegurarnos de que no causa más problemas.

Su tono ya no era tan agradable como antes.

—¿Qué piensa hacer? —le preguntó Mitch.

—Encontrarlo y liberar a la señorita Murphy.

Mitch pensó entonces en la cápsula donde guardaba el polvo que le había dado el profesor. La llevaba en el bolsillo de su camisa.

—¿Y cómo podría conseguirlo?

—Normalmente, basta con matar al Maestro.

—¿Se refiere a Black?

—Le aseguro que ni la señorita Murphy ni usted correrán peligro. Veo que es un hombre inteligente y espero que siga siendo nuestro aliado, incluso después de concluido este proyecto.

—Pero soy humano.

—También hay humanos en nuestra organización. Los valoramos mucho dentro de Pax.

A Mitch le llamó la atención su manera de hablar. Lo hacía como si fuera un predicador.

—Todo lo que tiene que hacer, por ahora, es llevarnos hasta donde está Dorian.

—Me ha prometido que no le harían daño a Gwen.

—Por supuesto. Lo que queremos es rescatarla. Será bien recibida en Pax si eso es lo que desea.

Aquel vampiro no tenía motivos para mentir, pero Mitch no sabía con certeza si le estaba diciendo la verdad.

—¿Cómo puedo estar seguro de que no pertenece a una de esas bandas? —preguntó directamente.

—Me temo que tendrá que aceptar mi palabra, señor Hogan.

—¿Podría darme algo de tiempo para pensarlo?

—Dos horas, señor Hogan, nada más. Tome mi tarjeta

—le dijo Sammael mientras se la entregaba—. Llame a ese número cuando haya tomado una decisión.

El vampiro le hizo una señal al conductor y lo dejaron poco después frente a su edificio.

—Espero que comprenda que debe ayudarnos —agregó Sammael—. Así ayudaría también a Gwen y a todos los humanos.

Mitch se quedó en la acera hasta que se alejó el coche. Estaba sudando profusamente y el corazón le latía con fuerza. Entró en su edificio y subió hasta su apartamento completamente sumido en sus pensamientos. Por muy bien que le hubiera vendido su organización, Sammael le había parecido tan despiadado como cualquier gánster. No podía ir a buscar a Gwen por su cuenta, sabía que no podría evitar que lo siguieran. Y, si les decía lo que sabía, cabía la posibilidad de que tuviera algo más de control en los acontecimientos.

Entró en su piso y se sentó en el sofá con la tarjeta de Sammael en la mano. Se le pasaron volando las dos horas. Después llamó al número indicado y dio su respuesta. Cuando terminó, se fue al periódico para dejar sus asuntos en orden.

Habló más tarde con Fowler y consiguió que admitiera lo que había hecho y adónde los había llevado. Cuando se acostó esa noche, durmió por fin tranquilo.

Sammael despertó tras la alucinación con todos los músculos en tensión. Aún podía ver las imágenes que habían aparecido en un sueño. Había visto a un ángel con una espada de fuego.

Se levantó del catre y dio vueltas por su pequeña celda, recordando el delirio que había sufrido tras los azotes de la noche anterior. Las heridas solían procurarle dolor durante horas, pero era la primera vez que tenía ese tipo de visiones. Había sido muy potente y sabía lo que auguraba.

El ángel lo había mirado con un libro en la mano. Tenía que ser el original de Micah, el que llevaba tanto tiempo buscando. Creía que podría encontrarlo en México. Y, cuando lo hallara, ese ángel le proporcionaría la victoria final.

Agradeció al Cielo tanta misericordia y se desnudó para probar una vez más su devoción.

Gwen regresó a casa cuando estaba a punto de amanecer. Había paseado por el desierto durante horas, sabiendo que no tenía a donde ir.

La casa estaba vacía. Se sentó en la mecedora y escuchó, pero no oyó nada.

Pensó durante un segundo que quizá Dorian no volvería nunca, pero sabía que no era posible. Ninguno de los dos soportaba la separación durante mucho tiempo. De momento sólo sentía cierto malestar, pero sabía que con el tiempo estaría peor.

Pasó un día y después otro. Empezó a pensar que se mantendría lejos de ella hasta que llegara y pasara la siguiente luna nueva. A veces notaba algo extraño en su corazón, como si le llegaran de algún modo el eco de las emociones de Dorian.

Inquieta y preocupada, pasó horas leyendo y mirando los libros que allí había guardado su padre.

Al tercer día sin saber de Dorian, decidió revisarlos todos. Fue sacándolos uno a uno de las estanterías. Estaba tan frustrada que tenía que entretenerse con algo.

Detrás de dos grandes volúmenes de historia encontró un panel de madera. Pasó los dedos por encima y vio que había una especie de tirador a un lado. Lo movió y se abrió un compartimiento en la pared.

Dentro había otro libro. Lo sacó. Era más pequeño que el resto, y también mucho más antiguo. Estaba hecho a mano y tenía tapas de cuero. Vio en la cubierta una imagen grabada con pan de oro. Le sonaba, sabía que ya la había visto en algún sitio.

Era un triángulo y una llama. Recordó que esa misma imagen había estado presente en la pared de su habitación en Pax. No entendía por qué su padre tenía ese libro. Lo abrió con nerviosismo. En la primera página había una fecha, el tres de marzo de 1828.

—«Mi nombre es Micah» —comenzó a leer en voz alta.

Recordó ese nombre. Vida le había dicho que era el fundador de Pax, el que les enseñó que debía haber una relación de perdón y hermandad entre vampiros y humanos.

Siguió leyendo con sumo interés.

No nací con ese nombre, pero el original ya carece de importancia, pues lo dejé atrás cuando dejé atrás mi humanidad.

No es mi intención ocultar nada al que lea esto. Es la historia de mi perdición y mi lucha por redimirme. Mi fe me dice que llegará un día en el que todo el mundo sabrá que nuestra raza existe y que entonces habrá una relación de hermandad entre vampiros y humanos. Pero aún no ha llegado ese momento. Espero que alguien más capaz que yo encuentre este libro y que estas palabras lo inspirarán para terminar la labor que yo sólo he comenzado.

Gwen volvió a la mecedora y se sentó. Aquel libro, escrito casi un siglo antes, había conseguido atraer su atención. Leyó sobre un niño sensible y amable que había crecido feliz con su familia. Su padre había sido predicador. Micah explicaba con detalle la noche de su conversión, llevada a cabo por un viajero que se encontró en el camino.

Cuando desperté, todo el mundo había cambiado. Mis sentidos se habían desarrollado, igual que mi fuerza, y tenía una sed terrible.

No tuve a nadie que me enseñara, pero aprendí a sobrevivir. Fue así como empezó mi descenso a los infiernos.

Sentía que Micah le hablaba directamente a ella. También había sentido repulsión y vergüenza al tener que perseguir a personas para poder alimentarse. Creyéndose maldito para siempre, Micah había abandonado su casa y su vida. Se fue al bosque y permaneció allí muchos días, dando vueltas y casi muriéndose de hambre hasta que sus instintos lo hicieron salir de allí para buscar una presa.

Después de cinco tormentosos años, estuvo a punto de morir. Sufrió entonces delirios hasta que tuvo una epifanía, una revelación que lo sacó de la oscuridad y le dio esperanza. Pasó los siguientes veinticinco años meditando y rezando, tratando de encontrar la manera de redimirse.

El Señor no me había abandonado, sino que me había ofrecido un tremendo reto. Debía usar el poder del amor para vencer a la bestia que tenía en mi interior y debía encontrar a otros como yo para anunciarles la buena noticia y redimirlos también.

Gwen leyó ensimismada cómo Micah había tratado de reunir a los Strigoi del país para enseñarles que podían vivir en paz con los humanos. No había sido fácil, pero había perseverado. Treinta años después de tener la revelación, Pax contaba con cincuenta miembros y Micah comenzó a escribir su filosofía en aquel mismo libro. Pensaba que el mundo había sido hecho para los humanos y que los vampiros debían ser humildes y aprender a convivir con ellos. Por eso, era esencial que ningún humano fuera convertido en Strigoi en contra de su voluntad. También defendía que la sangre se tomara de Donantes voluntarios. Micah creía que podrían redimirse si seguían esas normas. Luchaban por la paz y estaban dispuestos incluso a dar su vida para preservar la vida humana.

Acababa de amanecer cuando terminó el libro. Se puso de pie deprisa, temiendo que Dorian hubiera regresado sin que ella se hubiera percatado, pero no estaba en la casa.

Estaba más tranquila de lo que lo había estado en mucho tiempo.

Recordó la carta en la que su padre decía que había comprado un libro a un hombre llamado Aadon. Era el mismo hombre que había prometido darle información sobre ciertos asesinatos, pero que después había aparecido muerto en el East River.

Se dio cuenta de que su padre había sabido que los vampiros existían en Nueva York. Pero, en vez de publicar la información, se había limitado a esconder el libro donde nadie pudiera encontrarlo. Sólo ella.

No quería ni pensar en lo que habría pensado su padre al ver en lo que se había convertido, pero estaba convencida de que habría estado a su lado, apoyándola en todo.

Oyó pasos afuera y se inquietó. Guardó el libro en su escondite y lo dejó todo como lo había encontrado. Alguien llamó a la puerta poco después y fue a abrirla.

—¡Gwen! Gracias a Dios, te he encontrado...

—¡Mitch! —exclamó sorprendida—. ¿Qué haces aquí? ¿Cómo has...?

Mitch entró y la abrazó. Se sentía rara entre sus brazos, como si no lo conociera de nada.

—¿Estás bien? —le preguntó él—. Mírame, Gwen. Llevo horas vigilando la casa y no he visto a Black. ¿Estás sola?

—Sí, pero... ¿Por qué has venido? Te pedí que...

—Sé lo que me pediste —le dijo mientras entraba en la cabaña y se quitaba la gabardina—. ¿Es aquí donde has pasado los dos últimos meses?

Ignoró su pregunta. Estaba intranquila, algo le decía que aquello no era una buena idea.

—¿Cómo me has encontrado?

—Cuando me di cuenta de con quiénes tenía que hablar, no fue difícil. Y no culpes a Fowler, estaba convencido de que te encontrabas en algún tipo de peligro. ¿Dónde está Black?

—Puede volver en cualquier momento —contestó ella—. No deberías haber venido, es arriesgado.

—¿Crees que no puedo valerme por mí mismo?

—No quiero que nadie sufra.

—Nadie sufrirá si Black mantiene las distancias. Los aldeanos me han dicho que lleva un par de días fuera del pueblo, parece que os han estado vigilando de cerca. Y no se mostraron amables cuando mencioné tu nombre. ¿Qué es lo que les habéis hecho?

—Nada.

—¿Nada? Sólo les habéis chupado la sangre, ¿verdad?

—Deberías irte, Mitch. Vete ya —le dijo mientras iba a la ventana—. ¿Te ha traído Ray?

—No, estaba ocupado.

—Pero tienes un avión esperándote.

—Está esperándonos a los dos.

—¿Tienes ese fármaco? ¿Lo has traído contigo?

Mitch se sacó una botellita de cristal de la camisa. Dentro había un polvo verdoso.

—Mi amigo encontró este producto hace años, en los Balcanes —le dijo Mitch mientras abría la botella y vertía un poco de producto en la palma—. Funciona como repelente de vampiros, pero también tiene otras propiedades.

Gwen se quedó ensimismada mirándolo, le costaba creer que pudiera ser tan simple. Angela le había sugerido que existía la manera de romper el lazo de sangre entre Maestros y Protegidos, pero que ya no tenían el conocimiento necesario para conseguirlo. Y Mitch había logrado encontrarlo. Tenía su futuro en las manos de ese hombre.

Trató de convencerse de que era lo que quería. Sin ella allí, Dorian tendría un motivo menos para perder el control las noches de luna nueva y menos razones para matar.

—¿Qué tengo que hacer?

Mitch fue a la cocina, llenó un vaso de agua y echó dentro el polvo.

—Bebe —le dijo después de disolver el polvo en el agua.

Gwen tomó el vaso y se lo llevó a los labios. El primer trago fue tan amargo como se había imaginado. Terminó deprisa el resto antes de que pudiera cambiar de opinión.

Nada.

No sintió nada, no le pareció que se rompiera la conexión que tenía con Dorian. Imaginó que los efectos tardarían un poco en notarse.

—Ya está hecho —repuso un triunfante Mitch—. Vámonos de aquí.

—Si la poción no funciona, no voy a poder irme.

—Bueno, estamos a punto de comprobarlo —dijo Mitch mientras la llevaba hacia la puerta.

—No —protestó ella—. No puedo irme así.

—¿Por qué no? ¿No estarás aún enamorada de ese maldito canalla?

—No, pero...

Mitch la agarró de nuevo por el brazo, pero no consiguió hacer que se moviera.

—No puedo, Mitch —repitió—. Tengo que hablar con Dorian.

Su amigo se echó a reír como si no pudiera creerse lo que acababa de decirle.

—¿Qué crees que va a hacer? ¿Dejar que te vayas sin tratar de impedírtelo?

—Estoy dispuesta a correr ese riesgo. Vuelve al avión, me reuniré contigo en cuanto pueda.

Mitch la miró con una expresión cruel.

—¡Ni lo sueñes! No permitiré que se salga con la suya otra vez —le dijo furioso mientras iba a la puerta y le hacía un gesto a alguien.

Aparecieron de repente cinco hombres.

—¿Quiénes son? —preguntó ella.

—Deberías conocerlos, Gwen. Son miembros de Pax, la gente que Dorian traicionó.

—Él no traicionó a nadie —protestó.

Pero no tuvo tiempo de decir nada más porque los cinco tipos entraron en la cabaña.

—Señorita Murphy, gracias a Dios la hemos encontrado.

—¿Sammael? ¿Qué está haciendo aquí? —preguntó confusa.

—Nosotros también hemos estado buscándola, querida. No se imagina lo preocupados que hemos estado —le dijo mientras entraba—. ¿Dónde está Dorian?

Gwen supo que pasaba algo. No tenía motivos para pensar mal de Sammael, pero Mitch acababa de decirle que los miembros de Pax sentían que Dorian los había traicionado.

—No está aquí —repuso—. Y no sé cuándo volverá.

—Ya... —murmuró Sammael—. ¿Por qué no se puso en contacto con nosotros, señorita Murphy?

—Angela nos llevó para que habláramos con alguien que iba a sacarnos de la ciudad —le dijo—. Pero nos atacaron. Pensamos entonces que era mejor para todos que...

—La hermana Angela nos traicionó —la interrumpió Sammael—. Tomó esa decisión sin consultar con el sínodo.

—¿Quién es Angela? —preguntó Mitch.

—¿Trabajaba acaso para Kyril? —le preguntó ella a Sammael.

—Aún no sabemos por qué actuó como lo hizo —repuso Sammael.

Los otros cuatro tipos que acompañaban al líder se colocaron en distintos puntos del salón como si estuvieran preparándose para un ataque. Cada vez estaba más inquieta y nerviosa.

—¿Qué otro motivo tendría Angela para llevarnos hasta un lugar donde los hombres de Kyril pudieran tendernos una emboscada?

—Puede que nunca lo sepamos. Pero, bueno, eso forma ya parte del pasado —repuso Sammael mientras miraba la estantería con interés—. No debería haberse ido de Nueva York. Nos es más fácil protegerla si está con nosotros.

—Pensamos que sólo les causaríamos problemas si nos quedábamos en Pax —explicó ella.

—Todo lo contrario. Si Kyril los hubiera encontrado y hubiera conseguido que hablaran, la organización podría haber quedado expuesta.

—Dorian nunca les habría dicho lo que sabía.

—¿Y usted, señorita Murphy? ¿Puede asegurarnos que no habría hablado? No podemos correr ese riesgo. Las vidas de muchos inocentes dependen de nosotros. Como cuando intentaron asesinarla. Fue una suerte que no hubiera otras víctimas. La joven que paseaba con su bebé cerca de usted cuando le dispararon podría haber muerto por culpa de alguna de esas balas. Por eso tenemos que conseguir que haya paz.

Gwen se quedó sin aliento al oírlo. Recordaba mejor que nadie a aquella mujer, que había podido escapar cuando la atacaron. No le había hablado a nadie de ella, ni siquiera a la policía. Decidió que era mejor obviarlo para que nadie más estuviera en peligro.

Se dio cuenta de que los únicos que podían conocer ese detalle, además de ella misma, eran los asesinos. Tragó saliva y asintió con la cabeza para ocultar lo que estaba pensando.

—Lo entiendo —le dijo—. Y estoy segura de que Dorian pensará lo mismo.

—Entonces, lo esperaremos —decidió Sammael mientras les hacía un gesto a sus hombres.

Dos de los guardias salieron al pasillo y Sammael se entretuvo mirando los libros.

Gwen miró a Mitch, sin entender cómo había descubierto lo de Pax ni cuánto sabría de ellos. Le parecía increíble que los hubiera conducido hasta ella.

Estaba muy confusa y el libro de Micah sólo había conseguido que se hiciera más preguntas. No sabía quién había sido Aadon y si habría sido miembro de Pax. Sammael no podía haber sabido que su padre había descubierto la existencia de Strigoi; de otro modo se lo habría comentado cuando llegó ella a Pax.

O quizá hubiera tenido motivos para no decirle nada. Recordó que su padre se planteaba la posibilidad de que alguien quisiera matarlo, así lo había dejado escrito en la carta. Ella nunca había sospechado de los motivos de su fallecimiento, había sido un simple infarto, pero empezaba a tener serias dudas.

Estaba muy asustada, pero no era el momento de dejarse llevar por las emociones.

—¿Quiere sentarse? —le sugirió a Sammael con una sonrisa—. ¿Les apetece un café?

—Me encantaría, gracias —repuso Sammael mientras se sentaba en el sofá.

Mitch siguió al lado de la puerta. Lo conocía lo suficiente para ver que también él percibía el peligro. Fue a la cocina, se puso a calentar agua y sacó unas tazas del armario mientras trataba de encontrar respuestas. No entendía por qué los de Pax habrían querido matarla. Si lo que habían querido era evitar que revelara la existencia de vampiros, Mitch también estaba en peligro.

No había posibilidad de escapar de allí y tampoco podía avisar a Dorian.

Esperaba que la poción hubiera funcionado y el lazo estuviera de verdad roto; así Dorian no podría sentir lo nerviosa que estaba y Sammael no podría usarla para atraerlo hasta la casa.

«No vuelvas, Dorian. No vuelvas», se repitió una y otra vez.

El sol estaba en lo más alto cuando Sammael le indicó a Mitch que quería hablar con él afuera.

—Dorian no puede estar muy lejos. El lazo de sangre

con la señorita Murphy se lo impediría, pero tenemos que encontrarlo pronto —le dijo Sammael con tono frío.

—Entiendo —repuso él.

—Eso espero. Voy a salir yo mismo a buscarlo con dos de mis hombres. Usted se quedará aquí con los otros dos y la señorita Murphy.

—¿Y si vuelve Dorian mientras tanto?

—Creo que se dará cuenta de que es una trampa y no entrará, pero usted contará con la ayuda de dos guardias para retenerlo si fuera necesario. Lo quiero vivo. Si tiene que disparar, evite el corazón y la cabeza. Y no deje que se vaya la señorita Murphy.

—Pensé que quería matar a Black.

—A su tiempo, señor Hogan. Todo a su tiempo. Recuerde que la única manera de proteger a la señorita Murphy es evitando que Dorian se ponga en contacto con ella.

Sammael entró en la casa y salió poco después con dos hombres. Otros dos montaron guardia afuera. Mitch se dio cuenta de que no confiaba en él. Y el sentimiento era mutuo.

No había hablado al líder de Pax de la poción, pero imaginó que lo descubriría en cuanto Black muriera. Tenía la impresión de que lo estaban engañando, de que algo iba mal.

Parecía que Gwen tampoco confiaba en Sammael, pero Mitch no sabía por qué. Por otra parte, aunque le había asegurado a Sammael que Gwen quería alejarse de Dorian, el líder de Pax temía que ella tratara de escapar. No tenía sentido.

—¿Se ha ido? —le preguntó Gwen en cuanto lo vio entrar en la casa.

—Sí, pero ha dejado dos guardias afuera. ¿Qué pasa, Gwen? ¿De qué tienes miedo?

—¿Cómo puedes ser tan ingenuo? —repuso ella enfadada.

—Me dijeron que querían ayudarte.

—Te mintieron —le aseguró Gwen—. ¿Cómo los conociste?

—Me habían estado vigilando. Sabían que, tarde o temprano, me llamarías. Me dijeron que...

—Conocen detalles sobre el intento de asesinato que sólo yo puedo saber, Mitch —lo interrumpió Gwen—. Detalles que sólo los que me dispararon pueden saber.

—¿Qué? —exclamó perplejo—. ¿Qué quieres decir? ¿Por qué querrían matarte?

—Para que no revelase la existencia de vampiros en la ciudad.

—Pero... —repuso—. Pero me prometieron que...

—Son fanáticos, están obsesionados con su causa. Tan obsesionados como está Kyril con el poder y el dinero. Creo que no se detendrán ante nada.

Mitch se sentó en el sofá, la cabeza le daba vueltas.

—¿Estás segura, Gwen?

—Yo sé que son mis enemigos. La cuestión es si lo sabes tú...

—Te juro que no tenía ni idea. Me hicieron creer que todo lo que querían era protegerte.

—¿Y qué pasa con Dorian?

Se quedó callado, no podía decirle la verdad, pero supo que Gwen lo había adivinado.

—Te dijeron que querían matarlo, ¿verdad? Te hicieron creer que Dorian los había traicionado. ¿Fue así como consiguieron convencerte para que los ayudaras?

—Mira lo que te ha hecho ese monstruo, Gwen —se defendió él—. ¡Ha estado a punto de destruirte!

—Sea como sea, tengo la sensación de que los tres vamos a acabar bajo tierra si no huimos.

Mitch se dio cuenta de que ella tenía razón. Si Pax quería aniquilar a Dorian y a Gwen, se desharían también de él.

—¿Qué quieres que haga? —le preguntó.

—Lo primero que tenemos que hacer es librarnos de esos dos guardias. Después, intentaremos encontrar a Dorian. ¿Dónde están las avionetas que habéis utilizado?

—Al norte de esas colinas —repuso él mientras señalaba por la ventana.

—Puede que allí también haya vigilancia, al menos estarán los pilotos —repuso ella pensativa—. Pero, bueno, ya pensaremos en eso cuando lleguemos allí. Ahora, escúchame bien...

Capítulo Veinte

—Es muy simple —le dijo Gwen a Mitch—. Voy a volverme loca y tú debes salir a avisarlos.

—¿Qué? —repuso Mitch mirándola como si ya se le hubiera ido la cabeza.

—¿Sabías que los Maestros y sus Protegidos no pueden estar separados durante mucho tiempo?

—Perkowski no lo mencionó...

—La separación causa molestias e incluso dolor en los dos. Y he oído que, a veces, cuando muere el Maestro, el Protegido se vuelve loco.

—Pero tú ya no tienes ese vínculo con Black.

—Bueno, los guardias no lo saben, ¿verdad?

—Entonces, ¿vas a actuar como si Black estuviera muerto?

Estaba perdiendo la paciencia con él, no podía creer que no lo entendiera.

—Así es —le dijo con nerviosismo—. Tengo que conseguir que se lo crean.

—¿Y si no funciona?

—¿Tienes miedo de lo que te pase a ti? Puede que los guardias te dejen volver al avión si se lo pides con educación —replicó enfadada.

—No voy a abandonarte.

—Muy bien. Entonces, haz lo que te estoy diciendo, por favor.

Fue a su dormitorio y se acostó, preparándose para representar el papel más importante de toda su vida. Se despeinó y se tiró del pelo. Se arañó la cara y rompió la blusa.

Cuando entró Mitch con uno de los guardias, ya se hacía de noche y ella gritaba como una loca.

—¿Qué pasa? —le preguntó Mitch al guardia.

El tipo se acercó a ella y Gwen aprovechó la ocasión para atacarlo. Pero él consiguió apartarse.

—¿Cuándo ha empezado?

—No hace ni una hora —repuso Mitch con ansiedad—. Ocurrió de repente.

El guardia la agarró por el brazo.

—¡Escúcheme! ¿Qué ha pasado? —le preguntó.

Gwen comenzó a agitar la cabeza a un lado y otro mientras aullaba. El guardia la abofeteó y la sujetó contra el colchón.

—¡Muerto! ¡Muerto! —gimió fuera de sí.

El guardia, perplejo, la miró con el ceño fruncido.

—¿Dorian?

—¿Qué pasa con Black? —preguntó Mitch fingiendo ignorancia.

—¿Ha muerto Dorian? —insistió el guardia mientras la agarraba con fuerza por los hombros.

Gwen gritó de nuevo. Se dio cuenta de que había conseguido convencerlo.

—Black ha muerto —le dijo el guardia a Mitch—. Es la única explicación que encuentro.

—No lo entiendo —repuso Mitch.

Pero el guardia no lo miró, y no vio cómo se sacaba una pistola de la chaqueta. Mitch le disparó en el hombro. La herida no era mortal, pero Gwen estaba lista para atacar. La pelea fue tremenda, casi de igual a igual, pero Mitch inclinó la balanza pegándole dos tiros más en el pecho. El vampiro cayó al suelo.

Entró corriendo el segundo guardia con la pistola preparada para disparar.

Gwen lo interceptó y le hizo creer que Mitch había matado al otro guardia. Cuando entró en el dormitorio, Mitch estaba listo para dispararle.

Pero otra figura entró entonces en el dormitorio. Dorian aplastó al guardia contra la pared hasta dejarlo inconsciente y en el suelo.

—Tenemos que irnos, deprisa —dijo Dorian mientras la agarraba de la mano—. Kyril ha...

Se calló al ver que Mitch lo apuntaba al pecho.

—No puede seguir controlándola —exclamó Mitch con voz temblorosa.

—¡Mitch! —intervino Gwen—. ¡Acaba de salvarte la vida!

—Apártate, Gwen —le ordenó Dorian.

—No, Mitch. Si lo matas, guarda un par de balas más para mí —le dijo ella mirándolo a los ojos.

—¿Qué es lo que ha pasado para que terminemos así, Gwen? —preguntó Mitch—. Podíamos haber sido tan felices...

—No podemos dar marcha atrás —le dijo ella mientras tomaba la mano de Dorian—. Tienes que tomar una decisión, Mitch. Mátanos o ven con nosotros.

—Entonces, es verdad... —repuso mientras bajaba el arma—. No puedo hacer nada más.

—Ven con nosotros —le pidió ella.

Mitch asintió con la cabeza. Tenía la mirada fija en algo que nadie más podía ver.

—Ha traído a Kyril hasta aquí —lo acusó Dorian yendo hacia él.

—No es Kyril, Dorian —le dijo Gwen colocándose entre los dos hombres—. Es Pax.

—¿Qué les ha contado, humano? —preguntó Dorian—. ¿Por qué están armados y vigilando la casa?

Mitch no contestó. Dorian se acercó más a él. Gwen sabía que estaba listo para atacarlo y se preparó para separar a los dos hombres si llegaba el caso, pero Dorian no lo atacó. Se limitó a mirar a Mitch como si se le hubiera olvidado lo fácil que resultaba matar a un humano.

—Es usted un imbécil, Hogan —le dijo Dorian mientras tomaba la mano de Gwen e iba hacia la puerta.

—Espera —repuso ella.

Quería mirarlo a los ojos, entender por qué no había atacado a Mitch. Debía de estar sintiendo ya que se acercaba la luna nueva, pero parecía tranquilo. Y no se había dado cuenta de que ya no existía el lazo de sangre entre ellos.

No entendía qué podía haber cambiado ni dónde estaba el monstruo que lo dominaba.

—¿Cómo supiste lo que estaba pasando aquí? —le preguntó.

—Walter dejó un mensaje para nosotros en Chihuahua en el que decía que alguien lo había interrogado duramente para descubrir dónde estábamos —repuso mirando a Mitch con desprecio—. Por suerte, se ha recuperado, pero me di cuenta de que aquí ya no estábamos a salvo.

—Dios mío, Walter... —susurró ella—. Es una suerte que no vinieras antes.

—Vi desde mi escondite que había muchos hombres y decidí esperar a que se fuera la mayoría.

Le emocionó ver lo tranquilo que estaba. No quería decirle aún lo que había empezado a sospechar de Pax sobre su implicación en su intento de asesinato. Sabía que era mejor no provocarlo.

—Mitch me ha dicho que tienen avionetas esperándolos al otro lado de las colinas —le dijo ella—. Tenemos que llegar hasta allí antes de que Sammael se dé cuenta de que hemos escapado.

—Sí, no hay tiempo que perder —repuso Dorian.

Gwen fue directa a la estantería del salón. Apartó los libros y abrió el panel secreto. Aún no sabía por qué era importante ese libro, pero algo le decía que lo era y que no podía permitir que nadie lo viera. Lo metió en un bolso que se había comprado allí y se lo colgó del hombro.

Dorian se detuvo antes de salir y comprobó que no había nadie vigilándolos.

—Pax quiere matarlo, Dorian —le dijo Mitch—. Me dijeron que los había traicionado al convertir a Gwen.

—Te han mentido, Mitch —intervino Gwen—. ¿Ves a alguien, Dorian?

—No —repuso mirando al otro hombre—. ¿Podrá seguirnos a pesar de la oscuridad?

—Tengo una linterna en mi abrigo.

—Entonces acompañe a Gwen hasta los aviones y consiga que se suba a uno de ellos.

—No, Dorian —protestó ella—. Estamos los tres juntos.

—Gwen, no dejaré que me desobedezcas, esta vez no —le dijo Dorian.

—No puedes evitarlo, se ha roto el lazo —repuso ella.

Dorian la miró con incredulidad.

—Es verdad. Lo siento, Dorian.

—Sentía un vacío —murmuró él—. Pero no creí que pudiera ser posible.

—Me pareció necesario. Me di cuenta de que yo sólo estaba consiguiendo empeorar tu condición...

—Puede que tengas razón —repuso Dorian apartando la vista—. Supongo que me he estado engañando. Mitch, llévesela con usted.

—No, Dorian, no me iré sin ti —protestó de nuevo.

—Tengo que quedarme aquí para asegurarme de que Pax no va tras nosotros.

Pero vieron una luz a menos de medio kilómetro de distancia. Los hombres de Pax se acercaban y tuvieron que salir deprisa. Era demasiado peligroso que Mitch usara la linterna, y Gwen lo ayudaba a caminar en la oscuridad. Llegaron quince minutos después al prado donde estaban las avionetas.

—Hay dos, pero sólo podemos hacernos con una —murmuró Dorian.

—Yo creo que podríamos conseguir las dos. Los pilotos son humanos —les dijo Mitch con firmeza y seguridad—. Id a por la de la izquierda, yo me haré con la otra.

Dorian lo miró con incredulidad y Mitch se echó a reír.

—Entiendo que no confíe en mí, pero yo también quiero salir de ésta con vida —le dijo Mitch—. Puede que los pilotos no sepan lo que pasa y me crean si les cuento alguna historia. En cuanto me haga con el control de mi avioneta, haré una señal con las luces, las encenderé dos veces.

—No puedes pilotarla —protestó ella.

—No te preocupes por eso. Tengo que hacerlo, Gwen.

—Muy bien. Si tienes algún problema, enciende y apaga las luces tres veces e iremos en tu ayuda.

—De acuerdo —repuso Mitch mientras se alejaba colina abajo.

—Puede que no lo logremos —le dijo Dorian entonces—. Si me pasa algo, ve con Mitch. Creo que hará todo lo posible por protegerte.

—No va a pasar nada —repuso ella.

Echó a correr agachada. Dorian la seguía. No tardaron en alcanzar la avioneta.

Los pilotos no los vieron llegar. Dorian le hizo una señal para que lo esperara escondida mientras él subía a bordo. No oyó nada durante unos minutos. Después escuchó un grito ahogado. Subió a la avioneta y vio que Dorian estaba sujetando al piloto. No tardó en reconocerlo, era Jim.

—Está cometiendo un error —le dijo el joven—. Pero puede que aún pueda arreglar las cosas...

—¡Silencio! —le ordenó Dorian.

Jim la miraba con preocupación. Se dio cuenta de que estaba tratando de decirle algo, pero no parecía querer hablar delante de Dorian.

—Quiero hacerle unas preguntas, Dorian. ¿Podrías bajar un momento? —le pidió ella.

Él asintió con la cabeza y bajó de la avioneta. Sorprendida, Gwen se dio cuenta de que Dorian acababa de demostrarle de nuevo que podía controlar sus emociones.

—¿Qué quería decirme? —le preguntó al joven.

—He estado rezando para que apareciera —le dijo él con nerviosismo—. Me ofrecí voluntario para pilotar la avioneta porque quería tener la oportunidad de avisarla, pero no me dieron permiso para salir del aparato.

—¿Qué es lo que quería contarme? ¿Que Sammael quiere matarnos a los dos?

—Angela me lo contó antes de que los sacara del

cuartel general de Pax, pero no lo creí hasta que escuché una conversación... —susurró mientras se limpiaba el sudor de la frente con un pañuelo—. Angela dijo que los iba a sacar de Pax sin el permiso de Sammael porque sabía que pensaban asesinar a Dorian e interrogarla a usted para descubrir dónde estaba el libro. Pero Sammael descubrió lo que planeaba Angela y ordenó a unos hombres que la siguieran —le explicó con lágrimas en los ojos—. Y la mataron.

—Me lo imaginé cuando descubrí que fueron ellos también los que intentaron matarme —le dijo ella mientras acariciaba con cariño el brazo del joven—. Angela dio su vida para salvarnos...

—Yo confiaba en Pax y abandoné todo por la causa. Ahora... No tiene el libro, ¿verdad?

Gwen estuvo a punto de abrir el bolso y mostrárselo, pero se lo pensó mejor.

—¿Qué libro?

—El libro de Micah, uno de los pocos originales que nos dejó. Un vampiro llamado Aadon lo robó de Pax y Sammael cree que se lo dio a su padre.

—¿Por qué iba a dárselo a mi padre? —preguntó con el corazón en la garganta.

—Por lo que su padre había escrito en el periódico. Aadon creía que, a pesar de las enseñanzas de Micah, los hombres de Pax habían asesinado a gente en la ciudad. Pensaba que Sammael estaba manipulando las palabras de Micah en su propio beneficio. Angela vio el original antes de que fuera robado y me dijo que lo que Sammael enseñaba a los Iniciados no formaba parte del libro.

—¿Aadon quería que mi padre dejara al descubierto la existencia de Pax y que acusara a sus miembros de asesinato? —preguntó perpleja.

—No lo sé. Puede que Aadon también descubriera lo que supo Angela poco antes de que decidiera ayudarlos. Sammael está entrenando un ejército secreto del que sólo saben unos pocos dentro de Pax —le contó Jim mirando a su alrededor—. Pero no hay tiempo ahora para hablar. Si tiene el libro, escóndalo bien. No deje que Sammael se haga con él.

Dorian se asomó entonces a la cabina.

—Tenemos que irnos.

—¿Viene con nosotros, Jim? —le preguntó ella.

—Sí, no puedo volver a Pax —repuso él—. ¿Podría hacer girar la hélice cuando le diga? —le pidió a Dorian.

Jim bajó y preparó la avioneta para el vuelo. Después le hizo una señal a Dorian y éste accionó la hélice mientras Jim encendía el motor.

—Mitch aún no nos ha avisado con las luces —repuso Gwen nerviosa y sin saber qué hacer.

No había terminado de hablar cuando vio cómo se encendían y apagaban dos veces.

—¡Lo tiene! —exclamó Gwen.

Pero vio entonces movimiento cerca de allí.

—¡Ya vienen! —exclamó mientras subían deprisa a la avioneta.

—¡Sujétense bien y pónganse los cinturones! —les gritó Jim.

La avioneta comenzó a moverse por el irregular terreno. Gwen pudo oír gritos a pesar del estruendoso ruido del motor y supo que habían estado a punto de detenerlos antes de que pudieran escapar.

Pero vio también que la avioneta de Mitch no se movía y a algunas figuras peleando al pie del aparato.

—¡Un momento! ¡Creo que han atrapado a Mitch!

Dorian se acercó para mirar por su ventana.

—Lo veo, creo que ha bajado de la avioneta —le dijo.

—¿Qué?

—Está disparando a los hombres de Sammael.

Gwen se acercó a la cabina del piloto y golpeó la pared con los puños.

—¡Detenga la avioneta! ¡Deténgala! —le gritó a Jim.

No sabía si la habría oído, pero sintió poco después que disminuía la velocidad. Volvió al lado de Dorian.

—Van a matarlo —murmuró angustiada—. ¿Por qué lo habrá hecho?

Pero recordó entonces una de las últimas cosas que Mitch le había dicho en la casa. Había lamentado que no hubiera nada que él pudiera hacer para salir de aquella situación, para recuperarla e intentar que se enamorara de él.

Y Mitch había decidido arriesgar lo único que podía entregarle, su vida.

—Es culpa mía —susurró—. Se ha sacrificado por mí.

El sonido de los primeros disparos la sacó de su ensimismamiento. Tomó el bolso y se lo entregó a Jim.

—Protéjalo con su vida —le dijo. La mirada de Jim mostraba claramente que había comprendido lo que contenía el bolso. Después abrió la puerta y bajó de la avioneta antes de que pudieran detenerla.

—No puedes salvarlo, es demasiado tarde —le dijo Dorian cuando la alcanzó.

—Tengo que intentarlo.

Dorian la empujó y echó a correr delante de ella. Era mucho más rápido. No tardó en llegar a la pelea. Gwen escuchó más disparos, gritos y golpes.

Cuando llegó al lado de la otra avioneta, encontró dos Strigoi muertos en el suelo, uno con un tiro en la cabeza y el otro con una herida mortal en el pecho. Mitch estaba en el suelo, aferrándose a la vida. Vio que tenía dos heridas, una en el estómago y otra en el hombro.

Mientras ella miraba a su alrededor, Dorian se abalanzó sobre Sammael y cuatro de sus hombres, que se defendieron con la misma furia. Decidió que era mejor no tratar de intervenir y corrió al lado de Mitch para socorrerlo.

—Lo siento, Mitch. Lo siento muchísimo... —susurró mientras lo levantaba del suelo.

Mitch abrió los ojos. Le salía sangre de la boca, pero su mirada permanecía clara y limpia.

—No pasa nada, Gwen.

—¿Por qué lo hiciste?

—Era la única manera... La única manera de corregir mis errores —gimió él.

—Dios mío, Mitch. Yo nunca te he odiado, nunca...

—Lo sé —susurró mientras se agarraba a su blusa—. Dile a Walter que lo siento. Sal de aquí y llévatelo contigo...

Estaba sufriendo espasmos que sacudían su cuerpo. A Gwen le quemaban los ojos, pero no tenía lágrimas. Acarició la cara de su amigo hasta que sus ojos se quedaron sin luz.

—No intente levantarse —le gruñó Sammael entonces—. No me gustaría que resultara herida.

Cuando Gwen levantó la vista, vio que el líder de Pax la apuntaba a la cabeza y dos Strigoi sujetaban a Dorian por los brazos.

—Nos han causado muchos problemas —les dijo Sammael a los dos—. Pero su conducta no ha hecho sino fortalecer nuestro compromiso.

—¿De qué compromiso habla? ¿De su intención de matarnos?

—No tengo intención de matarla, querida. No podría... —repuso Sammael.

—Es un mentiroso, Sammael. Pero ha hablado demasiado y descubrí que no era Kyril el que quería matarme —le dijo Gwen furiosa—. ¿También mandó asesinar a Hewitt?

—Su muerte era necesaria para preservar nuestro gran objetivo.

—Igual que lo sería mi muerte. Igual que habría matado a Mitch aunque no se hubiera rebelado contra usted.

—Es una pena que fuera tan imbécil —repuso Sammael—. Pero se equivoca en algo, señorita Murphy. Nunca tuvimos intención de matarla a usted ni a Dorian.

—Entonces, ¿por qué ha hecho esto?

Sammael no contestó. Se limitó a mirar a los tipos que sostenían a Dorian.

—Llévenlo a la avioneta y átenlo bien. Los demás también pueden ir con ellos. Dejaremos los cuerpos aquí. La señorita Murphy y yo iremos en el otro avión —les indicó.

Dorian trató de zafarse de sus captores, pero aún no tenía la fuerza necesaria para lograrlo, no cuando aún no había llegado la luna nueva.

—Póngase de pie, por favor —le ordenó Sammael a Gwen.

—No pienso dejar a Mitch aquí —replicó ella.

—Vendrá conmigo, ya sea por voluntad propia o no.

Ella se levantó despacio y miró afligida a Mitch. Sabía que al menos estaba ya en paz y que no podía hacer nada por él.

Fue hacia la avioneta al lado de Sammael, rezando para que Dorian estuviera bien.

Quedaban sólo cuatro noches para que llegara la luna nueva y perdiera por completo el control de sus actos, y ella no iba a poder hacer nada para ayudarlo.

Jim los esperaba al lado de la avioneta. Había conseguido simular que le habían pegado. Tenía la camisa rota, un corte en la mejilla y un moretón en el ojo.

—Lo siento mucho, hermano Sammael —le dijo a su líder—. No los oí llegar hasta que los tuve encima. Le he fallado, Maestro.

Sammael lo miró con su sonrisa más benevolente.

—No esperaba que pudiera hacerles frente a varios Strigoi y ganar, Jim —le dijo—. Todo está bien. Dorian no podrá volver a hacerle daño.

Jim lo miró agradecido.

—Debemos salir enseguida —le ordenó Sammael.

—Por supuesto, señor —repuso Jim—. Pero sería mejor que no pasemos toda la noche volando.

—Llévenos al menos al otro lado de la frontera y pararemos en San Antonio.

Jim asintió y se preparó para arrancar el aparato. Sammael la llevó a la cabina y cerró la puerta. La avioneta no tardó en comenzar a moverse y pocos minutos después estaban en el aire.

Gwen miró por la ventana, tratando de ver la otra avioneta.

—¿Adónde nos lleva? —le preguntó.

—De vuelta a Pax, por supuesto.

—Dorian...

—No tema. Su separación será breve y las molestias no serán muy desagradables.

Recordó entonces que Sammael no sabía que su lazo con Dorian había sido cercenado.

—Gracias —repuso con ironía—. Pero aún no me ha dicho qué es lo que quiere.

Sammael se acercó más a ella. Sus ojos la miraban con el fervor de un loco.

—Hay tanto que aún no entiende, señorita Murphy —le dijo—. Y tanto que sólo podrá ver con claridad cuando consigamos abrir sus ojos.

—¿Cree que va a lograr que acepte su proyecto?

—Nuestro único objetivo es el bien común —le recordó Sammael.

—Su propio bien —matizó ella.

—No, señorita Murphy. Sólo pienso en el bien de la humanidad y del mundo.

—¿Y cree que puede salvar el mundo matando a gente?

—Sí. Así podemos salvarlos de nosotros.

—¿De Pax?

—No, no de Pax, señorita Murphy, de los Strigoi.

El vampiro metió la mano en el bolsillo interior de su abrigo y sacó un libro pequeño y desgastado. Sus tapas eran de cuero y había un símbolo en la cubierta, un triángulo y una llama.

—¿Lo había visto antes? —le preguntó él.

Gwen fingió que lo estudiaba con interés.

—Reconozco el símbolo —repuso—. Estaba en mi dormitorio en Pax.

—¿Pero no ha visto nunca un libro igual que éste?

—No, ¿por qué cree que ya lo había visto antes?

Sammael la miró con los ojos entrecerrados.

—¿Me está mintiendo, señorita Murphy?

—No —repuso ella con firmeza y sin dejar de mirarlo a los ojos—. ¿Por qué es tan importante?

—¿Qué es lo primero que pensó cuando fue convertida, señorita Murphy?

—¿Qué importa eso?

—Hágame el favor de decírmelo...

—No estaba preparada para algo así, nadie puede estarlo.

—Y odió a Dorian por lo que le había hecho.

Le costó trabajo, pero no apartó la vista y le contestó con firmeza.

—Él sólo trataba de protegerme.

—Pero ¿a qué precio? Volvería a ser humana si pudiera elegir, ¿verdad?

Era una pregunta que no podía contestar. Los textos de Micah le habían inspirado y empezaba a aceptar lo que era. Pero si tuviera la oportunidad...

—A no ser que usted conozca una cura, no puedo volver a ser lo que soy —repuso ella.

—Pero se ha convertido en la esclava de Dorian —le dijo Sammael—. ¿No entiende que es una relación perversa que va en contra del Cielo?

Gwen se dio cuenta de que Sammael era un hombre enfermo que necesitaba público y escuchar continuamente el sonido de su propia voz. Pensó que debía intentar conocerlo mejor para saber cuáles eran sus puntos débiles. Así mejorarían sus posibilidades de vencerlo si llegaba el momento de hacerle frente.

—¿Qué tiene que ver el Cielo con todo esto? —preguntó ella.

—Se lo explicaré, querida —repuso Sammael con una sonrisa—. Cuando el Señor creó al hombre, le ofreció la oportunidad de dominar el mundo siempre y cuando no intentara comer del Árbol de la Ciencia ni tratara de conseguir el secreto de la vida eterna.

—Conozco la historia...

—¡No sabe nada! —replicó enfadado—. Nadie en todo el mundo conoce la verdad tal y como le fue mostrada a...

Se detuvo antes de terminar la frase, como si temiera estar hablando más de la cuenta.

—Cuando Dios echó a Adán y a Eva del Paraíso, tuvieron dos hijos.

—Caín y Abel —repuso ella.

—Pero la serpiente fue a por Caín —prosiguió Sammael cerrando los ojos—. Y le dio el secreto de la vida eterna. Cuando Abel descubrió lo que había hecho, Caín tuvo que matarlo.

«Está loco», pensó ella.

—No sabía que Caín...

—¡Silencio! —exclamó impaciente—. Caín secó por completo el cuerpo de su hermano y bebió la sangre hasta quedar satisfecho. Avergonzado, escapó y deambuló por el mundo durante siglos. Tuvo discípulos y les transmitió sus conocimientos. Esa raza continuó existiendo en la Tierra como si se tratara de una plaga, alimentándose de los hijos de Dios.

—Habla de los vampiros —repuso consternada.

—Sí, somos los hijos de Caín —le dijo mientras colocaba la mano sobre el libro—. Estamos desterrados, alejados para siempre del Cielo.

«Por eso quiere salvar al resto de la humanidad», se dijo.

Empezaba a ver que ese hombre era más peligroso de lo que había imaginado, y tenía un mal presagio sobre su verdadero objetivo.

—Si eso es lo que cree, entiendo que desee detener a gente como Kyril —le dijo ella.

—Sí —repuso Sammael con frialdad—. Pero eso es sólo el principio. Somos una plaga y debemos ser eliminados. Sólo entonces las personas recuperarán su derecho a dominar la Tierra, tal y como el Señor quiso. Tenemos una gran tarea entre manos. Y, cuando lo logremos, por fin podremos redimir nuestros pecados.

Capítulo Veintiuno

«La plaga debe ser eliminada», se repitió Gwen una y otra vez.

No podía dejar de pensar en las palabras de Sammael.

—Quiere aniquilar a todos los vampiros —le dijo.

El líder de Pax abrió el libro por una página que tenía marcada con una cinta de seda.

—No me gustan las palabras que ha elegido para expresarlo, señorita Murphy.

—Pero eso es lo que quiere hacer, ¿verdad? Piensa que puede ganarse la salvación destruyendo a toda su raza.

—La salvación es el fin último, como nos dice el Señor.

Sammael miró el libro y comenzó a leer un párrafo.

—«Vi a los que bebían la sangre derramada por los inocentes, y los que habían sufrido fueron los que se elevaron al Cielo» —dijo en voz alta.

—¿Quién escribió eso?

—Nuestro gran líder, Micah —repuso mientras seguía leyendo—. «Sólo nuestro sacrificio conseguirá liberarnos a todos. Morirán para poder resucitar y para que así puedan entrar en el Reino de los Cielos».

Gwen sabía que tenía que tener cuidado. Necesitaba conseguir toda la información que pudiera, pero no quería provocar a Sammael.

—¿Podría ver el libro?

Sammael lo cerró y se lo guardó bajo el abrigo.

—No está hecho para los ojos de los no consagrados —le dijo.

Estaba claro que tenía alguna razón para no dejar que lo viera. Recordó lo que Jim le había dicho. Aadon había creído que Sammael estaba manipulando las palabras de Micah para su propio beneficio.

Lo que le había leído no estaba en el libro que encontró en la casa. Ella no había leído nada similar. Era como si lo hubiera escrito otra persona. Alguien con objetivos e ideas opuestas a las del propio Micah.

—¿Qué hay que hacer para ser consagrado? —le preguntó—. ¿Todo el mundo en Pax cree lo que dice ese libro?

—Sí.

Sabía que le estaba mintiendo. Jim le había dicho que lo que Sammael estaba enseñándoles a los Iniciados no eran las enseñanzas originales de Micah. Dorian había creído que Sammael tenía el honroso objetivo de conseguir la paz. Imaginó que habría conseguido engañar a muchos más.

—Tengo curiosidad... ¿Cómo piensa matar a todos los vampiros? Debe de haber muchos...

—Sólo en Nueva York hay cientos, sí —repuso Sammael—. Y miles en todo el país. Puede que millones en todo el mundo.

—¿Cuántos hay en Pax?

—Muchos más de los que ha visto, señorita Murphy —repuso Sammael con una sonrisa—. Tengo muchos jóvenes que han sido entrenados para la guerra y nuestros agentes dentro de las bandas de vampiros ya han iniciado el trabajo necesario. Pronto terminará todo.

—¿Cuándo?

—No necesita conocer los detalles de la operación. Basta con que sepa que Kyril, Christof y sus seguidores pueden contar los días del resto de su vida con los dedos de las manos.

—¿Cree que puede matarlos a todos en un solo ataque? —preguntó con incredulidad.

—Puede que no. Pero, en cuanto surja el caos dentro de esas bandas, será mucho más fácil deshacernos del resto. La ciudad se verá pronto libre de esta enfermedad.

—¿Y entonces seguirá con el resto del mundo?

—Si nuestra fe sigue siendo fuerte...

—¿Lo suficientemente fuerte como para terminar con sus propias vidas? ¿Es ése el siguiente paso después de asesinar a los demás?

Unas repentinas turbulencias la sacudieron con fuerza, y estuvo a punto de caerse. Sammael se recuperó deprisa, la fulminó con la mirada y fue hasta la cabina del piloto.

No parecía dispuesto a contestar. A Gwen le daba la impresión de que no iba a encontrar nada sobre el suicidio en el libro de Sammael.

El que le preocupaba era el que había entregado a Jim, una obra sobre paz y amor escrita por un hombre cuyas ideas no tenían nada que ver con las de Sammael.

Se dio cuenta entonces de que tanto Vida como Jim y los demás se guiaban por las palabras de Micah como si fueran la única verdad. Habían entregado sus vidas a

Sammael, pero éste los había traicionado. Y, por supuesto, el líder de Pax estaba deseando hacerse con la copia de su padre para destruirla.

Gwen pensó que si conseguía mostrarles el libro original, en el que Micah hablaba de esperanza y perdón, empezarían a cuestionarse las mentiras que Sammael les había estado contando.

«Cuida de ese libro, Jim. Por el bien de todos, cuídalo», pensó con miedo.

Después de unas tres horas de vuelo, aterrizaron en San Antonio. Jim llenó el depósito y alquilaron habitaciones en un hotel para pasar la noche.

Reemprendieron el viaje en cuanto amaneció. Volaron otros mil setecientos kilómetros hasta Nashville, en Tennessee, y al día siguiente aterrizaron por fin en una pista de Jersey.

Gwen buscó con la vista la avioneta de Dorian en cuanto bajó. Ya estaba en la pista y no parecía haber nadie dentro.

—¿Dónde está Dorian? —le preguntó a Sammael en cuanto éste bajo y la agarró por el brazo.

—Lo verá muy pronto, se lo aseguro —repuso el hombre.

Esperaron juntos mientras Jim hablaba con el personal del hangar e iba a buscar un coche con las lunas tintadas. Dos horas más tardes, llegaban a Manhattan.

Sammael comentó algo con Jim cuando pararon frente al cuartel general de Pax. El joven entró en el edificio y salió poco después con un par de Strigoi de aspecto severo que no se separaron de ella hasta que entró en Pax.

Notó un tenso silencio dentro de la sede, una mezcla

de entusiasmo y miedo. Sammael le había insinuado que el momento del ataque dentro de las facciones rivales estaba ya muy cerca. Volvió a pedirles que le dejaran ver a Dorian, pero no le hicieron caso y la llevaron a la misma habitación que había tenido durante su estancia allí, donde la encerraron.

Pasaron horas sin que nadie fuera a verla. Estaba tan inquieta que no podía relajarse. Faltaba un día para la luna nueva y le preocupaba mucho Dorian. Si los dos seguían entonces en Pax, Sammael iba a poder comprobar hasta qué punto la ausencia de la luna transformaba a Dorian. Podría verlo entonces como una herramienta muy útil para su causa, y ella no estaba dispuesta a permitir que sucediera.

Empezaba ya a desesperarse cuando se abrió la puerta y entraron un par de Strigoi que no reconoció. La sacaron de allí y la llevaron con rudeza hasta una habitación muy fría en la que sólo había una silla. Le ordenaron que se sentara y los obedeció al instante. Empezaron entonces a interrogarla. La primera pregunta fue sobre el libro. La conversación que había tenido con Sammael en la avioneta le fue de gran ayuda y les dijo que no sabía de qué le estaban hablando.

Descontentos con sus respuestas, fueron subiendo de tono hasta llegar a los gritos y los abusos físicos. Primero la abofetearon. Después llegaron los puñetazos. Descubrió entonces que, aunque fuera un vampira, también sentía el dolor, aunque se viera más capaz de soportarlo y aguantar. La sangre que cubría su cara estaba manchando su ropa. Siguieron los golpes hasta que tuvo tan hinchados los ojos que no podía ver a sus torturadores.

No parecían cansarse y, aunque negara saber nada, seguían preguntándole por el libro. Se dio cuenta de que había sido una suerte que hubiera podido romper el lazo de sangre con Dorian. De otro modo, él habría tratado de escapar por todos los medios para socorrerla y, estaba segura, habría muerto en el intento.

—¡El libro! ¿Dónde está? —gritó por enésima vez uno de los Strigoi mientras tiraba de su brazo.

—¡Ya basta!

Los torturadores se detuvieron al oír la fría y autoritaria voz de Sammael entrando en la sala.

—Ha ido demasiado lejos, hermano Camarion —le dijo a uno de los Strigoi—. Pobre niña, me encargaré de que la atiendan ahora mismo —agregó acercándose a ella.

Gwen no se creía nada. De haber tenido la energía suficiente, le habría escupido en la cara en ese instante para que viera lo que pensaba de él.

—¿Dónde está Dorian? —gimió ella.

—Está bien.

—¿No lo han torturado?

—Querida, esto ha sido un terrible error —le dijo mientras daba órdenes a los otros tipos.

Sus verdugos salieron de la sala y, poco después, llegaron Vida y otro joven, uno llamado Nathaniel. La llevaron entre los dos a su habitación.

La metieron en la cama y le llevaron agua y compresas para sus heridas. Esos cuidados le resultaban tan repugnantes como las torturas, pero no tenía fuerzas para negarse.

Poco a poco, el dolor fue yendo a menos y también se le fue la hinchazón de la cara.

Vida se quedó con ella.

—Estará usted muy orgullosa... —le dijo a la joven cuando se quedaron solas.

—No entiendo —repuso Vida con algo de incomodidad.

—Me refiero a que estará orgullosa de Pax, ¿verdad? Me pregunto a cuántos habrá torturado Sammael para continuar con su causa.

—Lo que le hicieron ha sido un lamentable error.

—A mí no me lo ha parecido —repuso ella—. ¿Ha leído el libro de Micah?

—El hermano Sammael es el único que puede leer el libro y nos enseña siguiendo las palabras de Micah.

—¿Está segura? Entonces, supongo que también a Micah le parecía bien que se torturara o matara a la gente, ¿no?

Vida miró nerviosa a su alrededor, estaba muy pálida.

—Micah nos ha enseñado que algunos deben sufrir para que se puedan salvar muchos más.

Gwen se dio cuenta de que se había creído todas las mentiras de Sammael.

—¿Es eso lo que le dijeron cuando se unió a Pax, Vida?

Desconcertada, la joven dio un paso atrás. Estaba a punto de abrir la puerta cuando lo hizo Sammael. El líder le dijo que podía irse, y fue a sentarse al lado de la cama.

—Tiene mejor aspecto, me alegra ver que es así —le dijo Sammael.

—Si aún fuera humana, no habría conseguido recuperarme.

—Admiro su fuerza, señorita Murphy, pero no me gusta que sea tan terca.

—Ya le he dicho que no tengo ese maldito libro —gruñó con impaciencia.

—Parece que no me queda más remedio que creerla.

—¿Mató a mi padre? —le preguntó de repente.

—No —repuso atónito—. Ni siquiera supimos que le habían dado el libro hasta que...

Pero no terminó la frase, se lo pensó mejor.

—Eso ya no es importante, señorita Murphy. Pero hay algo que sí podría hacer por nosotros.

—¿Quiere que los ayude? —preguntó perpleja.

—No es difícil. Sólo quiero que convenza a Dorian para que colabore con nosotros.

—No puede estar diciéndomelo en serio —repuso mientras se levantaba despacio de la cama—. ¿Por qué iba a querer hacer algo así? ¿Cómo voy a ayudarlo cuando sé que quiere matar a Dorian?

—Creía que ya le había dejado claro que no tenemos intención de matar a ninguno de los dos.

—Deme una razón para que lo crea.

—Querida, no tengo elección —repuso Sammael con una sonrisa—. Se quedará aquí hasta que consiga lo que Pax necesita.

—¿Y en qué quiere que lo ayude Dorian? Ya no trabaja para Kyril. Tiene...

—Dorian es más de lo que creíamos —dijo Sammael de manera enigmática.

Gwen se estremeció al ver que aquel vampiro sabía en qué podía llegar a convertirse Dorian.

—¿Qué quiere decir? —preguntó fingiendo más calma de la que sentía.

—Me han comunicado que puede ser la clave para que consigamos la victoria.

—¿Quién se lo ha comunicado?

—Dios.

Gwen trató de no reaccionar de ninguna manera, pero Sammael se dio cuenta.

—No me cree, ¿verdad? Siempre pasa igual con los no creyentes. Pero he tenido una visión en la que he reconocido a Dorian luchando con nosotros. Es esencial para lograr el objetivo de Micah.

—Sigue sin darme una buena razón para que lo convenza. Cuando descubra lo que está tratando de conseguir, Dorian se negará a colaborar con Pax.

—No puede decírselo —le ordenó Sammael.

—¿No le parece que lo descubrirá cuando vea que están matando a todos poco a poco?

—Veo que es mejor ser directo con usted, señorita Murphy. No deseo hacerle daño, pero lo haré si así consigo la cooperación de Dorian.

—Me ofrece matarme ahora o morir un poco más tarde, ¿no?

—Si nos ayuda, seguirá con nosotros hasta el final de la lucha.

—¿Y Dorian? ¿Piensa dejar también que viva hasta el final?

—Por supuesto, señorita Murphy. A no ser que se niegue a colaborar.

Gwen fingió que se pensaba lo que le estaba ofreciendo.

—¿Podré hablar con él?

—Sí, está todo listo. Pretendemos atacar a las bandas de Kyril y Christof mañana por la noche.

—¡No! —exclamó sin pensar.

—¿Por qué protesta, señorita Murphy?

Gwen intentó recuperarse para que no sospechara nada.

—Pensé que... Tenía la impresión de que aún no estaban listos, me parece prematuro...

—No se preocupe. El Señor cuida de nosotros —le dijo mientras iba a la puerta—. Dorian vendrá a verla y podrá hablar con él en privado. Convénzalo, señorita Murphy, y los dos vivirán.

Se sentó en la cama en cuanto se vio sola. Estaba aterrada. Tuvo que esperar una hora hasta que Dorian fue a verla. Estaba muy pálido y ojeroso, pero ya no tenía en su cuerpo señales de la tortura recibida.

Él entró rápidamente y se arrodilló a sus pies.

—¿Qué te han hecho? —le preguntó Dorian mientras tomaba sus manos—. ¿Estás bien, Gwen?

—Me presionaron un poco —le dijo ella—. Pero sobreviviré.

—Pagarán por esto. Pagarán por cada golpe y cada insulto...

Gwen quería abrazarlo, pero se contuvo.

—Conmigo no fueron tan violentos como contigo. Además, ya tenemos suficientes problemas como para estar pensado en la manera de vengar este maltrato.

Contuvo el aliento con la esperanza de que Dorian se calmara al ver que ella estaba tranquila.

—Han cometido un grave error al dejar que nos viéramos —le dijo entonces él, algo más sereno.

Dorian fue hasta la puerta y escuchó.

—No oigo a nadie afuera —susurró.

—Puede que Sammael estuviera siendo sincero esta vez.

—Siento mucho la muerte de tu amigo —le dijo Dorian volviendo a su lado.

—Mitch... Mitch tomó sus propias decisiones, pero nunca quise que...

—Fue muy valiente —continuó Dorian al ver que ella no podía seguir hablando—. Gwen, tengo que decirte algo —agregó mirándola a los ojos—. Te he estado engañando. Desde la última luna nueva, decidí que era mejor mantenerte alejada. Y he estado fingiendo locura aunque estuviera libre de ella, pero ahora me arrepiento de haberlo hecho.

—Entonces, todo este mes... ¿has estado fingiendo? —preguntó ella sin poder evitar el rubor de sus mejillas.

—Me pareció que era lo mejor, quería protegerte —repuso con una sonrisa—. No sabía que se pudiera romper nuestro lazo de sangre, y temía por tu cordura. Pensé que si conseguía apartarte...

—Pero pensabas que no podíamos estar separados de manera permanente. ¿Y aun así decidiste arriesgarte a que te abandonara?

—Algunas veces, esa separación sólo causa síntomas moderados... Fue una estupidez y es obvio que no conseguí mi propósito. No he podido protegerte.

Necesitaba tocarlo, era insoportable estar así, tan cerca de él y no poder abrazarlo.

—No te pedí que lo hicieras, Dorian.

—Lo sé. Parece que he tomado malas decisiones desde el principio.

—Bueno, pero de nada nos sirve lamentarnos ahora, Dorian.

—No —repuso él—. ¿Cómo lo conseguiste, Gwen?

Sabía muy bien de qué le hablaba.

—Mitch me trajo unos polvos que le dio un hombre en Nueva York y pensé que era la única manera de ayudarte. Por mucho que intentara mejorar las cosas, nada parecía funcionar. No conseguía que me contaras nada y cada vez que me metía en un lío, no hacía sino empeorar las cosas —le confesó ella.

Dorian se levantó pensativo.

—No podrías empeorarlo, Gwen. Lo que me pasa es mi castigo y me lo gané yo solo.

—¿Cómo, Dorian? ¿Cuándo empezó todo?

—Me ocurrió por primera vez después de matar a mi Maestro —le dijo.

Se quedó estupefacta.

—¿A Raoul Boucher?

—Sí.

—¿Los Protegidos pueden matar a sus Maestros?

—No es fácil y no ocurre a menudo, pero puede darse el caso.

Gwen lo escuchó confusa, con una mezcla de miedo y compasión. Dorian le contó todo lo que había pasado durante las semanas previas a la muerte de Raoul y cómo su desaparición había supuesto la disolución del clan de vampiros de Nueva York.

Le habló sin ninguna emoción en la voz de una joven llamada Allegra Chase, de cómo esa vampira se había rebelado contra Raoul Boucher y de cómo Dorian había llegado a entender que era necesario deshacerse del Gran Maestro para salvar a muchos inocentes.

—Muchos pierden la cabeza cuando se rompe el lazo de sangre y temía que te ocurriera a ti, pero veo que no tenía motivos para estar tan preocupado.

Gwen se sintió muy culpable. Al principio lo había condenado por ser un sicario. Después, por convertirla en contra de su voluntad y, más tarde, cuando supuso que él había decidido no luchar contra el monstruo que lo dominaba de vez en cuando.

—Lo siento —susurró ella.

—No me pidas perdón, no soy digno de algo así.

Se levantó de la cama y se acercó muy despacio a él. Dorian dio un paso atrás. Se miraron a los ojos como si fueran adversarios, sin que ninguno de los dos se atreviera a cruzar el precipicio que los separaba.

—Hicieras lo que hicieras en el pasado, trataste de cambiar las cosas. Y puede que aún consigas hacerlo —le dijo ella—. Sammael quiere utilizarte. Tuvo una visión o algo así en la que te vio luchando del lado de Pax. Cree que eres esencial para conseguir la victoria.

—No pienso hacerlo —repuso con firmeza.

Le gustó que pensara así, pero las cosas eran demasiado complicadas.

—Hay más, Dorian. Sammael está loco. Cree que los vampiros tienen que morir para salvar el mundo y para poder salvar sus propias almas.

Dorian se quedó pensativo un buen rato.

—¿Todos los vampiros?

—Todos menos ellos. Permanecerán vivos para seguir con su noble y honrada causa.

—Dios mío, me engañó como a un tonto...

—Ha engañado a todos —repuso ella—. ¡Asegura que Dios le ha ordenado que haga esta purga!

—¿Y quién va a decirle entonces que se equivoca?

—Dorian, no puedes...

—No permitiré que Sammael me utilice así.

—Piensa atacar a Kyril y a Christof mañana por la noche. Y es luna nueva, Dorian. Si te lleva consigo...

—Pretende que asesine a todos...

—No puedes hacerlo, Dorian. Nada lo justifica.

—¿Qué más te dijo Sammael? ¿Amenazó con matarte si decidía no cooperar?

—No.

—Nunca se te ha dado bien mentir, Gwen.

—No miento cuando digo que prefiero morir antes que vivir sabiendo que has tenido que hacer algo así. No merece la pena una vida así, para ninguno de los dos.

—¿Y si mato a Sammael?

Gwen se quedó sin aliento durante un segundo.

—No, eso no cambiaría nada.

Pero le pareció que Dorian ya no escuchaba.

Lo detuvo antes de que pudiera salir por la puerta y tomó sus manos.

—Si matas a cualquiera en mi nombre, aunque sea el

propio Sammael, destruirás todo lo bueno que has tratado de hacer —le dijo—. Si tenemos que morir, que sea por algo bueno. Micah trató de transmitir su mensaje de paz, Dorian. Y creo que la paz es aún posible.

—¿No tienes miedo a morir? —preguntó él mientras acariciaba su mejilla.

—Claro que sí, pero hay cosas más importantes que nosotros dos. Tengo fe. Creo que hay individuos con buenos sentimientos dentro de Pax que verán cómo es Sammael y tratarán de detenerlo. En cuanto eso ocurra, Pax dejará de ser una amenaza. Si encontrara la manera de mostrarles la verdad...

—¿Cómo? Sammael nunca lo permitiría.

Pensó en Jim. Él tenía el libro original, el que demostraba hasta qué punto Sammael había distorsionado y manipulado las palabras de Micah, basadas en su sueño de paz y perdón, y las había cambiado por un mensaje de odio y violencia. Supo que tenía que hablar con Jim.

—Hay esperanza, Dorian. Siempre hay esperanza. Tardé en entenderlo después de mi conversión, pero ahora estoy segura de ello.

Dorian la miró con cariño.

—Eso espero, pero si no volvemos a vernos...

—No, Dorian Black —la interrumpió ella con renovada energía—. Esto no ha terminado. Me debes una, no puedes dejarte llevar. Tenemos que luchar.

Sin tocarla ni abrazarla, él fue a la puerta y salió en silencio.

Jim fue a verla unas horas más tarde.

—Me han dicho que venga para que pueda alimentarse —le dijo al entrar.

No la miraba a los ojos, y Gwen entendió enseguida que pasaba algo malo.

—¿Hay alguien afuera? —preguntó en un susurro.

Jim negó con la cabeza. Parecía muy nervioso y ella sintió que se le encogía el corazón.

—¿Dónde está el libro?

—Tuve que...

—¿Qué hizo con el libro, Jim? —preguntó conteniendo la respiración.

Por fin la miró a los ojos.

—Angela está viva, pero sabemos que fue Sammael el que trató de matarla. Pensé que si le daba el libro, la dejaría en paz...

Gwen tuvo que sentarse para digerir las noticias. No podía creerlo. Sammael tenía el libro.

—Tuve que hacerlo, ¿no lo entiende?

Había confiado en Jim, no le había quedado más remedio, pero no había pensado en la posibilidad de que pudiera llegar a traicionarla. El amor que ese joven sentía por Angela lo había llevado a tomar una decisión que iba a tener consecuencias terribles.

—¿Sabe lo que ha hecho, Jim? —le dijo tratando de mantener la calma—. Sammael piensa atacar a Kyril y a Christof esta noche. Quiere matar a todos los vampiros que se encuentre en su camino. Ése es su objetivo, no quiere la paz, y ya no tenemos manera de detenerlo.

Jim se cubrió los ojos.

—Nada va a detenerlo. Ni siquiera el libro.

—Si hubiéramos podido mostrarles el libro a los demás, si hubieran podido ver lo que Micah escribió...

—Eso no habría cambiado nada. Ya le dije que tiene un ejército secreto. Ha estado transformando a hombres durante un año, adiestrándolos para que lo obedezcan siempre.

Gwen no terminaba de entender cómo podía haber tipos con tan pocos escrúpulos como Sammael, convirtiendo a hombres en contra de su voluntad, yendo de forma flagrante contra sus propios principios. Empezó a sentirse mal, tenía hambre y no podía controlar su ira.

—Ha cometido un grave error, Jim. Sammael no va a cumplir su palabra, y ahora...

Pero Jim no creía posible que los miembros de Pax fueran a volverse contra su líder. Gwen se dijo que la única opción era tratar de salir de allí, encontrar el libro y conseguir que la escucharan.

—Tiene que ayudarme a escapar, Jim.

—No puedo, es imposible —repuso con incredulidad el joven.

—Tiene que hacerlo —repitió mientras iba hacia él. No había querido usar su poder como Strigoi, pero se dio cuenta de que era la única solución.

—¿Cree que Angela lo perdonará al ver que ha ayudado a que Sammael asesine a mucha gente? Tengo que recuperar ese libro.

«Y tengo que estar con Dorian cuando lo atrape la locura», pensó.

Jim la miró temblando. Después, igual que había hecho Dorian, salió de la habitación sin decir nada y llevándose consigo toda la esperanza que le quedaba.

Capítulo Veintidós

Los soldados, vestidos con sencillos uniformes, esperaban atentos las órdenes de Sammael. Eran medio centenar de guerreros adiestrados para acabar con los vampiros de Nueva York. Al frente de ellos, custodiado por dos de los más fuertes, estaba Dorian Black.

Sammael pensó que, en otras circunstancias, habría podido llegar a sentir lástima por él. Después de todo, le había servido con eficacia durante algún tiempo y había ayudado que no conociera la verdadera misión de Pax.

Pero Dorian había fallado y había contravenido las leyes que había impuesto en Pax. Si no estaba muerto, era por la última visión que había tenido.

—Dejará que Gwen viva. Haré lo que me pida si se compromete a que no le pase nada —le dijo Dorian mirándolo a los ojos.

No le costó aceptar su oferta. Era fácil hacer tratos con un hombre tan desesperado como él. Tan sencillo como conseguir que creyera que mantendría su palabra.

Vio que estaba sudando y que se retorcía. Imaginó que ya veía cerca la muerte.

—Son ustedes los elegidos —les dijo Sammael a sus soldados—. Son los ángeles vengadores, enviados por el Cielo para destruir la maldad que Caín trajo al mundo. Esta noche, actuarán sin que les tiemble la mano, sin vacilaciones, porque saben que su misión está bendecida por el propio Micah —añadió con voz atronadora mientras levantaba el libro en alto—. Salgan y destruyan la maldad, y será así como entraremos todos en el Reino de los Cielos.

Los soldados estaban callados, pero les brillaban los ojos. Lo creían. Sammael sonrió satisfecho.

—Nuestros hermanos dentro de las dos bandas de vampiros rivales ya han hecho su trabajo. Esta noche, enfrentarán a nuestros enemigos entre sí con promesas de placer y belleza. No esperarán ser atacados. La policía ha sido sobornada para que no intervenga. Esta noche, mis guerreros, entraremos en la guarida del león y les arrancaremos los colmillos a los enemigos del Señor.

Giró a un lado y otro para que todos vieran el libro. Nadie se movía.

—Esta noche es sólo el principio. Nuestros hermanos en otras partes del mundo divulgarán la buena nueva y todos sabrán de nuestra victoria. Y Micah podrá al fin ver sus sueños hechos realidad.

Uno de los hombres de Sammael alzó su voz en un grito y el resto lo siguieron. Los sonidos resonaban en la gran sala como truenos.

—¡Sammael! —gritaron—. ¡Sammael!

Dorian era el único que estaba en silencio. Levantó con esfuerzo la cabeza, como si cargara un gran peso sobre los hombros.

Sammael bajó del estrado para mirarlo a los ojos.

—Recuerde que esta noche ha de ganarse el derecho a que su Protegida siga viviendo. Luche bien y, aunque muera en la batalla, ella vivirá —le prometió.

No dejó que respondiera. Les hizo un gesto a sus hombres para que se lo llevaran. Había llegado el momento de la espera, pero no iban a tener que esperar mucho. Cuando la lucha terminara, sabía que no sería el triunfo de Micah lo que todos iban a recordar.

«Tus palabras serán borradas y olvidadas, aunque para ello tenga que exterminar a todos los Strigoi de la faz de la Tierra», se dijo Sammael.

Gwen trató de abrir una vez más la puerta, lo hacía cada poco tiempo. Se dio cuenta entonces de que estaba abierta. Salió al pasillo silenciosamente. Temía que fuera todo una trampa.

No vio a nadie. Todo estaba en silencio. Se alejó por el pasillo y bajó las escaleras.

Se detuvo entonces y trató de percibir qué pasaba. Le daba la impresión de estar sola en el edificio y temió que ya hubiera empezado la batalla.

La primera planta era un laberinto de pasillos y despachos. En algún lugar de aquel edificio podría encontrar el libro de Micah, lo único que podía conseguir detener aquello.

Pero ya era demasiado tarde. Sammael iría de camino para atacar a Kyril y a Christof y, si las cosas no habían salido como ella deseaba, Dorian estaría con ellos.

Corrió a la parte de atrás del edificio, tratando de recordar su primera visita a aquel lugar. Abrió una de las puertas muy despacio. Creía que era el despacho de Sammael.

Estaba muy oscuro.

«Por favor, que esté aquí el libro», se repitió una y otra vez.

Empezó con el escritorio, forzando los cajones que estaban cerrados con llave, pero no encontró el libro allí. Tampoco estaba entre los muchos que llenaban las estanterías ni en ningún otro sitio.

Debía de estar en otra parte del edificio, pero no sabía por dónde empezar a buscar. Salió del despacho y fue hacia la recepción. No esperaba encontrar a nadie y le sorprendió ver a Vida allí, escribiendo a máquina.

—Vida.

—¡Gwen! ¿Qué hace fuera de su habitación?

—A alguien se le olvidó cerrar con llave la puerta —repuso—. ¿Dónde está el libro?

Vida se puso en pie.

—No sé de qué libro me habla.

—Del de Micah, el que Jim le dio a Sammael.

Vio que Vida parecía perpleja.

—No sé nada de eso, Gwen.

—¿Dónde está Sammael?

—Bueno, no está aquí —repuso con nerviosismo.

—Sé que va a atacar a la banda de Kyril. ¿Fue Dorian con ellos?

Vida se echó a llorar y se sentó de nuevo en su silla.

—Se han ido —murmuró—. Van a matar a todos.

—Dígame dónde están, Vida. Es muy importante.

Vio que no se decidía hablar, estaba entre la espada y la pared.

—Han ido... Han ido al hotel de Kyril.

—Júreme que no le dirá a nadie que he escapado.

—¿Estamos haciendo algo malo? ¿Cree que no deberíamos estar haciendo esto?

—No es culpa suya, Vida. Es culpa de Sammael —repuso ella mientras iba hacia la puerta.

No tenía tiempo para seguir buscando un libro que podía estar en cualquier sitio o que quizá no existiera ya. En esos momentos, sólo le importaba una cosa. Y, si fracasaba, al menos se quedaría con la conciencia tranquila, sabiendo que lo había intentado por todos los medios.

Dorian se estremeció. La llegada de la luna nueva le había subido la temperatura y tenía fiebre y convulsiones. Se hacía de noche, la más oscura del mes.

Miró a su alrededor tratando de ver dónde estaba Sammael. El líder de Pax seguía con el grupo de hombres que iba a asaltar el hotel de Kyril. Sus seguidores no necesitaban ya que les dieran ánimos, estaban concentrados en su objetivo.

Recordó que él también había sido como ellos, un guerrero con la comodidad de no tener que cuestionarse si estaba bien o mal lo que le ordenaban. Se limitaba simplemente a obedecer. Cada vez que cometía un nuevo acto de violencia se destruía un poco más, y la locura había acabado por atraparlo cuando terminó cometiendo el peor de los pecados al matar a su Maestro.

Cuando conoció a Gwen Murphy, supo enseguida que ella podría ser el antídoto para librarse del monstruo que habitaba en su interior. Se había aprovechado de ella, temiendo hacerle daño pero incapaz de apartarla de su lado.

Creyendo que la había perdido para siempre, había dejado que otra realidad lo cegara. Era como si intentara siempre encontrar la salvación en otra cosa que no fuera él. No sospechó en ningún momento de la verdadera naturaleza de Pax. Le atrajo desde el principio la idea de hacer algo por el bien común, pero sólo había conseguido meterse en otro callejón sin salida.

Y, para colmo de males, la luna nueva estaba a punto de dominar su cuerpo y su razón. Sammael creía que lucharía con los soldados de Pax como si fuera uno más y con el único objetivo de conseguir así que no mataran a Gwen. Sammael no podía saber lo que estaba a punto de pasarle ni podía ser consciente de que estaba a punto de ser asesinado.

Los fervientes soldados de Pax, hombres como Abdiel, Balthial, Cassiel, Camarion y otros, preparaban su arsenal mientras esperaban que Sammael les diera la orden de atacar.

Los guardianes que lo vigilaban no lo dejaron en ningún momento. Igual que le pasaba al líder de Pax, tampoco ellos sabían lo que les esperaba.

Empezó a nevar con más fuerza cuando llegaron a Broadway y se separaron los soldados. Algunos, vestidos con ropas normales, trataron de despejar la calle para echar de allí a los humanos. Sammael miraba la segunda planta del hotel esperando la señal convenida.

No tardó en llegar. Se abrió una ventana y se cerró de nuevo. Era el momento.

Sammael les hizo un gesto a unos cuantos soldados, que cruzaron corriendo la calle. Los siguieron los guardianes de Dorian, que casi tuvieron que arrastrarlo para conseguir que se moviera. No le habría costado nada deshacerse de ellos, la bestia trataba de salir al exterior y campar a sus anchas, pero logró controlarla.

«No puedo dejar que mueras, Gwen, espero que puedas perdonarme», pensó.

El portero del hotel no estaba abajo cuando entraron. El vestíbulo estaba casi desierto. Los soldados que Sammael había enviado horas antes comenzaron a salir de distintas puertas y pasillos. Iban vestidos como cualquier ciudadano.

Uno se acercó al líder de Pax y le comentó algo en voz baja.

—Están en el salón de baile —anunció Sammael a los otros—. Ocupen sus posiciones.

Los soldados se alejaron rápidamente. Los guardianes de Dorian lo llevaron a uno de los pasillos. Fue allí donde consiguió zafarse de ellos. Los hombres lo miraron perplejos, pero dieron un paso atrás.

Ya empezaba a sentir los efectos en la vista. No apreciaba bien los colores. Todo era rojo a su alrededor. Tenía un fuerte dolor en el pecho que se le expandía por los huesos. Sentía que sus manos se convertían en garras y sus dientes en colmillos de tigre. Miró a Sammael y pensó en el sonido de los huesos al romperse y en las manchas de sangre. Oyó de repente una voz que le resultaba muy familiar.

—Esto no ha terminado. Me debes una, no puedes dejarte llevar. Tenemos que luchar —le había dicho ella cuando se despidieron.

Pero no podía pensar en eso. Se separó de los guardianes y no se detuvo hasta estar detrás de Sammael, preparado para el ataque. El repentino y atronador sonido de disparos lo inmovilizó un instante. Sammael se giró hacia él. No parecía asustado.

—Ha empezado —le dijo—. Venga, ángel mío, a matar.

Sammael salió corriendo y él lo siguió. Empezaban a oírse los desesperados gritos de Strigoi muriendo en algún lugar del hotel. Llegaron al salón y vieron que Kyril y sus vasallos habían colocado las mesas como barricadas para tratar de defenderse. Había mujeres vestidas con trajes de noche gritando en los rincones del gran salón de baile.

En el centro de la sala yacía un camarero humano y media docena de vampiros a los que habían disparado en el corazón o en la cabeza.

Prosiguieron los disparos mientras Dorian cruzaba el salón para llegar donde estaba Kyril. Sintió dolor en brazos y piernas, pero las balas no podían detenerlo, apenas las sentía. Saltó por encima de las mesas y comenzó a pelear con todos los que se le pusieron delante.

No tardó en encontrarse cara a cara con Kyril y el odio se hizo en ese instante dueño de su ser. Le dio un golpe que lo tiró al suelo. Los sicarios de Kyril lo atacaron, pero se deshizo de ellos.

Sólo tenía en la mente lo último que le había dicho Sammael. Lo repetía en su interior como si fuera la orden de su Maestro. Tenía que matar.

Aquél no era su verdadero enemigo, no dependía de Kyril la vida de Gwen, pero Dorian no podía parar. Agarró al vampiro por el cuello y lo levantó.

—¡Dorian, escuche! —gritó Kyril al verse al borde de la muerte—. Le daré lo que quiera, lo que desee...

Apretó con más fuerza. Podía sentir las vértebras rompiéndose entre sus dedos.

—¡Dorian! —dijo una mujer.

Aquella voz consiguió penetrar su coraza. Se dio la vuelta lentamente. Una joven con el pelo rizado y cobrizo lo miraba desde el centro del salón. Estaba muy pálida y sus grandes ojos verdes lo miraban con desesperación.

—No, Dorian. No...

Una metralleta comenzó a disparar y la joven se tiró al suelo. Dorian soltó a Kyril y saltó la barricada. Las balas le pasaron cerca de los oídos. Tomó a la mujer en brazos y corrió hasta el otro lado del salón, escondiéndose con ella tras la barra del bar.

—Dorian, tenemos que salir de aquí —le dijo la joven.

Escuchaba sus palabras, pero no las entendía. Se sentía dominado por el olor a sangre. Empujó a la mujer para que siguiera escondida y salió en busca de su presa.

Kyril seguía tras la barricada. El otro tipo vigilaba desde el lado opuesto y lo rodeaban cuatro Strigoi vestidos con uniformes claros.

—¡Mátelos! —le gritó aquel hombre.

—¡No, Dorian, no lo hagas! —exclamó la mujer.

—¡Mátelos!

Las distintas voces se mezclaban en su cabeza. Su cerebro no sabía cómo reaccionar. La mujer le sujetaba la pierna. Era como una cadena que evitaba que el monstruo consiguiera la sangre que tanto necesitaba. Se dio la vuelta con un gruñido, dispuesto a atacarla, pero ella no tenía miedo.

«Gwen...», dijo una voz en su cabeza.

Se quedó paralizado, su cuerpo no podía moverse. Un montón de imágenes y recuerdos se mezclaban en su interior. El monstruo atacó sus ojos, impidiendo que viera. Era cada vez más grande, aplastaba sus órganos uno a uno y lo dejó sin respiración.

«Gwen...», repitió en su cabeza mientras caía en un pozo negro.

Llevaron a Gwen de vuelta al cuartel general de Pax. La habían atado y amordazado. No podía quitarse de la cabeza la imagen de Dorian a sus pies, retorciéndose con los ojos en blanco como si estuviera sufriendo un ataque. Esperaba que siguiera vivo, pero no podía saberlo.

Los soldados de Sammael habían salido del hotel poco después de que Dorian se desmayara. Esperaba que no lo hubieran abandonado allí, a merced de los seguidores de Kyril que siguieran con vida.

Cuando entró en el edificio, notó que había cierto caos en su interior. Algunos gritaban conmocionados, otros parecían estar sufriendo crisis nerviosas. Antes de que pudiera adivinar qué estaba pasando, la llevaron a la sala de interrogatorios y la encerraron allí a oscuras.

Volvieron después a por ella. No habría podido decir cuánto tiempo había pasado. Eran otros guardias. Le quitaron la mordaza y la sacaron al pasillo.

Creía que Dorian no podía estar muerto. Habría notado algo si él ya no estaba con vida. Pero no podía estar segura. Después de todo, ya no había vínculo alguno entre ellos.

Se sentía furiosa y frustrada. La llevaron escaleras abajo hasta llegar a una gran puerta de acero, que a su vez daba a otro pasillo y a una puerta de madera con un triángulo y una llama labrados en ella.

La abrieron y Gwen vio un gran auditorio con escenas de ángeles justicieros pintadas en las paredes. En la parte delantera había un estrado y un podio. Todo estaba decorado con cortinones rojos y blancos y el símbolo de Pax. Vio seis figuras detrás del podio. Vestían túnicas con capucha y cubrían sus rostros. Llevaban antorchas encendidas en las manos. A ambos lados de la gran sala había soldados de Sammael.

No vio a Dorian por ninguna parte, pero sabía que estaba a punto de ocurrir algo importante, algo que no iba a gustarle.

Entró en aquel momento alguien que se colocó frente

al atril. Era Sammael. Vio cómo sacaba su copia del libro de Micah.

—Hijos míos —comenzó el hombre—. Esta noche, el Señor nos ha abandonado. Hemos fracasado. El demonio Christof y sus criaturas han escapado. Hemos perdido a muchos hermanos en la batalla y nuestro trabajo queda así incompleto.

Un rumor de desencanto llenó la gran sala.

—Es verdad que hemos conseguido neutralizar a Kyril y a la mayoría de sus seguidores, pero no es suficiente. Tendremos que preguntarnos ahora por qué hemos fracasado, por qué el Señor nos ha negado la victoria, por qué no hemos podido llevar a cabo el plan de Micah. Postrémonos de rodillas y pidamos perdón.

Se quedaron todos en silencio. Después, uno de los soldados se arrodilló y los demás hicieron lo mismo para mostrar su arrepentimiento.

—No está todo perdido, hijos —continuó Sammael levantando los brazos—. Según las leyes que Micah dejó escritas, ha llegado el momento de la renovación. Él dijo que el que dé su vida por el bien común estará libre de todo pecado —añadió mientras abría el libro y lo miraba—. «Los hijos de los ángeles sacrificarán a los no creyentes y se bañarán en su sangre. Debemos limpiarnos y así el Señor nos cuidará de nuevo. Él... ».

—¡Es usted un mentiroso, Sammael! —gritó Gwen fuera de sí.

Cincuenta pares de ojos la miraron perplejos. Sammael agachó la cabeza y la miró a los ojos.

—Micah nunca dijo nada de eso —prosiguió ella—. Él...

—Súbanla aquí —la interrumpió Sammael—. Contemplen el fruto de la maldad, contemplen a alguien que no podrá conseguir la salvación...

Los guardias la acercaron a donde estaba Sammael y éste colocó las manos sobre su cabeza.

—Pobre hija mía —dijo—. La locura de su Maestro ha manchado su alma. Es el precio que el Señor nos pide a cada uno de nosotros.

—No soy yo la que está loca —repuso ella—. ¿Dónde está Dorian?

—Lo verá muy pronto —le dijo Sammael con una diabólica sonrisa—. Que no hable más —les ordenó en voz baja a los guardias.

La apartaron del estrado. Gwen abrió la boca para protestar, pero la amordazaron.

Le daba todo igual, lo único que le importaba era saber que Dorian seguía con vida.

Sammael miró a los seis hombres con túnicas. Éstos agacharon la cabeza solemnemente ante su líder y bajaron del escenario con las antorchas en las manos. Algunos soldados los siguieron.

El resto de los asistentes seguía observando el estrado. Tenía un mal presentimiento. Pasaron cinco minutos y volvieron con algunos prisioneros.

Reconoció a Angela. El segundo era Kyril y el tercero Dorian. Vestía con harapos y su rostro no parecía humano. Vio cómo miraba con odio a su alrededor. Se dio cuenta de que aún estaba dominado por los cambios que le ocurrían durante la luna nueva.

Los soldados dejaron a los prisioneros frente al estrado. Los seis tipos con las túnicas tomaron unos cálices de la mesa y rodearon a los cautivos. Sammael lo observaba todo desde arriba.

Los seis hombres comenzaron a entonar un hipnótico canto. El líder de Pax bajó del estrado y Gwen pudo por fin ver que llevaba un cuchillo en la mano. Trató de liberarse, pero los guardias eran más fuertes que ella.

Sammael dio tres vueltas alrededor de los prisioneros.

—Micah —dijo después deteniéndose—. Cuida de tus hijos e intercede por nosotros. Acepta este sacrificio y fortalece nuestra fe.

Se acercó a Angela. No parecía estar del todo consciente. Con un único y diestro movimiento, Sammael le clavó el cuchillo en el cuello y en el hombro. A punto estuvo de cortarle la cabeza.

Gwen quería gritar, pero no podía, le habían metido un trapo en la boca para que no hablara. Angela cayó al suelo sobre un gran charco de su propia sangre.

Kyril, horrorizado, maldijo fuera de sí. Uno de los hombres con túnica llenó su cáliz con la sangre de Angela y se la ofreció a Sammael, que aceptó encantado el líquido.

Vio que Dorian contemplaba la escena sin emoción alguna en el rostro, como si no entendiera lo que acababa de pasarle a su amiga Angela.

—Traigan a la joven —ordenó Sammael.

Los guardias de Gwen la llevaron a donde estaban los prisioneros y le quitaron la mordaza. Sammael la agarró por el pelo con brutalidad y colocó el filo del cuchillo contra su garganta.

—Puede que aún le concedamos una muerte rápida si su amante decide terminar el trabajo.

—¿Qué es lo que le ha hecho a Dorian? —preguntó angustiada.

—Nada. Ha perdido la cabeza. Por eso necesitamos que le haga entender lo que debe hacer.

—¿Qué quiere? ¿Que siga asesinando, malnacido?

—Ése es el problema, que se negó a hacer lo que le pedimos.

—¿Se negó? —repitió ella con algo de alivio—. Gracias, Dios mío...

—Dudo mucho que Dios la escuche —le dijo Sammael—. Esperemos que Dorian sí la oiga.

Sammael apretó más su piel con el filo de la navaja y Gwen notó que había conseguido hacerla sangrar. Miró de reojo hacia donde estaba Dorian. Se movía con desesperación, tratando de liberarse. Pero no parecía haberla reconocido.

—Una última oportunidad —le dijo Sammael—. Dígale que mate a Kyril.

Deseaba llamar a Dorian y ver si aún quedaba algo de él dentro de aquel monstruo, pero se contuvo.

—No pienso colaborar —repuso ella—. ¡Escúchenme todos! —gritó—. Sammael ha manipulado las palabras de Micah. Él creía en la paz, no en la guerra. ¡Él...!

Sammael apretó el cuchillo y cortó demasiado. Gwen sintió que se ahogaba y que perdía el equilibrio. Dorian hizo estallar en ese instante sus esposas y comenzó a agitar las cadenas amenazadoramente.

El caos se apoderó de la sala. Sammael dio un paso atrás y algunos soldados se acercaron para protegerlo. Sin saber cómo había ocurrido, Dorian la agarró con un brazo mientras seguía atacando con el otro. Ya empezaba a curarse la herida de su garganta y podía respirar de nuevo. Fue entonces cuando se dio cuenta de que el libro seguía en el atril, olvidado, sin nadie que lo vigilara.

—¡Dorian, libera a Kyril! —le gritó.

Dorian hizo lo que le pedía. Kyril parecía aterrorizado.

—Kyril, suba al atril, tome ese libro y escape —le dijo ella—. Es la única manera de detener a Sammael. Haga lo que haga, no permita que recupere ese libro.

Kyril la miró sin entender, pero obedeció. Tomó el libro y corrió hacia una de las salidas. Por suerte, la puerta estaba abierta y desapareció de su vista antes de que los soldados lo atraparan.

Unos hombres salieron tras él, otros yacían heridos en el suelo tras el ataque de Dorian. Sammael miraba atónito lo que ocurría a su alrededor. Tenía el aspecto de un hombre atrapado en su propia pesadilla.

—¡Atrápenlo y recuperen el libro, pero no lo maten! —gritó Sammael a los soldados—. Ha cometido un grave error y pagará por ello —agregó mirándola a ella.

Un par de Strigoi la sujetaron. Los otros rodearon a Dorian. Al ver que se resistía, le dispararon. Gwen no pudo evitar gritar al ver que lo habían herido en las dos piernas y en el hombro.

Dorian trató de mantener el equilibrio, pero no pudo y los soldados se hicieron con él.

A ella la sacaron del auditorio por la parte de atrás del escenario. La llevaron por un oscuro pasillo y, después, escaleras abajo. Había otra puerta de acero y la metieron allí.

Había tan poca luz que le costó adaptar la vista a la oscuridad. No había nada a su alrededor. Sólo cuatro paredes y el frío suelo de cemento. Se sentó apoyada en una de esas paredes y rodeó sus piernas con los brazos. No podía oír nada ni sabía nada de lo que estaba pasando afuera.

La puerta se abrió algún tiempo después y metieron a Dorian.

Fue corriendo a su lado. Le habían quitado la camisa y los pantalones. Tenía marcas de latigazos por todo el cuerpo y estaba ensangrentado. Las heridas de sus piernas no se habían curado aún.

No se atrevía a tocarlo, no quería hacerle más daño.

—Dorian, mírame —le pidió.

Él se movió y levantó lentamente la cabeza. Estaba

pálido y demacrado. Le pareció que no la reconocía y se le encogió el corazón al verlo sufrir tanto.

—Dorian... —susurró.

Entonces él levantó el brazo y le dio un golpe que la lanzó contra la pared. Se golpeó en la cabeza y estuvo a punto de perder el conocimiento. Dorian iba a matarla y no iba a poder evitarlo.

Capítulo Veintitrés

La jaula en la que estaba encerrado no tenía forma alguna ni sentido. Estaba sumergido en un mundo de agonía y violencia, en medio de la más absoluta oscuridad. Había otro ser con él. No lo veía bien, el dolor era insoportable.

Creía que se merecía aquello, que debía ser castigado. Era la única manera de redimir sus actos.

Se acercó a la otra figura que compartía su celda.

—¡Dorian!

La voz le sonaba de algo, como si hubiera tenido algún significado para él en el pasado.

—Sé que estás muy herido y que no me ves, pero debes intentarlo. Tienes que escucharme.

Creía que esa voz estaba tratando de engañarlo. No podía dejar que lo hiciera. Se acercó un poco más.

—Quieren que me mates —dijo la voz—. Te han torturado, Dorian. Han conseguido presionarte tanto que casi has perdido la cabeza y piensan que no sabes quién soy y que me matarás.

Trató de concentrarse en la voz. Se dio cuenta de que era una voz femenina.

—Puedes salir de ésta, Dorian. Debes hacerlo.

Le sonó también el nombre de Dorian.

—Cometí un terrible error. Estaba deseando romper nuestro lazo de sangre sin saber lo importante que era para los dos. Me equivoqué, Dorian. Lo que nos une a nosotros no puede desaparecer con ninguna poción.

Se acercó más a ella. Sus manos deseaban apretar su cuello.

—Tenemos que salvar ese lazo, Dorian. Tenemos que reconstruir lo que destruí. Tenemos que encontrar el corazón del monstruo y curarlo.

Dorian se detuvo un segundo, no sabía qué pensar. Pero una voz en su interior le decía que ella sólo estaba tratando de engañarlo, que no debía escucharla, sino matarla. Fue hacia ella, pero la mujer no trató de apartarse.

—Ahora entiendo que no puedes escapar de ese monstruo. Esa criatura está formada por todas las cosas malas que has hecho en tu vida. Se alimenta de tu culpabilidad, de tus remordimientos...

Agarró uno de sus frágiles brazos, no le habría costado nada romperlo, pero se detuvo al ver su bello rostro. Parecía brillar en medio de la oscuridad y había verdad en sus ojos.

—Creía que no iba a poder ayudarte, pero ahora creo que sé cómo hacerlo.

Sintió de repente un fuerte dolor en la cabeza. Se frotó las sienes, tratando de mitigarlo.

—Debes perdonarte —le dijo la mujer mientras agarraba sus manos—. Deja de castigarte. Hay bondad dentro de ti, mucha bondad. Sé que estabas dispuesto a dar tu vida por Mitch y por mí. Trabajaste para Pax pensando que querían la paz. Siempre hay esperanza, Dorian, para ti, para mí y para este mundo.

Dorian dejó de sentir las piernas y se derrumbó. Ella cayó con él y lo abrazó.

—Sólo hay una cosa en el mundo más fuerte que el dolor, la culpa e incluso que la muerte. Estaré a tu lado mientras me necesites y mientras estemos vivos —le susurró al oído—. Te amo, Dorian Black.

Gwen esperó mientras rezaba en silencio. Hacía mucho tiempo que deseaba decirle lo que sentía y esperaba haber conseguido hacérselo entender. Lo miró a los ojos y vio que estaba librando una terrible batalla en su interior. Era el monstruo contra el hombre.

—Sí —susurró—. Vuelve conmigo, Dorian.

Él la miraba con atención, como si tratara de reconocerla.

—Gwen... —dijo poco después acariciando su mejilla.

—Sí, soy Gwen.

Vio que él se estremecía. Estaban tan cerca que podía sentir su aliento en los labios. La besó entonces. Al principio con algo de torpeza y prisa, más dulcemente después.

Ella le devolvió el beso con el mismo cariño, esperando que pudiera sentir cuánto lo quería. Lo aceptaba tal y como era, al hombre y al monstruo. Sintió en ese instante que lo perdonaba de corazón, y esperó que él pudiera también perdonarse.

Dorian se apartó y la miró confuso a los ojos. Después, con algo más de seguridad, se puso en pie y fue hacia la puerta. La empujó con fuerza.

—Es de acero, Dorian. No podrás...

Pero empujó y la puerta se movió un poco. La empujó más aún y consiguió abrirla.

Un joven soldado esperaba afuera. Tenía una llave en una mano y una metralleta en la otra. Acababa de abrir el cerrojo.

—¿Quién eres? —le preguntó ella.

—Me llamo Taharial y he venido para que puedan marcharse.

—¿Quién lo envía?

—Nadie.

—Pero ¿por qué quiere ayudarnos?

—Porque Sammael... Vi lo que hizo y creo que está mal.

Gwen pensó que podía ser una trampa, pero no le parecía lógico que Sammael se arriesgara a algo así si pensaba que de todos modos Dorian acabaría con ella.

—¿Dónde está? —le preguntó.

—Salieron todos del gran salón, pero yo no fui con ellos.

—¿Y Kyril?

—No lo sé.

—¿No ha visto el libro? ¿El que se llevó Kyril?

El joven negó con la cabeza.

—Tenemos que encontrar a Kyril —le dijo Gwen a Dorian.

Él la miró a los ojos y asintió con la cabeza. El monstruo estaba controlado.

—No tiene por qué temer a Dorian —le dijo a Taharial—. Él ya está bien. ¿Puede sacarnos de aquí?

Taharial asintió también, pero sin dejar de mirar con preocupación a Dorian. Los llevó por una estrecha escalera al piso superior. Se detuvo al llegar y escuchó con atención.

—Algo está pasando —les dijo—. Hay gente de fuera en el edificio.

Gwen se preguntó si serían los seguidores de Kyril, que habían sobrevivido y buscaban venganza.

—¿Dónde?

—Creo que cerca de la entrada trasera.

—Entonces iremos a esa zona. Kyril tiene la copia que Sammael hizo del libro de Micah. Debemos encontrarlo para poder probar que estaba manipulando a todos en Pax.

—Los ayudaré —les dijo el joven—. Síganme.

Continuaron por estrechos pasillos. No tardaron mucho en empezar a oír los sonidos de una reyerta. Cuando se vieron cerca, Taharial sacó su arma y se aproximaron despacio. A la vuelta de una esquina se encontraron con un hombre vestido de negro, que los apuntó.

—¡No! —exclamó ella—. No estamos con Pax, somos sus prisioneros.

—¿Black? —repuso el hombre al reconocerlo.

—Pietro, ¿dónde está Christof? —le preguntó Dorian.

—No somos sus enemigos —le aseguró ella levantando las manos—. Sabemos lo que Sammael trató de hacer esta noche. Estamos intentando detenerlo.

Pietro la miró con el ceño fruncido.

—Es usted Gwen Murphy, ¿verdad?

—Sí.

—Christof nos ordenó que la encontráramos después de que el humano nos avisara del ataque.

—¿Qué humano?

—Un tal Jim —repuso Pietro—. Deben venir los dos conmigo.

Taharial no parecía contento con la situación.

—Iremos si puede garantizarnos que no les harán nada ni a Dorian ni a Taharial —repuso Gwen.

—Nos ordenaron que no les hiciéramos daño —repuso Pietro de mala gana—. Vamos, deprisa.

Echaron a andar, pero Gwen se dio cuenta de que iba a amanecer pronto.

—¿Qué hora es? —le preguntó a Taharial.

Pero se dio la vuelta y vio que ya no estaba con ellos.

—¡Vamos! —gritó de nuevo Pietro.

Ya no se oían disparos. Pasaron al lado de algunos soldados que yacían muertos en el suelo. Notó que Dorian se contraía y se encontraron poco después con una docena de hombres armados y con abrigos negros.

—Dígale a Christof que los tengo —le dijo Pietro a uno de los sicarios.

El hombre desapareció. Los demás los miraban con suspicacia.

—No somos sus enemigos —repitió ella—. Lo que tuvieron con Dorian en el pasado forma ya parte de ese pasado, ahora está de su lado. Tenemos...

Escuchó ruido entre los hombres y apareció de repente alguien, que reconoció al instante.

—¡Gwen!

—¡Jim! ¿Está usted bien?

Se acercó despacio a ella.

—Gracias a Dios que siguen los dos vivos —murmuró—. Les dije que debían protegerlos porque usted conocía la verdadera naturaleza de Pax. Temía que...

—Estamos bien —repuso ella—. Pietro nos ha contado que usted avisó a Christof del ataque.

—Me di cuenta de que me había equivocado al entregarle el libro a Sammael. Tenía que hacer algo. Él nunca sospechó que pudiera llegar a traicionarlo después de que...

Se quedó callado y Gwen se dio cuenta de que había visto en su rostro lo que había pasado.

—Angela ha muerto, ¿verdad? —le preguntó el joven.

—Lo siento mucho, Jim. Me encantaría haber podido salvarla.

—Tenía usted razón —repuso Jim apartando la vista—. Sammael no mantuvo su palabra. ¿Murió al menos deprisa?

Gwen decidió que era mejor no darle demasiados detalles. La verdad era muy dolorosa.

—Sí, no sufrió nada.

—Me hubiera encantado haber estado a su lado, pero tenía que avisar a Christof.

Gwen se preguntó por qué habría decidido salvar a la banda de Christof y no a la de Kyril, pero no había tiempo para ese tipo de preguntas.

—Intenté explicarles que nadie en Pax quería en realidad matarlos y les pedí que no hirieran a nadie, pero fueron atacados —les dijo Jim.

—Los soldados de Pax no mataron a Kyril, sino que lo trajeron aquí. Sammael pretendía que Dorian lo matara, pero se negó y Kyril consiguió huir. ¿Lo ha visto?

—Creo que Christof consiguió capturarlo.

Buscó con la mano la de Dorian y la agarró con fuerza. Necesitaba su apoyo.

—¿Está aún vivo?

—Eso creo.

—Es muy importante, Jim. ¿Tenía el libro de Micah cuando lo detuvieron?

—No entiendo... —le dijo Jim.

—Kyril tiene la copia de Sammael. Lo necesitamos para poder demostrar que Sammael ha estado mintiendo todo el tiempo.

Jim asintió y fue a hablar con los sicarios.

—Christof tiene un libro —dijo uno de ellos—. Creo que se lo quitó a Kyril.

—¿Dónde está el resto de los miembros de Pax? —preguntó ella.

—Han sido atrapados junto con su líder —repuso otro hombre.

Un Strigoi vestido elegantemente se les acercó. Estaba claro que era el líder de la banda. Los miró con interés al llegar a su lado.

—Black, tiene mucha suerte. Si no hubiera sido por este humano...

—Soy Gwen Murphy —intervino ella—. Dorian está enfermo y no puede contestarle ahora mismo, pero le aseguro que estamos de su lado los dos.

—Eso dice Jim —repuso Christof—. Es la reportera, ¿verdad? ¿Cómo se convirtió en la Protegida de Black?

—Es una historia muy larga. Lo resumiré diciéndole que Dorian estaba intentando protegerme cuando temíamos que Kyril estaba tratando de matarme. He oído que lo ha hecho prisionero.

—Me dicen que está buscando un libro —repuso Christof frunciendo el ceño.

—Sí. Lo escribió el fundador de Pax. Sammael ha estado distorsionando su mensaje de paz para conseguir que sus seguidores mataran a todos los Strigoi que consideraba sus enemigos.

—¿Un mensaje de paz? —preguntó Christof riendo—. Nunca había oído hablar de ese Micah.

—Supongo que tampoco había oído hablar de Pax hasta hoy, pero eso no significa que no existiera —repuso ella con firmeza—. Me han informado de que tiene a Sammael y los suyos retenidos, ¿qué piensa hacer con ellos?

—Supongo que no todos son nuestros enemigos, pero no puedo permitir que salgan libres.

—Podría hacerlo si tuviera la garantía de que Pax no volverá a atacarlos. Sammael tiene un ejército que lo obedece sin pensar. Pero también hay civiles, humanos y vampiros, que no sabían nada de lo que Sammael planeaba hacer. Pensaban que trabajaban para conseguir que se restableciera la paz entre los vampiros de Nueva York. Tiene que darles una oportunidad.

—¿Qué oportunidad?

—Sólo necesito el libro de Micah y hablar con ellos.

—¿Por qué iba a creerla, señorita Murphy? Es la Protegida de mi enemigo.

—Dorian también pensaba que trabajaba para restablecer la paz. Por eso se infiltró en la banda de Kyril y luchó después contra Sammael cuando supo la verdad. Tiene que creerme...

—Error, cometí un error —susurró Dorian de repente—. Lo... Lo siento...

Christof lo miró como si estuviera viendo un fantasma.

—¿Dorian Black disculpándose? —dijo entre risas—. No quiero que haya más muertes de las necesarias. Jim ha evitado que muchos de los míos murieran. Si puede convencer a los civiles para que se entreguen pacíficamente, reconsideraré la situación. Pero Sammael no escapará.

Ella no tenía nada que objetar. Sammael era un loco muy peligroso y no lo echaría de menos.

—Consígame ese libro —le pidió a Christof.

El líder se acercó a sus hombres y habló con ellos. Dos se separaron del grupo.

—Le daré una oportunidad, pero Black ha de quedarse con nosotros.

—No —protestó Dorian.

—Pero lo necesito —repuso ella—. Y no creo que él esté dispuesto a quedarse.

Dorian apoyó las manos en sus hombros. Parecía estar comportándose de manera mucho más racional. Estaba muy aliviada.

—Por favor. Aunque no confíe en nosotros, ¿qué cree que podríamos hacer los dos solos cuando usted tiene a todos sus hombres aquí?

—Muy bien —repuso finalmente Christof—. Venga conmigo.

Gwen tomó la mano de Dorian y siguieron a Christof y a Jim. Los llevaron hasta una puerta.

—Están ahí dentro —les dijo el líder—. No hay más puertas.

—Es el auditorio —murmuró Dorian—. Son muchos, Gwen. Y Sammael está con ellos.

Gwen asintió con la cabeza, estaba dispuesta a intentarlo. Le pidió el libro a Christof.

Volvieron en ese instante los hombres a los que Christof había ordenado que fueran a por el libro. Christof lo abrió por una página cualquiera y vio que las palabras estaban tachadas en su mayoría y que había anotaciones en los márgenes sobre la violencia y la guerra.

—Es la prueba que necesitamos —le dijo Gwen mientras miraba hacia la puerta—. ¿Está cerrada?

Dorian fue a por el picaporte antes de que Christof pudiera contestar.

—Puedo romper la cerradura —le dijo.

—No se acerque a la puerta —le pidió Gwen a Christof—. No quiero que intervenga. He de convencerlos para que no sacrifiquen sus vidas luchando contra su banda.

—De acuerdo, señorita Murphy, nada de interferencias.

—Incluso si escucha el sonido de una pelea. Tendrá

tiempo de intervenir si nuestra misión fracasa, no se preocupe.

—Sería estúpido que entraran sin armas —le dijo—. Llévense al menos un par de pistolas.

—No, eso iría en contra del mensaje que trato de transmitirles. Además, no pierde nada si nos pasa algo a nosotros dos, ¿verdad?

Christof les hizo un gesto a sus hombres para que se apartaran de la puerta.

—¿Estás listo? —le preguntó Gwen a Dorian.

—Sí —repuso él.

—Necesito que mantengas a los soldados lejos de mí mientras esté hablándoles. Pero no los mates, Dorian, limítate a evitar que me apresen.

—Entiendo.

—Vas a ganar esta batalla, Dorian —le dijo ella tomando su cara entre las manos—. Y lo haremos los dos juntos.

Dorian giró la cara y besó una de sus palmas. Fue un gesto tan tierno que la dejó sin respiración.

Se separaron y él se acercó a la puerta. Le bastó con dar un fuerte empujón para lograr que se abriera. Entró él primero.

Nada más verlos, los soldados abrieron fuego contra ellos. Gwen se agachó y fue como pudo hasta el centro de la sala. La gente la miraba estupefacta.

Sammael estaba en el estrado con otros tres hombres. Gritó algo a sus soldados, que dispararon de nuevo, pero Dorian no permitió que siguieran haciéndolo.

Gwen se incorporó cuando se vio cerca del estrado. Iba con el libro bajo el brazo.

Sammael la miraba fuera de sí, no parecía saber cómo reaccionar.

—¡Aprésenlos! —ordenó el líder.

Nadie se movió. Dorian tenía seis soldados a sus pies, la mayoría inconscientes. El resto no estaba en condiciones de seguir luchando.

—¡Son los hijos de Satán y vienen a robarnos las almas! —gritó como un poseso.

Gwen miró a su alrededor. Reconoció a Vida, al joven Nathaniel y a algunos otros que parecían asustados y confusos. No parecían entender qué había ocurrido con su tranquilo mundo de Pax.

Vio entonces que todos llevaban en la mano un vaso de cristal con un líquido viscoso y oscuro. También Sammael tenía uno igual a su lado. Se dio cuenta de que no tenía mucho tiempo.

—Amigos —dijo mientras se acercaba al escenario—. Algunos de ustedes me conocen. Me llamo Gwen Murphy. Vine a Pax con mi Maestro, Dorian Black. Alguien intentaba matarnos y necesitábamos un refugio. Pero los mismos que iban a protegernos nos traicionaron.

Todos la miraron con incredulidad. Sammael parecía estar paralizado.

—Esta noche Sammael ordenó a sus soldados que atacaran a las bandas de Kyril y Christof. Quería acabar con todos los vampiros de la ciudad —continuó en voz alta para que todos pudieran oírla—. Esta noche, sacrificó la vida de Angela, que intentó salvarnos a los dos cuando Sammael ordenó nuestro asesinato. Él...

—¡Mentirosa! —gritó Sammael bajando del estrado—. ¡Estas criaturas son nuestros enemigos, son traidores que nos traen los demonios al interior de Pax!

—Sammael les ha hecho creer que hablaba en nombre de Micah, pero no es así. Cambió las enseñanzas de Micah para adaptarlas a sus malignas ideas —dijo ella mientras levantaba el libro y se lo mostraba a los que tenía más cerca—. Pueden comprobarlo ustedes mismos.

—No entiendo... —murmuró un joven a su lado.

Gwen oyó que se acercaba Sammael y se volvió justo a tiempo. Se apartó deprisa y logró que no le arrebatara el libro. Los hombres de las túnicas trataron de ayudarlo, pero Dorian intervino agarrando a Sammael e inmovilizándolo por completo.

Gwen sabía que a Dorian no le costaría matarlo y que estaría deseando hacerlo, pero se contuvo.

—¿Por qué están haciendo esto? —preguntó el joven que había hablado antes—. Sammael es nuestro líder y el sucesor de Micah.

—¿Están seguros? —preguntó ella mientras subía al estrado y abría una página cualquiera del libro—. Leeré algunas palabras de Micah. «No puede haber paz sin sacrificio, pero el sacrificio que el Señor nos pide no tiene nada que ver con la muerte ni con el sufrimiento, sino con la buena disposición. Debemos recordar que aún tenemos a un humano en nuestro interior y que debemos controlar nuestros deseos más egoístas».

—Ya habíamos oído esas palabras, no las enseñó Sammael —gritó alguien.

—Sí, ¿pero habían oído éstas? «El sacrificio que el Señor nos pide es terrible, pero es la única manera de conseguir la salvación. El vampiro es una abominación contra la naturaleza y el que no acepte unirse a nosotros debe ser eliminado de la faz de la Tierra» —leyó entonces—. Ésas eran las palabras de Sammael, las que escribió sobre las de Micah, el hombre que tanto admiráis.

Se escucharon voces de protesta y consternación. Gwen bajó del estrado y dejó que los que estaban en las primeras filas vieran la página que había estado leyendo.

—Sammael nunca quiso seguir las enseñanzas de Micah. ¿Por qué creen que no ha permitido que nadie vea el libro? ¿Por qué enseñaba unas cosas a unos y a otros no? Micah creía que vampiros y humanos podemos convivir en paz y que redimir nuestros pecados trabajando para el bien común. Sammael, en cambio, quería matar a todos los Strigoi de Nueva York, del país y del resto del mundo.

—¡No escuchen a esa maldita mujerzuela! —gritó Sammael—. Es una embaucadora, la esposa de Caín. ¡Conseguirá condenarnos a todos!

Dorian tapó la boca de Sammael, pero ella le hizo un gesto para que lo dejara hablar.

—No —le dijo—. Sus palabras ya no pueden herir a nadie. Se acabó, Sammael. Ahora todos saben lo que cree y lo que ha hecho. No volverán a confiar en usted.

Siguió recorriendo las filas, con la esperanza de que todos entendieran lo que les estaba diciendo. Muchos murmuraban, otros se le acercaban para ver mejor el libro. Incluso los soldados que comenzaban a recuperarse se quedaron en el suelo. No parecían dispuestos a luchar.

—Tienen que elegir entre la vida y la muerte. Todos tenemos que elegir alguna vez —dijo mientras miraba a Dorian—. Fue horrible cuando supe que Dorian me había convertido. Estaba furiosa y habría dado cualquier cosa por volver a ser humana. Ahora creo que me ha sido entregada esta nueva vida para tratar de cambiar las cosas y que este mundo sea mejor.

Todos se quedaron en silencio. Un hombre alargó hacia ella las manos para que le diera el libro. Gwen lo hizo y el hombre se lo enseñó a la mujer que tenía a su lado. Otros se acercaron también, pero la mayoría se quedó en su asiento, sujetando con fuerza las copas que tenían en sus manos.

—No sé qué les habrá dicho Sammael esta noche, pero no tienen que morir. Los hombres que esperan afuera están aquí porque Sammael trató de asesinarlos. Jim está con ellos. Les contó lo del ataque porque se dio cuenta de que Sammael se equivocaba. Y Angela está muerta por el mismo motivo.

—¡Angela nos traicionó! —exclamó Sammael—. Y también Dorian Black...

—Lo que pretende Sammael es que paguen por sus errores —intervino ella—. ¿Qué hay en esos vasos? ¿Veneno? ¿Por qué hacerle caso y suicidarse?

Todos los presentes miraron en ese instante sus copas. El joven que le había pedido el libro miró a los demás.

—¡Tiene razón! Ahora entiendo lo que Sammael ha hecho. Micah nunca dijo que...

—¡Los matarán! —gritó el desesperado líder—. ¡Los demonios entrarán y ustedes morirán torturados!

—No —dijo Dorian con firmeza—. Algunos de ustedes me conocen. Trabajaba para Pax porque creía lo que me contaron. Hice daño a otros porque pensé que el fin justificaba los medios, pero estaba equivocado. He oído las palabras de Micah, era un hombre de paz —añadió mirándola a ella—. He hecho muchas cosas malas en mi vida, pero creo que tengo la oportunidad de cambiar y que hay esperanza para todos.

—¡No, no la hay! —exclamó Sammael.

El líder de Pax sacó de repente una pistola, apuntó hacia Gwen y disparó.

Gwen sintió cómo entraba en su brazo, pero apenas le dolió. Dorian dudó durante un segundo, y después se tiró sobre ella, interponiéndose entre los dos.

No hubo más disparos. Los que estaban cerca del estrado subieron a la vez e inmovilizaron a Sammael. Ella trató de levantarse, pero se tambaleaba. Dorian la sujetó.

—Estoy bien —le dijo—. Estoy bien, Dorian.

Él sujetó con cariño su cabeza contra el torso, parecía asustado.

—Gwen, Gwen...

—Esto aún no ha terminado —repuso ella apartándose.

Le dio un beso en la mejilla y subió al estrado. A Sammael lo sujetaban dos hombres.

—Se están condenando, hijos míos. Mis pobres hijos...

—Los ha perdido, Sammael —repuso ella—. Todos sabrán muy pronto la verdad sobre las enseñanzas de Micah y cómo las manipuló. Incluso sus soldados lo sabrán.

—El mundo está perdido —susurró el hombre entre lágrimas.

—No, no es verdad. Mientras haya humanos y vampiros que sean decentes y valientes, el mundo seguirá existiendo.

Se acercó entonces Vida y preguntó:

—¿Qué hacemos ahora? Esos hombres van a matarnos...

—No. Verán que Pax no va a atacarlos y que no hay razón para hacer daño a nadie.

—¿Cómo podemos probar que no somos una amenaza? —preguntó uno de los hombres—. Y, ¿qué hacemos con Sammael?

Gwen sabía que Christof no estaría satisfecho hasta que tuviera a Sammael, y eso suponía una sentencia de muerte para el líder. Pero si le entregaba a Sammael, no podría considerarse mejor que él. Dorian se le acercó por detrás. Podía sentir el calor de su cuerpo.

—Me ofreceré como rehén y Christof sabrá que me entrego porque sé que Pax no volverá a atacarlo —les dijo Dorian.

—Y yo iré con Dorian —añadió ella—. Serán ustedes entonces los que tendrán que demostrar que siguen las verdaderas palabras de Micah.

—¿Están dispuestos a hacer esto por nosotros? —preguntó Vida con incredulidad.

—Yo también creo en la visión de Micah. En parte, me he convertido en una de ustedes —dijo Gwen—. He de hablar con Christof. Por favor, no confíen en Sammael. Intentará...

El líder de Pax se movió antes de que pudiera terminar la frase. Se zafó con fuerza de sus captores. Fueron tras él, pero le dio tiempo a tomar su copa de veneno.

—Esos demonios no se harán conmigo —dijo.

Bebió el veneno compulsivamente. No tardó en perder el conocimiento y caer al suelo. Todos se quedaron petrificados. Vida se arrodilló a su lado, parecía estar conmocionada.

Los hombres y mujeres que no se habían levantado aún de sus sillas dejaron caer sus vasos.

El momento de paz fue sólo temporal. Se escucharon gritos de terror y dolor de los Protegidos que Sammael había convertido para formar su ejército. Estaban sintiendo cómo se rompía el lazo de sangre con su Maestro. Unos lloraban, otros se miraban estupefactos al darse cuenta de que estaban solos y de que eran por fin libres.

—Ha terminado —susurró Gwen.

Dorian le rodeó los hombros con el brazo y ella se dejó querer. Era maravilloso sentir que había una nueva paz en el interior de ese hombre. Ya era de día, pero él no sólo estaba mejor por el fin de la luna nueva; había conseguido salvarse.

—Vida, reúna a todo el mundo —le pidió Gwen a la joven—. Asegúrese de que todos estén tranquilos y vigile a los hombres de las túnicas. Dorian y yo hablaremos con Christof. Le aseguro que no les pasará nada.

—Pero hay soldados...

—Si lo que me dijo Jim es verdad, a la mayoría los convirtió el propio Sammael. No creo que sigan con ánimo de luchar.

—Muy bien, haré todo lo que pueda —le prometió Vida.

—Eso es todo lo que le pido —repuso ella mientras tomaba la mano de Dorian.

Miró una vez más a su alrededor y fueron juntos hacia la puerta.

Epílogo

El apartamento estaba helado cuando Dorian y Gwen entraron. Llevaba meses abandonado y una gruesa capa de polvo cubría cada superficie.

Gwen se sentó en el sofá recordando cómo solía tumbarse allí en pijama mientras escuchaba la radio o leía un buen libro. Le dio la impresión de que esa Gwen había desaparecido muchos años antes. Ya no sentía que aquél fuera su hogar. No había cambiado nada, pero ella sí. Más de lo que creía.

—¿Gwen?

Vio que Dorian parecía preocupado y le dedicó una sonrisa. Había estado muy nervioso desde que hablaran con Christof para llegar a un acuerdo. Ella tampoco estaba satisfecha con el resultado, pero al menos la gente de Pax estaba a salvo. Podrían seguir viviendo en la sede de la organización, pero Christof iba a vigilarlos de cerca durante algún tiempo.

Jim y Vida se habían erigido de manera natural como líderes del grupo y parecía claro que iban a convertir las enseñanzas originales de Micah en el fundamento de Pax.

Christof se había negado a aceptarlos a ellos como rehenes. Se habían dado cuenta de que era un ser mucho más compasivo de lo que habría sido Kyril en su lugar. También había perdonado la vida a los soldados de Sammael a cambio de que éstos se unieran a sus filas.

Kyril seguía siendo una amenaza. Su colaboración había sido necesaria para que ella pudiera hacerse con el libro y desenmascarar a Sammael, pero continuaba siendo el mayor enemigo de Christof.

Aun así, parecía claro que la guerra entre las dos facciones de Strigoi había llegado a su fin, y eso era lo más importante. Tenía la sospecha de que Christof trataría de encontrar a los seguidores de Kyril que habían sobrevivido el ataque y les ofrecería la posibilidad de unirse a su banda.

Esperaba que Pax consiguiera pasar página y convertirse de verdad en una organización dedicada a la hermandad entre las distintas criaturas y a la paz.

—Todo va a salir bien —le dijo a Dorian con poca convicción.

—Nunca se te ha dado bien mentir —repuso él sentándose a su lado—. ¿Qué te preocupa?

—Estaba pensando en Mitch. Se encargó de pagarme el alquiler mientras estuve en Nueva Jersey. Es duro aceptar que ya no está...

—Lo entiendo —le dijo Dorian tomando con cariño sus manos.

Sabía que era verdad. Durante el tiempo pasado en la fría mazmorra de Pax, habían conseguido restablecer de algún modo el lazo de sangre. Era más fuerte que nunca.

Se levantó y fue hasta su escritorio. El cerrojo del cajón seguía roto, nadie lo había arreglado después de que Dorian lo rompiera. Sacó las carpetas de Eamon Murphy y las dejó sobre la mesa.

«Tenías razón en todo, papá...», pensó con tristeza.

De no haber muerto, sabía que habría llegado a conocer a algún vampiro. Tomó la foto de su padre. Había estado a punto de descubrir una historia que habría transformado el mundo en el que vivían, pero Gwen creía que la sociedad no estaba lista aún para conocer la existencia de los Strigoi. Dorian se le acercó por detrás y la besó en la nuca.

—Tu padre debió de ser un hombre extraordinario.

—Sí, lo fue —repuso ella mientras guardaba todo en el cajón—. Me habría encantado que hubiera podido llegar a ver todo lo que he visto yo.

Dorian la hizo girar para mirarla a los ojos.

—¿Te arrepientes de algo, Gwen? ¿Te arrepientes de lo que has visto y lo que has tenido que hacer?

Se estremeció al sentirlo tan cerca, no podía evitarlo. Conocía mejor que nadie la respuesta a sus preguntas, pero no estaba preparada para hablar de ello.

—No puedo dejar de pensar en Sammael —repuso—. ¿Por qué haría algo así? ¿Cómo pudo llegar a convertirse en alguien tan manipulador y vengativo?

Dorian bajó la vista.

—Creo que era el Protegido de Micah.

—¿Cómo? Entonces, ¿era el descendiente directo de Micah?

—Eso parece.

—¿Qué le pasaría para perder así la cabeza?

Se dio cuenta demasiado tarde de lo que había dicho. Dorian la miró con una triste sonrisa.

—Puede que perdiera a su Maestro de manera violenta —repuso con calma.

Gwen pensó que cabía incluso la posibilidad de que hubiera sido el propio Sammael quien matara a Micah. Después de ver su fanatismo, no le pareció una idea tan descabellada.

—O puede que tuviera alguna enfermedad mental. No ha sido el primer hombre ni será el último que cree que debe destruir lo que odia de sí mismo.

—Supongo que tienes razón.

Dorian se apartó repentinamente de ella, como si acabara de tomar una decisión.

—No tienes por qué quedarte conmigo, Gwen —le dijo.

—¿Qué estás diciendo?

—Llegue a pensar que necesitabas que te protegiera, pero sé que ya no es así. Estuviste incluso a punto de morir por mí... Ya se rompió una vez el lazo de sangre, y podemos conseguirlo de nuevo.

—¿De verdad? —preguntó furiosa—. ¡Qué generoso eres!

—Entiendo por qué lo hiciste. No tenías a nadie que pudiera ayudarte, sólo a Mitch. Es normal.

—Pero las cosas han cambiado. Hemos recuperado el lazo.

—¿Es eso suficiente?

Gwen no podía creer lo que le estaba diciendo.

—¿No significa nada para ti lo que te dije cuando...?

—Piénsalo bien, Gwen. Puedes empezar de nuevo y sin ningún obstáculo. Christof ha prometido garantizarte la libertad para siempre.

—¿Es eso lo más importante? ¿La libertad de uno? —preguntó mientras se le acercaba—. ¿No se te ha ocurrido que a lo mejor no quiero esa libertad? ¿Crees que voy a dejarte ahora que estás mejor? No, Dorian. Me quedaré a tu lado durante la próxima luna nueva y la siguiente y todas las que necesitemos para que te libres de ese monstruo.

—Ya estoy mejor, Gwen —le prometió Dorian—. No necesito tu ayuda.

—¿No? ¿Qué quieres? ¿Que sigamos con nuestras vidas por separado? ¿Qué vas a hacer? ¿Trabajarás para Christof, o como conserje?

Dorian se quedó en silencio. Ella estaba fuera de sí. Había creído que su amor lo ayudaba a superar sus crisis, pero temió haberse equivocado. A lo mejor era cierto y no la necesitaba.

—¿Qué es lo que quieres, Dorian? ¿Deseas que me vaya? —le preguntó algo más calmada.

Esperó angustiada su contestación, que tardó en llegar. Pero Dorian se acercó a ella sin previo aviso y la abrazó. Había tanta pasión y tensión entre los dos, que era imposible ignorarlo.

—Te deseo —susurró él—. Te deseo, Gwen.

Se besaron apasionadamente. Gwen agarró su cabello y cayeron torpemente en el sofá. El dormitorio estaba demasiado lejos, no podían esperar. Brazos y piernas se entrelazaron. Dorian no tardó en abrirle la blusa y lamerle el escote. Podía sentir lo excitado que estaba, era imposible esconder cómo se sentía.

Él comenzó a chuparle los pezones mientras ella trataba de quitarle los pantalones. Cuando por fin lo consiguió, lo rodeó con la mano, no había estado tan excitada en su vida. Empezó a acariciar la suave piel de su miembro y sintió cómo Dorian se estremecía de puro placer, como ella. Rápidamente, terminaron de desnudarse. Sus braguitas de encaje fue la última prenda que se quitó, ya no había barreras entre los dos.

Se estremeció de nuevo cuando lo sintió entre sus muslos y no tardó en deslizarse en su interior. Había pensado que sería algo doloroso, pero no sintió molestia alguna. Todo lo contrario, se sentía más viva que nunca. Dorian la llenaba por completo y, cuando empezó a moverse, entendió por qué todos, hombres y mujeres, humanos y Strigoi, anhelaban unirse íntimamente.

Fue incrementándose el ritmo y Gwen sintió que se elevaba sobre la faz de la Tierra. No pudo evitar arañarle la espalda, el tumulto de sensaciones era increíble. Llegaron al mismo tiempo al clímax y le entraron ganas de llorar de felicidad.

Agotados y satisfechos, se quedaron abrazados mientras recuperaban la respiración. Pero él no tardó mucho en recuperarse y la llevó en brazos al dormitorio. Quitó la colcha, la tumbó allí y se acostó a su lado, acariciando todo su cuerpo con delicadeza, primero con las manos y después con la boca. Gwen no pudo evitar reírse cuando sintió que besaba sus nalgas, pero la risa nerviosa se transformó pronto en gemido cuando él se concentró en la parte más íntima de su anatomía. Dorian besó los delicados pliegues de su piel y le lamió el clítoris. Gwen no pudo ahogar un grito y sintió cómo se humedecía de nuevo. Él parecía listo para continuar.

—¿No estarás...? —gimió ella—. No podemos...

Pero Dorian le demostró que se equivocaba. La agarró con fuerza por las caderas y la levantó para unirse de nuevo con ella, que no podía dejar de gritar. Se aferró a las sábanas mientras Dorian se movía con más fuerza en su interior hasta llegar de nuevo a lo más alto. No había creído que fuera posible sentir tantas cosas a la vez.

—Dios... —gimió cuando terminaron—. No puedo... Ha sido... Increíble...

Y se quedó poco después sin habla al ver que estaba excitado de nuevo.

—Madre mía... Pensé que los hombres, pensé que no era posible...

—No soy un hombre, ¿recuerdas? —repuso él con una pícara sonrisa.

Gwen abrió los ojos horas después. Le dolía todo el cuerpo, pero era un dolor muy placentero. Se dio cuenta de que Dorian no estaba a su lado y se sentó deprisa en la cama.

—¿Dorian? —lo llamó.

Pero nadie contestó. Se levantó, se puso una bata y fue al salón. Estaba vacío, igual que la cocina y el baño. Tampoco encontró su abrigo ni el sombrero. Fue a la ventana y vio que aún era de día. No entendía que hubiera salido sin decírselo ni dejarle una nota.

Temió que aquello fuera el final, que la hubiera dejado para siempre.

Pero se rió de sí misma. Sabía que estaba siendo demasiado tremendista.

Se tumbó en el sofá y estuvo leyendo y escuchando la radio todo el día. Cuando se hizo de noche y pasaron las horas, se dio cuenta de que se había ido. No sentía el lazo de sangre, y se preguntó si habría logrado romperlo.

Le quemaban los ojos, tenía ganas de llorar. Se sentía perdida.

Algún tiempo después, decidió vestirse y salir.

Dio vueltas por su barrio sin destino en mente, pero acabó frente a la residencia de Walter. El anciano abrió la puerta en cuanto llamó, como si hubiera estado esperándola.

—¡Gwen! —exclamó entusiasmado—. ¿Cómo estás?

No sabía si decirle la verdad o no.

—Regular —confesó—. Me gustaría hablar con alguien, Walter. Siento haberte despertado.

—No te preocupes. Pasa, por favor.

Se sentaron y Walter encendió su pipa.

—¿Qué es lo que te pasa, querida?

—Bueno, no es fácil ser una vampira. Me siento un poco sola, la verdad.

—Ya... Siempre me pareció que Dorian era distinto a los demás. Y, cuando me dijo lo que era, tardé en hacerme a la idea.

—¿Lo has visto?

—¿Por qué me lo preguntas? ¿No está contigo? —preguntó Walter—. ¿Va todo bien con los dos? No le des muchas vueltas. A todos los recién casados le pasa.

A Gwen le chocó que dijera algo así.

—Tienes que ser paciente, Gwen. Lleva demasiado tiempo soltero y ha de acostumbrarse.

—Pero no estamos casados.

El anciano asintió con la cabeza.

—Lo sé, lo sé. Pero lo estaréis muy pronto.

—¿Qué quieres decir? —preguntó dolida—. Veo que no lo entiendes, Walter. ¡Me ha dejado!

—¿Por qué te preocupas tanto? Volverá.

—No, esta vez no. Puedo sentirlo.

—¿Estás segura?

—Claro que sí. Lo sabría si...

De pronto tuvo una sensación tan fuerte que se quedó sin palabras. Y, unos segundos después, Dorian abrió la puerta del cuarto de Walter. Se quedó parado al verla allí.

—¡Gwen! ¿Qué haces aquí?

—Quería hablar con alguien —repuso Walter—. Parece que se lo estás poniendo difícil, ¿verdad, Dorian? No me parece un buen comienzo...

—Gwen, imagino que habrás pensado...

—No, no me expliques nada —lo interrumpió ella con frialdad—. Después de todo, no tenía nada mejor que hacer que esperarte durante horas preguntándome si volvería a verte —añadió mientras se levantaba y salía deprisa al pasillo.

Pero Dorian la detuvo antes de que pudiera escapar corriendo.

—Lo siento, Gwen. Me equivoqué —le confesó él mirándola a los ojos—. Tenía miedo.

—¿Ves, Gwen? No pasa nada. Le ha entrado miedo. Nos pasa a todos —apuntó también Walter.

—¿Miedo? —repitió ella—. Esto no va a funcionar... Pero preferiría que fueras más honesto. Ahora sé cosas que desconocía, como las razones que tienen los vampiros para convertir a alguien.

—¿Quién te habló de eso?

—Angela. Me dijo que era natural que quisieras protegerme al igual que habías sentido la necesidad casi física de convertirme. Me dijo que se trata sólo de deseo físico y de control sobre el Protegido.

—Eso no puedo negarlo.

—Después, cuando nos fuimos a México, tuviste miedo de que yo estuviera cerca cuando llegaba la luna nueva. Pero me he dado cuenta de que no me necesitas, y yo no puedo hacer nada por...

—Tú me salvaste.

—No es cierto, Dorian. Te salvaste tú mismo. Yo sólo te di el primer empujón. Ahora ya sé cómo cuidarme sola y tengo que aceptar lo que soy. No te disculpes. No me debes nada y te perdono —le dijo emocionada.

—Eso ya lo sé. Lo que quiero saber es si era verdad lo que me dijiste en aquella celda de Pax.

No podía creerlo. Dorian recordaba sus palabras.

—No mentía —le confesó ella.

—A lo mejor eso sería suficiente si fuéramos humanos. ¿Te dijo Angela que los vampiros somos incapaces de amar? —preguntó apenado—. Siento lástima por ella, sólo intentaba salvarnos...

—Sé que te importaba mucho, vi cómo te besaba —le confesó Gwen—. Ella habría sido mucho mejor para ti. Os entendíais bien. Es natural que...

—No, Gwen, te equivocas. No podía amarla. No podía porque te amo a ti.

Gwen se quedó sin aliento y lo miró a los ojos. Creía haber entendido mal sus palabras.

—¿Cómo? No entiendo. Te has ido de mi apartamento sin decirme nada...

—Ya te dije que tenía miedo —repuso Dorian mientras le acariciaba el pelo—. Soy un cobarde. Tenía que pensar. Necesitaba estar lejos, no verte ni oírte, para aclarar mis ideas.

—Claro, claro... Todo el mundo me dice que soy una especie de hechicera... —repuso con ironía.

Dorian rió. Pocas veces lo había visto así.

—Sé que tú usaste una poción para romper el lazo de sangre, pero quería ver si podía hacerlo por mí mismo. Para darte así la libertad suficiente para dejarme si querías hacerlo.

—Estoy harta de esa palabra. No es libertad lo que busco.

—Y la verdad es que no podía estar lejos de ti. No podría vivir así.

Dorian se apartó en ese instante y se puso de rodillas. Sacó una cajita del abrigo.

—Espero que esto se siga haciendo así. Llevo tanto tiempo sin ser humano...

Abrió la caja, dentro había un maravilloso anillo.

—Gwen, ¿quieres casarte conmigo?

—¿Podrías repetirlo? —preguntó ella con piernas temblorosas y sin aliento.

Dorian tomó su mano y le colocó el anillo. Después la besó con ternura.

—Te quiero, Gwen Murphy —le dijo con solemnidad—. Te pido que no me dejes nunca.

Escucharon a Walter riéndose cerca de ellos.

—No aguanto estas peleas de enamorados. ¡Eso sí que no ha cambiado desde Adán y Eva!

No hubo boda. No había llegado aún el momento en el que dos vampiros pudieran unirse en una iglesia. Tuvieron que conformarse con ir a Central Park y prometerse amor eterno bajo la luz de la luna llena y con Walter como testigo.

—¿Dónde vais a vivir? —les preguntó el anciano después de felicitarlos con orgullo—. ¿En el apartamento de Gwen?

—No. Eso forma parte de mi vida anterior —repuso ella—. Nos gustaría alquilar una casa cerca de tu residencia, Walter. Si no te parece mal, claro.

—No, claro que no. Pero ¿andáis bien de dinero?

—Sí, aún tengo mis ahorros, y mi padre me dejó algo de dinero. Creo que Dorian podrá encontrar algún trabajo de horario nocturno y yo estoy pensando en escribir un libro sobre la vida de mi padre. También podría escribir para el periódico desde casa. Si es que me contratan de nuevo, claro.

Acompañaron a Walter de vuelta a la residencia y siguieron después paseando por la ciudad. Sin saber cómo ni por qué, terminaron al lado del río.

—Aquí empezó todo —murmuró Gwen—. Parece

que ha pasado un siglo desde que me sacaste del río, ¿verdad?

Sólo habían sido unos meses. Nada comparado con la larga vida de un Strigoi.

Miró a Dorian. Ya no parecía temer la llegada de la luna nueva. Aún tenía que luchar contra el monstruo, pero Gwen creía que el amor que sentían el uno por el otro acabaría por vencerlo.

—¡Mira! —exclamó mientras señalaba el almacén donde la había llevado tras sacarla del río.

Estaba muy distinto. Alguien lo había pintado y parecía ser la sede de una nueva empresa.

—Es una buena señal, ¿no te parece?

Dorian se giró y la besó en los labios.

—Una muy buena señal —le dijo él.

Sintieron que su nueva vida empezaba en ese instante.

TÍTULOS DE LA COLECCIÓN

OSCURA SEDUCCIÓN
Maestros del Tiempo - **Brenda Joyce**

HAMBRIENTOS DE DESEO
Mensajeros de sangre - **Rhyannon Byrd**

LA DANZA DE LA NOCHE
Charlaine Harris

PALABRAS OSCURAS
Señores del Submundo - **Gena Showalter**

EN EL LUGAR DE LA DIOSA
Las diosas de Partholon - **P.C. Cast**

PARA TODA LA ETERNIDAD
En la medianoche - **Susan Krinard**

TRANSFORMACIÓN
Lazos de sangre - **Jennifer Armintrout**

RIVAL OSCURO
Maestros del Tiempo - **Brenda Joyce**

PASIONES OSCURAS
Señores del Submundo - **Gena Showalter**

POSESIÓN
Lazos de sangre - **Jennifer Armintrout**

DIOSA POR ELECCIÓN
Las diosas de Partholon - **P.C. Cast**

LA SOMBRA DEL LOBO
Mensajeros de sangre - **Rhyannon Byrd**

MENTIRAS OSCURAS
Señores del Submundo - **Gena Showalter**

LA CARA OCULTA DE LA LUNA
En la medianoche - **Susan Krinard**

CENIZAS
Lazos de sangre - **Jennifer Armintrout**

DIOSA POR DERECHO
Las diosas de Partholon - **P.C. Cast**

PRISIONEROS DEL DESTINO
Mensajeros de sangre - **Rhyannon Byrd**

MÁS FUERTE QUE LA SANGRE
En la medianoche - **Susan Krinard**

LA NOCHE DE TODAS LAS ALMAS
Lazos de sangre - **Jennifer Armintrout**